Superin-
tendent
Wilson's
Holiday

G.D.H.& M. Cole

論創海外ミステリ
MYSTERY
163

ウィルソン警視の休日

G.D.H.& M・コール

板垣節子 訳

論創社

Superintendent Wilson's Holiday

1928

G.D.H. & M.Cole

目次

主要登場人物

ヘンリー・ウィルソン……………ロンドン警視庁警視。のちに私立探偵
マイケル・プレンダーガスト……医師。ウィルソンの友人
ブレイキー…………………………ロンドン警視庁警部

（電話室にて）
エドワード・バートン……………銀行の窓口係長
ハロルド・カールーク……………銀行の出納係

（ウィルソンの休日）
ヒュー・パーソンズ………………株式仲買人
アレク・コーリッジ………………パーソンズの共同経営者
ジョージ・チャルマーズ…………パーソンズの共同経営者
エヴァンソン………………………ボーイスカウトの隊長

（国際的社会主義者）
トニー・レッドフォード…………オックスフォードの学生
ディック・ワレン…………………トニーの友人
ジュリアス・グローヴノ…………モルダビアの元内務大臣

エヴァンズ……………………社会革命党年次会議の幹事

（フィリップ・マンスフィールドの失踪）
フィリップ・マンスフィールド……役者
マンスフィールド夫人…………フィリップの妻
トム・ポインター………………フィリップの友人
アドルファス・ポインター………トムの弟。フィリップの舞台監督
フォスター………………………フィリップのマネージャー
ヘンリー・ルービンスタイン……役者

（ボーデンの強盗）
ジーン・グラント………………ウィルソンの姪
フランクリン・グラント…………ジーンの夫
フランクス………………………フランクリンの上司

（オックスフォードのミステリー）
マシュー・キングドン…………セント・フィリップス・カレッジの哲学教授
モーリス・オースティン…………カレッジの学部生
ラジ・ラッセル…………………カレッジの学部生。モーリスの親友

ジェイムズ・メイソン…………事件の目撃者

（キャムデン・タウンの火事）

モリス・ゴールドスタイン……布地店の店主

ロバート・ホリス……………ゴールドスタインの使用人

ミリアム・シェンシンガー……ゴールドスタインの愛人

ハバック夫人…………………ホリスの妹

（消えた准男爵）

ユースタス・ペダー…………准男爵

トーマス・ペダー大佐………ユースタスの又従兄弟

ローズ・ペダー………………トーマス・ペダーの妻

ヴィクター・ペダー…………トーマス・ペダーの息子

エドワード・ヘイコック……ヴィクターの従僕

クリスティーナ・マリンディン……ユースタスの婚約者

オリファント…………………弁護士。ウィルソンの友人

メイジャー・ボーウィック……警察署長

ウィルソン警視の休日

電話室にて

1

「あれは巧妙な殺人事件だった」

自分が関わった事件について、珍しく話してみようかという気になると、ウィルソンはよく言ったものだ。「しかし、わたしからすれば、あの事件で最も重要だったのは、行動の速さが必要とされた点だ。用心深い偽造者が関与していると推測し始めた瞬間から、わたしは確信していたんだ。もし、数時間でも遅れれば、事件の痕跡は薄くなるどころか、存在さえしなくなってしまうだろうと。それで、容疑者の拘留については、そのこと自体が完全な間違いとされる危険を冒さなければならなかった。まったく立証されていない容疑でその人物を正当に拘留しておける時間内で、彼の犯行を証明する必要もあった。時間との戦いさ。そしてもちろん、そんなことがいい仕事につながるはずもない。注意力散漫で仕事がぞんざいになれば、先入観による憶測で方向を誤ることになるし、重要な証拠を見落とすことにもなる」ここで、聞き手の数人は笑みを浮かべることになる。ごく普通の人間が、ウィルソンを注意力不足などと見なす機会が、いったいどれほどあるだろう。しかし彼は、お構いなしに先を続けた。

「これは本当のことだよ。事件の捜査では決して急ぐべきではないんだ。時間をかけていくつもの仮説を組み立て、捜査を進める過程でその一つ一つを検証していくべきだ。一つの推理に固執するのはよくない。さて、今話しているこの事件だが、わたしの仮説がみごとに崩れ、警察がひどく非難されることになってても不思議はなかった。うまくいったのは、思いがけない幸運の賜物だったんだよ。もちろん、マイケルなしには、この事件を解決することはできなかった」

「ならばあなたは、知性のない生き物から協力を引き出す能力に長《た》けているんでしょうね」マイケル・プレンダーガストは笑った。「つまり、わたしは冬眠中のカメほどにもお役には立てなかったという意味です。わたしは何もしていませんよ。あなたが思い至ったことに、わたしは何一つ気づかなかったんですから」

「きみの存在の重要性と必要性については、それとなくほのめかしていたんだけどね、マイケル」ウィルソンは言い返した。「それに、きみの優秀な医者としての知識も。しかし、実際のところ、きみは常にわたしのそばにいて、結論に至るまでの各段階にちゃんとついてきていたはずなんだが」

「カメにだってそうできたでしょうね」とマイケル。「もし、自分を今にも鼈甲《べっこう》に変えてしまおうとしている人間のすぐそばにいるなら。わたしが覚えている限りでは、あなたは今にも、わたしの逮捕を命じそうな勢いだったんですからね」

「ならば、きみは忘れていたんだよ」とウィルソンが返す。「きみのアリバイについては、わたしが一番の証人だということを。それに、今に至るまで――ひょっとしたら、何の根拠もないのかもしれないが――わたし自身も、自分が信頼できる証人だと思っていたことを。加えて、こんなふうに言うのを許してもらえるなら、犯罪の解決はきみの能力範囲を完全に超えている。きみの巧妙さは、そうした方面で発揮されるものではないからね」

ここに至って、数人の仲間たちが二人に詰め寄った。謎めいた話はいい加減にして、どんな事件ならこれほど興味深い話になるのか説明しろと要求したのだ。そして、あれこれと問い詰めることで――二人とも話し上手だという自負は少しもないのだが――以下のような話を引き出すことに成功した。

新聞社が名付けたところのダウンシャーヒル殺人事件は、一九二〇年の五月、ある日曜日の朝に発覚した。この国の気候が、夏の製造方法についていかにも知ったかぶりをしようとしたかのような、気持ちのいい朝のことだった。ロンドン警視庁のヘンリー・ウィルソン警視は、友人のマイケル・プレンダーガスト医師とダウンシャーヒルのハムステッドを歩いていた。かの百万長者ラッドレットの衝撃的な死より、かなり前のことだ（誰もが思い出すように、英国とアメリカをプラカードで埋め尽くした事件。当時、前内務大臣を秘密裏に調べるという許し難い罪に関わっていたウィルソンを、個人的な調査のために異国へと追い込んだ事件だ〔『百万長者の死』（G・D・H&マーガレット・コール著を参照）〕）。ウィルソンは現在もＣＩＤ（犯罪捜査課）で働いており、いつ自宅から公の職務へと呼び出されても仕方のない立場にある。そしてその状況には、少なくとも一日くらいは電話のベルが届かないところに身を置くようにという、同居の姉の言いつけに従っているとは決して言い切れない懸念があった。しかしながら、その日は気持ちのよい朝だった。数少ない親友の一人で、土曜日の夕方から夜を一緒に過ごしていたマイケル・プレンダーガストが、彼の切実なる願いをかなえるために協力してくれていた。その結果、フランネルのズボンにテニスシャツというでたちの男が二人、ノース・ロンドン駅に続く道を足取りも軽く歩いていたわけで、彼らはそこから、リッチモンド行きの列車に乗り込むつもりでいた。

「ここなら本当に、田舎にいるって感じられるんだろうなあ」小さな前庭を埋める木々や、道路の先を塞ぐヒースの若々しい緑に目を留めながら、プレンダーガストは楽しげに言った。「一晩中、窓の外でフクロウが鳴いていたんですよ」

「この辺りではフクロウも家のそばまでやって来るからね」ウィルソンが答える。「でも、家の壁に巣作りをしているフクロウの鳴き声は聞いたことがないな」

「わたしもないですね。どうしてです？」答える代わりに、ウィルソンは百ヤードほど先の蔦に覆われた小さな家を指し示した。ライラックと栗の若木の茂みから、ほんの少し見え隠れしている家だ。「ちょうどあそこの蔦を何かが出たり入ったりしているんだ。あの大枝のあいだだよ」

プレンダーガストはウィルソンをまじまじと見つめた。「目がいいんですね。あのライラックは見えていましたけど、ほかには何も気づきませんでした。どうしてあれがフクロウだってわかるんです、こんなに離れているのに？」

「さあね」とウィルソン。「違うかもしれない。そんなにはっきりと見えたわけではないし。でも、ほかの鳥にしては大き過ぎたからね。いずれにしろ、同じように見ていたかもしれない男がもう一人現れたよ」すでに二人は蔦に覆われた家に近づいていた。西側の部分は隠れて見えないが、正面部分はすっきりと全体が見渡せた。門の脇の歩道に、その建物に興味津々という様子の男が一人立っている。通りかかった二人を不安げな目つきで見上げたが、その様子には話しかけたものかどうか、迷っているのがありありと伺えた。誰とでも会話をすることの誘惑に抗えないプレンダーガストが、即座にその態度に反応した。

「あなたもフクロウを見たのですか？」そう問いかける。

「フクロウ？」男は答えた。「そんなものは見てないよ。でも、そこに入っていく男を見たんだ」家を指さして男が言う。「そいつは何のために中に入りたかったのか？　それが、おれの知りたいことだ」

「その人の家なんじゃないんですか？」プレンダーガストは言った。

「はあ！　なら、何のために、そいつは窓から中に入りたかったんだ？　それがおれの知りたいことだ。死人でも叩き起こしそうな剣幕でドアを叩いていたんだ。おれに気づくとそいつは言った。『この家、何か変なんです。返事が返ってこないんですよ』ってな。それでナイフを取り出すと、そこの窓から入っていった。自分の家なら何のためにあんなにドアを叩いたのか、中の何が変なのか、それがおれの知りたいことなんだよ」男は疑わしげに言い捨てた。

彼の疑問はすぐに、劇的すぎるほどの展開で解消された。家の中から足音が聞こえ、門から二十ヤードも離れていない正面玄関のドアが突然開いたのだ。青ざめ、驚愕の表情を貼りつかせた小男が顔を突き出し、全身から絞り出したような大声で叫んだ。

「人殺し！」

三人はぎょっとして凍りついた。実際、その男の叫び声は、キャムデン・タウンくらいまで届いたに違いない。三人の驚いた顔を見た男は、かなり混乱した様子だったが、門まで出てくるとひどく低い声で言った。「どなたか、警察を呼んでもらえませんか？　カールークさんが殺されたんです」

男は門を閉めると、家に戻ろうとするかのようなそぶりを見せた。ウィルソンの頷きに応えたプレンダーガストが、小道を戻る男を追いかけていく。「何かお手伝いできることはありますか?」彼は愛想よく声をかけた。「わたしは医者ですから」

「可哀相なあの男が必要としているのは、医者なんかじゃないよ」小男は答えた。「魚みたいに冷たくなっているんだから。きっと、死んでからもう何時間も経っているんだ」玄関のドアに手を置いて男は立ち止まった。「あなたたちが警察を呼んでくれるなら、わたしは彼と一緒に家の中にいます。家を無人にしておくべきではないでしょう。本当に誰もいないんですから」

「大丈夫ですよ」門のそばにいた男との会話をやめてウィルソンが二人に近づいてきた。「ロンドン警視庁の者です。名刺ならここに」そう言って煙草ケースから名刺を一枚抜き出す。マイケルは、友人がリッチモンドでの自分の職務上の権威をどんなふうに使おうとしているのか、興味深く観察していた。小男は、まるでそれが蜘蛛ででもあるかのように恐る恐る受け取ると、差し出した相手の服装を見て顔をしかめた。警官なら警官らしい服装をすべきで、フランネルのズボン姿などで歩き回っているべきではないと、その男が思っているのは明らかだった。

「先ほどまでここにいた男を、ロスリン・ヒル署まで知らせにやりました」ウィルソンが続ける。「警察なら数分で到着するでしょう。しかし、あなたがおっしゃるとおり、現場を無人にしておくのはよくありません。そこで、死体がある場所を見せていただけるなら、わたしが初動調査を始めることができます。ここにいるわたしの友人なら、被害者がどのように殺害されたのかも判断できますし。あなたは本当に彼が殺されたと信じていらっしゃるのですか、ええと……?」

「バートンです」小男は言った。「エドワード・バートン。彼は間違いなく殺されたんですよ、刑事さん。頭を撃ち抜かれています。気の毒に、脳みそが床中に飛び散って。どうぞ、こちらです」自分の判断に疑いを挟まれたことに、小男は少しばかり傷ついたようだ。

「まあ、まあ、一緒に見てみることにしましょう」ウィルソンが宥《なだ》める。「被害者はどこです?」

「電話室です」バートン氏は指さしながら言った。「階段の右脇。あのガラスのドアです。ドアを支えて開けているのが被害者の脚でしてね。彼には触っていませんよ。死んでいるのを確かめただけです」

2

ウィルソンが薄暗く小さな電話室のドアを引きあけたとき、彼らを出迎えたのは決して気持ちのよい光景ではなかった。そしてそれは、バートン氏の判断から生じた確信の正しさを完璧に証明していた。床の上に、かつては壮健な五十から六十歳代の男であったはずの物体が、片脚をドアの敷居に交差させてぐにゃりと横たわっていた。顔を電話機のほうに向け、丸くなって倒れている。何かを握りしめたまま死んで、その後、握っていた物が転げ落ちたかのように、両手の指が鉤状に曲がっていた。しかし、死因については単純すぎるほど明快だった。顔全体と頭の一部にいくつもの穴があき、傷口からじわじわと流れ出した血液と脳みそが床を覆っているのだから。マイケル・プレンダーガストは戦争を経験し、死には慣れていると思っていた。しかし、陰惨で血生臭い殺戮現場にずたずたにされて横たわる老人の姿は、完全に征服したと信じていた感情を掻き回し、ドア口の敷居を踏み越えるときには猛烈な吐き気と戦わなければならなかった。

「気をつけて歩いてくれよ、マイケル」ウィルソンが注意した。友人はこの光景にまったく動じていないらしい。プレンダーガストは羞恥と苛立ちを覚えながらその事実に気がついた。「できるだけ現場を乱さないでくれ。手に入る限りの証拠が欲しいからね」彼は、血に覆われた床に残る見落としようのない足跡を不満げに調べていた。「あなたはこの中にいらっしゃったんですよね、バートンさん？」

「もちろんです」小男はむっとした調子で答えた。「もちろん、彼のために何かできることはないか、見に行ったんですから。何もできないとわかると、拳銃がないか辺りを見回しました。彼が自分で自分を撃った場合のことを考えて――つまり、自殺だった場合のことですが」

「ライトをつけてもらえますか？」死体の上に屈みこんでいるプレンダーガストの声がした。「地下の石炭置き場みたいな場所では何も見えない」

「故障しているんですよ」バートン氏が言った。「中に入ったとき、わたしも試してみたんですが」そう言いながらも、彼は素直に、古いデザインの磁器製のスイッチに手を伸ばした。が、ウィルソンのほうが早かった。ハンカチでくるんだ手で何度かスイッチを前後させるが、反応はない。

「壊れているようだ」とウィルソン。「たぶん、電球がいかれているんだろう。わたしの懐中電灯で何とか間に合わせてくれ、マイケル。でも、できるだけ早く。この気の毒な男のために我々ができるのは、犯人を捕まえる以外にはないからね。できるだけ早く取りかかりたいんだ」プレンダーガストが検分を終えるまでのあいだ、彼はじっと戸口に立って辺りを見回していた。まるで、小さな部屋の中にあるものをすべて記憶しようとでもするかのように。部屋の奥のかなり高い棚の上にきちんと据えられた電話機。二、三の古びた説明書が置かれたその上の棚、電話機がある棚から床まで届く分厚いカーテン。

「あのカーテンの奥に何があるのか、ご存知ですか？」彼はバートンに尋ねた。

「靴とか――古いがらくたの類《たぐい》だと思いますよ」男は答える。「カールークさんは、目に着く場所に置いておきたくないものはみんな、その辺の棚に突っ込んでいましたから」

「では、彼のことはよくご存知なので？」

「そこそこにね」とバートン氏。「みんなと同じ程度には、という意味ですけど。あまり友だちのいない男でしてね。少しばかり変わった年寄りで、どれほど孤独だろうと気にしなかったんです」

プレンダーガストが立ち上がった。「ここでできることは全部終わりましたよ。気の毒な老人は、もちろん亡くなっています――たぶん、死後十二時間ほどでしょう。即死です。撃たれてから数秒も生きていられなかったはずです」

「近距離から撃たれたのかな？」ウィルソンが尋ねた。

「かなり近くから。数インチも離れていなかったでしょう。それに――らっぱ銃（フリントロック式ショットガン。装填を容易にするために銃口が先広がりになっている）で撃たれています」

「らっぱ銃だって！」ほかの二人が大声を上げた。

「らっぱ銃、あるいは、軟弾頭の散弾を詰めた大きな弾薬を使う銃か。ひどく小さな代物《しろもの》ですよ。ほら、床から拾い上げた散弾が二つあります。彼の頭の中にはまだいくつも入っているでしょうね。一発の弾薬に何十個も詰められていたのに違いありません」

「何てこった！」容易には信じられないというふうに、バートン氏が怒りを含んだ声を上げる。「いったい誰が、気の毒なカールークをらっぱ銃なんかで撃たなければならないんです？」

「それを解明するのがわたしたちの仕事でしてね」ウィルソンが答えた。「この家のことをよく知っていらっしゃるなら、バートンさん、話ができるような部屋に案内してもらえますか？」

小男は、明らかに書斎か居間と思われる部屋にウィルソンとその連れを案内すると、二人に椅子を勧めた。燦々と降りそそぐ光の中、プレンダーガストは好奇心から小男をまじまじと眺め回したが、得られるものは何もなかった。中流階級の事務員か商店主といった、しごく一般的な容貌だ。四十五から五十歳くらい。かつては赤毛だったと思われる灰色の髪が、禿げ上がった頭を縁取っている。ぼさぼさの赤い口髭。顔にも体型にもこれと言った特徴はない。自分が置かれた立場にひどく動転し、滅入っているように見える。プレンダーガストが考える以上の反応だったが、もちろん、殺された男の友人であれば誰にとっても、非常につらい状況であるのは間違いない。しかし、何となく不穏な気持ちにさせられたのは、その小男がウィルソンの質問に実にはっきりと答えたことだ。

「カールークさんのフルネームを教えていただけますか？　彼とお友だちになった経緯についても」

ウィルソンは質問を始めた。

「ハロルド・カールークです」バートン氏が答える。「ただ、正確には友だちというような関係ではありません。知り合いにちょっと毛が生えた程度です。同じ職場で働いていたことで知り合いました。少しばかりチェスをしたり、時々一緒に散歩をしたりといった具合です」

「どんな職場ですか？」

「キャピタル・アンド・カウンティーズ銀行。ハムステッド支店。カールークさんは出納係で、わたしは窓口の係長です」

「家族がいたか、ご存知ですか？　結婚はしていたんでしょうか？」

いいえ、彼は独身でしたと、バートン氏は答えた。家族がいたとは思えない。甥っ子について一、二度、話を聞いたことがある。かなり乱暴な若者で、彼に迷惑をかけることもあったらしい。でも、そのくらいで。カールークさんは自分の家族について話すような人物ではなかったし、こちらからそんなことを訊けるようなタイプでもなかった。どんな男なのか、みんなが知っているようなタイプではなかったんですよ。

「それでは、どうして」とウィルソンは重ねて尋ねた。「彼は一人っきりで暮らしていたのでしょう？　使用人は置いていなかったのですか？」

ええ、とバートンは答えた。おわかりでしょうが、カールークさんは小うるさいオールド・ミスのような人物で、使用人に家の中を見られるのが嫌いだったんです。それで彼は、通いの家政婦だけを雇っていました。彼が仕事に出かけたあとの午前中にやって来て、掃除と夕食作りをすると、雇い主が帰宅する前に帰っていきます。日曜日にはまったく来ません。「帰宅したときに彼女の姿を見つけようものなら」とバートンはつけ加えた。「彼の怒り様は、ほかでは見られないくらいのものだったでしょう」

「病気のときはどうしたんでしょう？」マイケル・プレンダーガストが職業的な関心から尋ねた。しかし、そんな問題は起こらなかったようだ。カールーク氏の健康状態は極めて良好で、彼が仕事を休むことなど一日としてなかった。

「その日雇い家政婦の件ですが、彼女はきっと鍵を持っていたのでしょうね？」とウィルソン。

「そのはずだと思います。でも、彼女は日曜日には来ません。わたしが中に入ったときには、ドアの鍵はしっかりとかかっていました」

「正面玄関のドア、という意味ですか？」

「ええ。でも、裏口のドアも鍵がかかっていましたよ」

「ほう！」ウィルソンは相手の言葉をそのまま受け止めた。「では、あなたは、助けを求める前に家の中を見て回ったのですか？」

「一階だけですけれど」バートンは唇を舐めながら、少し意外そうな顔で相手を見やった。「彼《かれ》のためにしてやれそうなことは何もありませんでした。だから、ちょっと見て回ったほうがいいかもしれないと思ったんです——誰かほかに人がいないだろうかと」

「誰かいましたか？」

バートンは頭を振った。「いいえ。気配すらありませんでした。でも、そんなことをいつまでもやってはいませんでしたよ。それで、ドアをあけたんです」

「なるほど」ウィルソンが答える。「あなた自身はどうやって中に入ったんです？」

「窓からです」そう言って指さす。ウィルソンは部屋を横切って、窓を確かめた。留め金が押し曲げられているのがはっきりとわかる。

「どうしてまた、押し入ったりなんかしたんです？」

「返事がなかったからです。事前の約束どおり、カールークさんと散歩をするために訪ねたんです。ところが、ノックをしてもベルを鳴らしても、何の返事もない。わたしのほうが少しばかり約束の時間に遅れていたので、ちょっと心配になったんです——具合でも悪くしているんじゃないかと。だから、押し入ったんですよ」

「なるほど。カールークさんと最後にお会いになったのは？」

「昨夜です」

「何時ごろでしたか?」

「だいたい――九時ごろです」また唇を舐めながら、かなり打ち萎れた様子でバートン氏は答えた。

プレンダーガストは驚きではっとした。が、すぐに、自分が事実上、法の代弁者であることを思い出して気を引き締め、ウィルソンのように感情抜きで物事を見ようと努めた。目の前の小男が警戒の色を示しているのは間違いない。彼の立場は極めて疑わしいものだった。

「起こったことを説明していただけますか?」ウィルソンが尋ねる。バートン氏は、何度も不安げにウィルソンの顔を盗み見しなければいられないようだ。彼は、カールーク氏からハイティー(午後四―五時ごろに取る軽い夕食)とチェスの誘いを受けて、相手の家を訪ねていた。ヘンドンで近所の住民のイブニング・パーティに招かれていた妻を迎えに行く約束をしていたため、バートンは九時にはカールークの家を出なければならなかった。二人は翌日の日曜日、郊外に散歩に行く約束をした。朝九時に迎えに来る段取りを整え、バートンは相手の家を出た。カールークは家の外まで彼を見送りに出て、ウィロー・ロードの角まで一緒に歩き、そこで別れた。それから、バートンは妻を迎えに行った。が、その家のパーティに思いのほか長居してしまい、夫婦がヘンドンの自宅に戻ったのは夜中の一時近くになっていた。帰宅が遅くなりそうだとわかった時点で、バートンは翌朝の散歩の出発時間を少し遅らせてもらおうと、カールーク氏に電話で連絡を入れようとした。一度は友人の家から、もう一度は自宅に戻ってから。二度、電話を入れたにもかかわらず、相手と話すことはできなかった。

「外出しているのかと思ったんです」とバートン。「でも、それはちょっと変でした。わたしと別れたあとはすぐに寝ると言っていたんですから。彼は早起きをするのが好きでしてね。それで、もう一度電話してみたんです。やはり、応答はなし。それで、もう寝てしまったんだと思いました。だから今朝、できるだけ早く訪ねて来たんですよ。彼が待っているだろうと思って」

「なるほど」ウィルソンが繰り返す。「帰るときには誰にも会っていないのですね？　カールークさんとご一緒だったときの話ですが」

「ええ、誰とも。間違いありません」かなり不安そうな面持ちでバートン氏は答えた。「結構な人が出ていましたが——気持ちのいい夕べでしたからね——知り合いとは誰にも会いませんでした。でも、わたしたちは、すぐそこの〈ドッグ・アンド・ダック〉の店先で二、三分、立ち話をしていたんです。そこの店主がドア口に出ていました。わたしは彼の姿を見ましたし、彼もわたしたちに気がついていたかもしれません。店主はカールークさんのことをよく知っています。しかしですねえ！」バートンは突然大声を上げた。「あなたが何を言いたいのかはわかっていますよ！　これがどんな状況に見えるのかも！　カールークさんがわたしと別れたあと、まっすぐ家に帰って中に閉じこもったなら、生前の彼を最後に見たのはわたしということになりますからね。でも、わたしと別れたとき彼は生きていたし、まったく異常はなかったんです——本当ですとも！」彼は半分立ち上がりかけたが、恐る恐るそばにいる二人の顔を見て、また腰を下ろした。

「まあ、まあ」ウィルソンが宥《なだ》めるように言う。「何も、あなたを疑っているわけではありませんよ、バートンさん。でも、わたしたちは、何が起こったのかを解き明かさなければならないんです。さて、もしお二人が構わなければ、わたしは現場の調査を始めることにしましょう。あと二、三分もすれば警察が到着します。バートンさん、あなたには、もしよろしければですが、彼らと一緒に署に出向いていただいて、今のお話を担当の警官に報告していただきたいのです」彼は立ち上がった。「ところで、マイケル、死体には抗った痕跡が少しでもあったんだろうか？」

「いいえ、まったく」プレンダーガストは即座に答えた。「何が起こっているのかもわからないうちに撃たれたんだと思いますよ」

「わたしもそう思う」ウィルソンは頷くと玄関ホールへと姿を消した。プレンダーガストとしては、一緒について行って、ロンドン警視庁の人間が殺人現場をどのように扱うのか見てみたい気持ちだった（ウィルソンとのつき合いは、今のところ、まったく仕事を離れたものだったから）。しかし、彼は、友人の公的な立場を大いに尊敬していたので、もし望まれることがあれば、その招きに応じるだけにしておこうと思った。それで、掻き集められるだけの忍耐力を総動員して、居心地のよくない小さな書斎で座っていた。一方、バートン氏は、暖炉の向こう側で身体を丸め、落ち着かない様子で爪を噛んでいる。

重い足音が小道から聞こえ、堅苦しいノックの音が家中に響き渡るまで、そんなに長くはかからなかった。たぶん、三分も待たなかっただろう。バートンとプレンダーガストは椅子から飛び上がったが、ウィルソンのほうが早かった。二人が玄関ホールに出ると、ウィルソンが畏《かしこ》まった巡査部長を相手に、口早に状況を説明していた。

「レン巡査が警視の鞄をお持ちしました」巡査部長が報告する。「閣下から知らせを受けてすぐに、フィツジョーンズ・アヴェニューまで取りにやらせたのです。以上！」二人はすでに、電話室の戸口まで来ていた。「ああ、では、この人物は殺されたのですね。間違いない、気の毒に！」と巡査部長。「あれは何ですか、閣下？　ぶどう弾（大砲に用いた数個の鉄球から成る弾丸）の弾薬のように見えますが」

「プレンダーガスト医師によるとらっぱ銃らしい」ウィルソンが答えた。「被害者をすぐに署に運んだほうがいいだろう。救急車は来ているか？　結構。部下たちを中に入れて、できるだけ早く管轄の外科医に調べてもらうよう連絡をするんだ。バートン氏も一緒に連れて行って、調書を作成するといい。カトリング警部は署にいるだろうか?」

「ちょうど向かっているところです」巡査部長が答える。「電話を入れておきましたから、部下たちが戻るころには署に着いておられるでしょう」

「よろしい。それなら仕事がはかどる。きみはここに残って、わたしと一緒にこの家を調べる。巡査にドア口を見張らせてくれ。ちょっと失礼、マイケル」ウィルソンはプレンダーガストに顔を向けた。「すまないが、気の毒なカールークが我々の遠出を中止にしてしまったようだ。一人で出かけるかい? それとも、ここに残るかね?」

「少しでもお役に立てることがあるなら残りたいですね」プレンダーガストは小学生のような意気込みで答えた。ウィルソンがかすかに微笑んで頷く。「バートンさん、もしよろしければ、巡査と一緒に署までご足労いただきたいのですが」離れた場所でむっつりと縮こまっている小男に彼は声をかけた。「そこで警部に詳しい話をしてやってください。でも、その前に、あと一つ二つ、知りたいことがあります。カールークさんが以前、現金や貴重品を自分の家に預かっていたことがあるか、ご存知ですか? つまり、銀行のお仕事の一環として、という意味ですが」

「わたしは何も知りません」バートンは答えた。「でも、たとえそんなことがあったとしても、彼がわたしに話すことはなかったでしょう。仕事に関しては牡蠣の殻のように口の堅い人間でしたから」

「ありがとうございます。では、お話しされていた甥のことはどうでしょう? 名前とか住所とか、その人物について、何かご存知ですか?」

バートンはしばし考え込んだ。「名前はエドガー・カールーク。確か、船の乗組員で、今は陸《おか》にいるはずですよ。でも、住所までは知りません」

「では、陸にいるときに、ここに滞在することはなかったんですか？」

「かつてはありました」バートンは答えた。「でも、金のことで口論になって、それ以来、招かれることはありませんでしたね。わたしがその男のことを偶然知ることになった経緯《いきさつ》も、そんな状況からなんです。口論の真っ最中に訪ねて行ったものですから」

「金のことというのは――どういう意味です？」

「ああ、エドガー・カールークがいくらか入用だったんです。でも、伯父は与えようとはしなかった。わたしにはわかりませんよ――それ以上は聞いていないんですから。でも、ひょっとしたら、カールークさんは自分の日記に甥っ子のことを何か書いているかもしれませんね。もし、あなたたちがお知りになりたいというなら」

「彼がどこに日記を保管していたかはご存知ですか？」

「二階です。彼の寝室の金庫の中。この部屋のちょうど真上です」

「ありがとうございます。銀行の支配人の名前は何というのでしょう？　支店の支配人ですが」

「ワレンさんです。ベルサイズ・パークに住んでいますが、今は旅行中です」

「ありがとう。ところで、電話室の照明が足りませんでしてね。電球が切れているようなんです。カールークさんがスペアをどこに保管していたかなんて、ご存知ではありませんよね？」

「ああ、キッチンのカップボードの中です。ガスレンジの左側ですよ」

「場所がおわかりなら、一つ見つけてきてもらえませんか？　できれば中程度の明るさのものを」ウイルソンはキッチンのドア口までついて行き、バートン氏がカップボードの中を手探りして、電球を一つ引っ張り出すのを待っていた。

「これでどうですか？」バートンは包装を解きながら言った。「四十ワットですが」

「ありがとうございます」ウィルソンは電球を受け取った。「さあ、巡査部長、隊員たちを中に入れてください。被害者を運び出す際には、現場を極力破壊しないよう彼らに注意すること。そこのきみ！」彼は、玄関ドアの警備に当たっていた巡査に声をかけた。「バートンさんを今すぐカトリング警部のところにお連れして、調書を作らせてくれ。巡査部長とわたしはこの家を調べて、調査の進展状況をできるだけ早く報告すると警部に伝えてくれるかな。それから」彼はその巡査を少し近くに引き寄せた。会話が囁き声に変わる。そうこうしているうちに救急隊員たちが入って来て、気が滅入るような荷物の搬出に取りかかった。プレンダーガストは、電話室から出されたカールーク氏の遺体に改めて慄《おのの》いていたが、仕事を遂行する警察官たちの冷静さに驚かずにはいられなかった。運び出し作業が終わると、ウィルソンは巡査を立ち去らせた。しっかりとした足取りで歩いて行く巡査のあとを、しょんぼりとした様子のバートン氏がついて行った。

3

「ショッキングな事件ですね、警視」二人を残してドアが閉まると、巡査部長が口を開いた。

「ショッキングだね」巡査が運び込んでいた鞄をあけながら、ウィルソンが同意する。中身はもっぱら、様々な種類の小瓶らしい。「きみは、このカールーク氏という人物を知っていたのかい、巡査部長？　彼が殺された理由に何か思い当ることがあるだろうか？」

「まったく、ありませんね」巡査部長は答えた。「この上なく物静かで感じのいい老紳士でしたよ。少しばかり非社交的だという声もありますが、問題になるほどではありません。この世に敵がいたとは思えませんね」

「バートン氏もそんなふうに思っていたらしい」取り出した薄い手袋をはめながら、ウィルソンは言った。「さて、取りかかるとしようか。犯人を捕まえたいなら、無駄にできる時間はないようだから。きみは家中を巡って、ドアや窓を見て回ってもらえるかな、巡査部長。犯人が逃げ出した方法を発見できるか調べてくれ。マイケル、きみはカップボードを探して、六十ワットの電球があるかどうか見てくれるかな？　これは結局使わないと思うから」彼はそう言いながら、電球を棚の上に置いた。巡査部長は、何か言いたげに顔を上げたが、すぐに思い直したらしい。プレンダーガストは、さほど苦労することもなく要求された電球を見つけた。古いものと交換するために電話室に持ち込むと、ウィルソンが彼を押し止めた。「わたしにやらせてくれ」そう言って彼は、手袋をはめた手で慎重に、古い電球を天井から取り外した。巡査部長がくすくすと笑っている。

「指紋でも探すおつもりですか、警視？　犯人が電球に触ることなど、なさそうですが。まして、切れてしまった電球なら、なおさらです」

「そんなことはわからないよ」そう切り返すウィルソン。「入って来るといいよ、マイケル。きみが思うところを教えてくれ。もう、証拠を台なしにする心配はしなくていい。職員たちが入って来る前に指紋なら十分に調べたから。死んだ人物についてどう思うか、教えてくれないか」そう言いながら彼は、手中の切れた電球と一枚のカードに、小さな瓶から粉を振りかけている。

プレンダーガストは、長さ七フィート、幅三フィートほどの小さな部屋をじっくりと見回した。

「彼はここで撃たれていますね」そう話し出す。「撃たれた後に動くことはできなかったはずですから。それに、どこかほかの場所から運ばれてきたなら、ここでこんなにひどく出血したはずもありません」

「そのとおり。では、どこから撃たれたんだろう？　殺人者はどこに立っていたのかな？」

「あの、部屋の向こう端ですよ。銃弾が飛んできた方向からわかります。電話機の向かいの壁にめり込んでいる弾も一つありますし」

「カールークは立っていたということだね——では、どこに？」

「電話機のすぐ横に。彼の倒れ具合からそう思います。いずれにしろ、部屋の端っこです」

「では、彼を撃った男はどこに立っていたことになる？　そんな場所があるようには見えないが。ということは、カールークはらっぱ銃のところまで歩いて行って、その真ん前に立ったということかな？」

「暗かったですから。電球が切れていたんです」

「そのとおりだ、マイケル。しかし、ホールのライトがついていれば、電話室の中にいる人間が見えるだけの明るさはあるんじゃないかな。カールーク氏が家を真っ暗にしていたとは思えないんだが。自分で試してみるといい」

プレンダーガストは試しにホールに出てみたが、結果としてはウィルソンが言ったとおりだった。部屋に戻ると、友人が電話機に粉を振りかけていた。「犯人はカーテンの後ろに隠れていたんですよ、きっと」プレンダーガストは言った。

「カーテンの後ろにだって！　そんなスペースはないよ！　靴でいっぱいだし、たとえ彼がその靴を取り除いていたとしても、棚の幅はせいぜい一フィートくらいなんだ。男が一人、カーテンの陰に身を潜めるなんてことはできない。やってみるといい。いいや、この狭さでは無理だ。ここに来てこの電話機を見てごらん。こっちのほうがずっと興味深い」

「また指紋ですか?」細かな黄色い粉が付着した電話機を見ながら、プレンダーガストは尋ねた。

「何かついているようにも見えませんが」

「ああ、何もついていない。電話機はきれいに磨かれているからね。そのこと自体がかなり興味深いんだ。人が雇い入れるような通いの家政婦なんて、普通はそんなに几帳面ではないよ。でも、わたしが言っているのは、その点ではないんだ。すぐ横の棚の上を見てごらん」

「血痕だ」とプレンダーガスト。「カールークのものでしょう。でも、どうしてそこに血痕があってはいけないんです?」

「なぜなら、それが受話器のすぐ下にあるからさ」

「本当だ! ということは、彼は殺されたとき、まさに電話中で、何とか受話器を元に戻したということですか! そんなことができたとは思えませんが」

「わたしも思わないよ」とウィルソンが答える。「さらに、彼がそうしたとも思わない」

「それなら、殺した人間がそうしたことになる。何てこった、それはまた、ずいぶん冷静なことだ。ところで、ハリー、もしそんな具合なら、あなたはカールークの死亡時間を確定できるんじゃありませんか? 電話局の人間は通話記録を残しているんでしょう? 彼が最後に電話をしていた時間を尋ねれば、ほぼ正確な死亡時間が確定できます」

「たぶんね」とウィルソン。「もし、彼が電話をしていたらの話だが。ところが、我々にはまだ、彼が電話中だったかどうかもわかっていない。それに、きみはまだ、殺人者がどこに立っていたかについて答えていないよ」

「ええと、ああ、だめだ！」ウィルソンが照明のスイッチに粉を振りかけているあいだ、プレンダーガストはしばし黙り込んでいたが、ついに叫んだ。「カーテンの陰じゃないなら、どこに立っていたかなんてわかりませんよ！　部屋のもう一方の端に立っていたこともあり得る――いいや、無理だ。弾丸が飛んできた方向がまったく逆になってしまう。カールークが電話中にこっそり部屋に忍び込んで来て、彼に近づき、すぐ間近から撃ったのかもしれない。でも、そんなことをするなんて、とてもまともとは思えないな」

「確かに、正気の沙汰ではないね」

「では、あなたには、犯人がどこに立っていたのか、わかっているんですか？　それに、何だって彼はらっぱ銃なんかを使ったんです？　凶器としては奇妙ですよね。どうして拳銃を使わなかったんだろう？　それで十分なのに」

「犯人が立っていた場所についてなら、見当がついていると思うよ――と言うより、彼が立っていなかった場所については」ウィルソンは答えた。「単なる推測ではあるけどね。そして、それをどう証明するかについては、今のところ、まったく見当がついていない。らっぱ銃を使った理由については、はっきりわかっていると思う。らっぱ銃の特徴を考えてみたまえ。答えはおのずからわかるはずだ。おや、これは何だろう？」ウィルソンは電話機のそばに立って、すぐ上の棚を凝視していた。「ありがたいことに、この電話機の状態からすると、ここの家政婦はあまり几帳面ではなかったようだね。そのここを見てごらん」プレンダーガストが見つめた棚には、ロンドンの塵が分厚く積もっていた。その片端、ウィルソンが指し示したほうの塵に、直径六インチほどの丸い窪みがついている。「何か丸いものがここにあったんですね」そう言いながら、プレンダーガストはわずかながら状況が見えてきたことを感じていた。

「そうだね」とウィルソン。「そしてそれは、つい最近取り除かれた。しかも、そこに長く置かれていたわけではない。窪んでいる部分の塵の厚さは、ほかの部分とほぼ同じだからね——ちょっと押さえつけられていただけだ。さあ、マイケル、周りを見回して、何がその窪みを作ったのか教えてくれるかな」

「電話機です」プレンダーガストは即座に答えた。実際、目に見える範囲で、考えられる物体はそれだけだった。

「恐らくそうだろう。でも、確かめてみたほうがいい」ウィルソンはそう言って、電話機と窪みの直径を注意深く測った。「さて、今度は、亡くなったカールーク氏が、どうしてこんな不便な場所に電話機を置いていたのかを説明してもらえるだろうか？　やっと手が届くくらいだ。わたしも彼と同じくらいの背丈だと思うが」

「あなたのほうが高いですよ」医者であるプレンダーガストは機械的に答えた。そして、電話機がどうして、そんなに高い棚に移される必要があったのかについて脳みそを絞った。殺人者がいる場所を確保するため。それが考えられるただ一つの答えだ。しかし、電話機を取り除くことが、犯人にとってどんな役に立ったのか？　電話機サイズの残忍な小鬼が、らっぱ銃を構えて棚の上に座っている。ウィルソンに話したとおり、プレンダーガストの頭に浮かぶのはそんな空想図ばかりだ。驚いたことに、ウィルソンは励ますかのように微笑んでいる。

「いい傾向だ」とウィルソン。「やっと自分の頭を使い始めてきたな」

「自分の頭を使ったところで、化け物を作り出すのがおちですけどね」プレンダーガストは呻くように言った。「それなら、使わないほうがまだましです」その瞬間、彼はびっくりして飛び上がった。目の前の電話機が、ひっそりとした家を貫いて、甲高い音を立てたからだ。

「誰かがカールーク氏に電話してきたんでしょうか?」受話器を取り上げるウィルソンに彼は言った。

「いいや、署からだよ」ウィルソンは答えた。「はい、警部。ええ、ウィルソンです……」プレンダーガストがふらふらとホールに出ると、家中を隈なく調べていた巡査部長が階段から下りて来るところだった。

「気の毒な老人を殺したのが誰だったとしても、そいつは羽を持っていたんですよ」巡査部長が言う。「犯人が出て行ける場所など一つもありません。裏口のドアはしっかりと鍵がかかっている。窓という窓は閉まっていて、この気候ですから、きっちりと掛け金が下ろされている。外から押し破ろうとしても、まず無理でしょうね。最上階の窓が一つあいていましたが、人が出入りした形跡はありません。窓が小さすぎて、跡を残さずに出入りするなんて無理なんです」

「煙突はどうですか?」プレンダーガストは尋ねた。「犯人は煙突をよじ登れたんじゃないでしょうか?」

「煙道を登らなければ無理ですよ、先生」巡査部長は答えた。「家中、煙だらけになってしまう。それに、排気管もしっかり閉じていましたし。いいえ、犯人は飛んで行ったんです。それが、彼のしたことですよ。犯人が自分を切り刻んで、ばらばらにでもしない限りは。この家の中で隠れることができそうな場所を隅々まで調べたんです。一カ所もありませんでした」

ここで電話がちりんと音をたて、会話が終わったことを告げた。ウィルソンがホールに出て来た。

「巡査部長、あなたの署には非常に優秀な部下がいるようですね」その言葉に、巡査部長は喜びで顔を紅潮させた。「バートンの供述について、もう裏を取ったそうです。彼の話に間違いはなさそうですね。〈ドッグ・アンド・ダック〉の店主が、昨夜、店先を通り過ぎて行ったバートンとカールークを覚えています。実際、彼は、カールークが自分の家に戻って行くのを見ていたそうです。次いで彼らはヘンドンの招待主に連絡を取った。バートンの妻と息子は、彼がまっすぐ帰宅したと証言しています」

「問題はなさそうですね」と巡査部長。「もし彼が、一時過ぎまで戻っていないということなら」

「二時近くになっていただろうね」ウィルソンが言う。「そのころにはバスも地下鉄も止まっていただろうし、彼は車を持っていないから」

彼はプレンダーガストに物問いたげな視線を向けた。

「わたしはそうは思いませんね」医者が言う。「カールークが零時よりもずっと前に死んでいたのは確かですよ。もちろん、一時間やそこらの誤差はあるかもしれませんが――まず、間違いありません。あなたは、バートンのアリバイが嘘だと思っていたんですか?」

「いいや」ウィルソンが答える。「そんなことはないよ。でも、確かめてみる必要はあったからね」

「それに、いずれにしても」と巡査部長が口を挟んだ。「もし、バートンが戻って来たのだとしても、彼はどうやってまた家から出たんでしょう?」彼はその難しさについてウィルソンにとうとうと説明した。「我々はこれからどうしましょうか、警視?」

「家の中を徹底的に調べる」ウィルソンは答えた。「それに、カールークの書類も。鍵なら手に入れである。わたしも手伝うよ。ただ、急がなければならない」

「特にどんなものを探すおつもりですか？」

「そうだね、書類に関しては――犯罪に関係するものなら何でも。あるいは、彼ら以外の人間が関与していたことを示すようなもの。そのほかについては――凶器だな」

「らっぱ銃ですか？」

「そう。あるいは、それに類したもの。しかし、もう分解されているかもしれない。らっぱ銃の一部と思われそうなものは何でも探すんだ。この家のどこかにあるはずだからね。それは確かなんだが、どこにあるかは、わたしにも見当がつかない」

「わたしの見たところでは、先生」探索を始めながら、巡査部長は感心したように言った。「ウィルソン警視にはもう、すべてお見通しのようですね」

「半分わかった程度だよ、巡査部長」ウィルソンの表情はかなり不安げだ。「動機がわからないんだ。それに、凶器も見つかっていない。どちらかでも早く見つけないと、犯人を捕まえられなくなってしまう」

4

死んだ男の持ち物を調べるのは、長く、気が滅入るような作業だった。時間が経つにつれ、ウィルソンの表情が険しくなっていく。綿密に物を探すという作業がどういうことなのか、その日の朝まで本当は知らなかったのだとプレンダーガストは感じていた。ウィルソンは二人に隙間という隙間を手探りさせ、クッションの一つ一つ、敷物の一枚一枚を振り払わせた。自分はマットレスや椅子の座部の縫い目に指先を這わせていく。さらには、ごみ入れをひっくり返させ、洗面台の中や排水管の曲りの下を調べさせた。三人で小さな庭に出て、家を囲む砂利敷きの小道や、それを縁取る花壇までも調べたが、すべて無駄に終わった。らっぱ銃はどこにも見当たらず、一般的とは言えないような銃器も見つからない。らっぱ銃の一部だったと思われるものさえ出てこなかった。二時間もの探索の果てに、彼らはようやく金庫までたどり着いた。死んだ男の鍵で、ウィルソンは金庫の扉をあけた。

「ここからも、たいした物は見つかりそうにありませんね」整然と並んだ書類の束を見て、巡査部長が言う。

「さあ、ただ探すのみだよ」最初の小さな束を調べながら、ウィルソンは答えた。

「ふむ」数分後、そのウィルソンがつぶやいた。「わたしたちの前にこの書類を調べた人間がいるようだな。ほんの少しだが、書類の整理の仕方に乱れがある――もともとどういうふうに整理されていたのか知らない人間が、きちんと元に戻そうとしたみたいな。他人が埃払いをしたあとの書斎のような感じさ。しかし、その人物が何を探していたのかが、どうしてもわからない。それが何であれ、その人物が抜き取ってしまったとなれば、何の跡も残らないわけだが。いったい何を探していたんだろう？　いずれにしろ、得体の知れない甥っ子に関する書類もほとんど見当たらないな。カールーク氏は、普段から個人的な書類は破棄するようにしていたらしい」

「あなたは――」ウィルソンの疑問に何の答えも見つけられないプレンダーガストが口を挟んだ。「電話局の人間がカールークの死亡時間を確定してくれるかもしれないというわたしの思いつきに対して、何もしてくれなかったんですか？　それで人のアリバイが証明できるじゃないですか」

「そうだね」とウィルソン。「ただ、わたしとしては、電話中に殺されたのではないと確信している点が問題でね」

「でも、彼は電話をしていたでしょう!」プレンダーガストは大声を上げた。「彼の手を忘れたんですか?――わたしが言っているのは指のことですよ。彼の指がどんなふうに曲がっていたか、覚えていないんですか? わたしには目に浮かぶようです。ちょうど人が電話の受話器を握るような角度だった」彼は、自分の手で再現してみせた。「ただ、ちょっとばかり角度が広めですけどね――持っていた受話器を引っ張り出されて、そのまま硬直したみたいに。その時に気づいたのを覚えています。何を持っていたら、あんなふうに固まるだろうかと思ったことも。らっぱ銃だったのかもしれないとも思いましたよ――でも、そうなら、彼はそのまま銃を持っていたでしょう。受話器のほうがずっとそれらしいですよ」ウィルソンが書類を取り落とし、尊敬の眼差しを向けていることに気づいて、プレンダーガストは勝ち誇ったような気持ちで言葉を止めた。

「すごいぞ、マイケル。きみなら気づくと思っていたんだ!」ウィルソンが返す。「ばかだな、手のことをすっかり忘れていた。巡査部長、通信省で最近、電話機がなくなったという話は聞いていないだろうか?」

「電話機がですか? 残念ながら聞いてないですね」自分の言葉に返ってきた思いもよらぬ反応にプレンダーガストがあんぐりと口を開けているのをよそに、巡査部長はくすくすと笑っていた。「通信省なら、自分たちの持ち物の紛失には気をつけているでしょうね」

「では、できるだけ早く電話を入れて調べてくれ」それが返ってきた答えだった。「急いでくれ。すべてはそこにかかっているかもしれないから」

「いったいどうして、通信省が電話機をなくしたなんて考えているんです?」プレンダーガストが問う。

「単なる推測だよ。でも、もしそれが当たりなら、状況はかなりはっきりしてくる」

巡査部長はかなり長いあいだ、戻らなかった。その間、ウィルソンとプレンダーガストは忍耐強く、物静かな老紳士の面白くもない個人的な書類に目を通し続けた。巡査部長がやっと戻って来たとき、その顔には尊敬の色がありありと浮かんでいた。

「どうしてわかったんです、警視?」彼は話し出した。「彼らは一台なくしていましたよ。この一、二週間のあいだに、ゴールダーズ・グリーンの空き家になっている共同住宅から盗まれている機械が一台ありました。でも、正確にいつのことかは彼らにもわからないし、誰がそんなことをしたのか、見当もつかないと言っています。どうしてわかったんですか?」

「うーん、かなりわかり切った結論じゃないかな?」とウィルソン。「それがどこに行ったのかも、同様に明白であってもらいたいね。さあ、そいつを見つけ出さなければ。この家からなくなっているはずはない。時間がなかったはずだ。犯人がそれを捨てる場所もなかっただろうし――ああ、そうだ!」ウィルソンは急に立ち上がり、ドアに向かった。「フクロウだ!」

「何ですって?」階段を駆け降りるウィルソンのあとを息を切らせて追いかけながら、プレンダーガストは訊いた。

「何を言っているんだ! フクロウだよ、決まっているじゃないか!」それが返ってきた答えのすべてだった。「いや、ちょっと待っててくれ。すぐに戻って来るから」

ウィルソンは道路に走り出て、坂道を百ヤードほど上がって行った。その間、プレンダーガストと巡査部長は、あんぐりと口をあけてホールに立っていた。ウィルソンは五秒近く路上に立ち止まり、家を視界からほとんど覆い隠している木々を見上げていた。そして、同じように走って家に戻って来た。「たぶん、バスルームの窓だ」たどり着くなりそう言い、階段を駆け上って行く。二人がそのあとを追った。バスルームに着くと、巡査部長が見つけたときからあいていた窓をさらに大きくあけ放つ。そこから、左側にぐっと身を乗り出し、壁を厚く覆っている蔦の中を手探りし始めた。二、三秒後、勝ち誇ったような叫び声が上がる。

「あった！　たぶん、これだと思う。二人とも、よく見ていてくれ。この状況についての目撃証人が欲しいんだ」ウィルソンは、キャピタル・アンド・カウンティーズ銀行のロゴが入った分厚い封筒を持った手を引き戻した。その封筒を巡査部長に手渡す。「凶器ですか、警視？」巡査部長が当惑気味に問う。「まだ、ほかにもある」ウィルソンはそう言い、再び外壁の蔦に向かって身を乗り出した。

「こっちは慎重に扱ってくれ」再度、室内に戻りながら彼は言った。その手にあるものは、一見、普通の電話機の受話器のように見えた。しかし、よくよく見てみると、明らかに送話口と本体の上部部分が取り外されて、そこが大きな金属製の銃口になっていた。プレンダーガストが顔を寄せ、その黒い口をまじまじと見つめている。

「何ということだ、らっぱ銃じゃないか！」

「そのようだね」とウィルソン。「どんな仕組みになっているのか、分解してみる必要があるな。しかし、犯人がしたことについては、極めて明白だ。機械の内部は弾薬を入れるために取り除かれ、耳当て部分のフックが引き金に連結されていたんだろう。暗闇の中で電話に出ようとした男は――照明が壊れていたことは覚えているだろう、巡査部長？　あれはたぶん、犯人によって壊されたんだ――

受話器を取り上げ、銃弾が発射される。ここまで来れば、らっぱ銃が使われた理由もわかるだろう？　プレンダーガスト医師が気づいたとおり、らっぱ銃というのは軟弾頭のように、ひどく飛び散るタイプの散弾を使うからね。相手が電話に出るとき、その人物の頭がどこにあるかなんて予想はつかない。しかし、らっぱ銃なら、相手がどこにいようと極めて的中率が高いというわけだ。受話器にも耳当て部分にも指紋がいくつか残っている」彼は、話をしながら、その代物《しろもの》に指紋採取用の粉を振りかけていたのだ。「間違いなくカールークのものだろう。しかし、確認のために一階で採取した指紋と付き合わせてみることも可能だ。彼の指紋なら、運び出される前にカードに採取しておいたから。さて、マイケル、少し前にきみにした質問だが、今なら答えられると思うよ――相手を殺害した時、犯人はどこに立っていたのか？　答えは――ヘンドンの自宅の電話機の前、ということになる。巡査部長、署に使いをやって、エドワード・バートンをハロルド・カールーク殺害の容疑で拘留するように伝えさせてもらえるかな？　まだ、署にいると思うから」

「何とまあ」巡査部長が言う。「何て恐ろしいことだ！　やつはこんなことを仕組んだ上で出かけて行って、気の毒な老人が受話器を取り上げたときに撃ち殺されるようにしてきたと言うんですか？」

「そして、相手が確実に死ぬように、自分で電話をかけたんだよ」ウィルソンは答えた。「それも二回。きみも覚えているだろう？　一度目にやり損ねた場合に備えて。電話局の人間が、そうした空《むな》しい通話記録の裏付けをしてくれるだろう。しかし、もちろん、老人は二度目の電話のずっと前に死んでいたんだけどね」

「何とまあ！」巡査部長は再び言った。「何という冷血漢なんだ！　どうして、やつは老人を殺したりしたんですか、警視？」まるで、ウィルソンのことを一部始終の目撃者とでも思っているような口ぶりだ。

「それは、わたしにもまだわからないよ」とウィルソン。「でも、きみが手にしている封筒が何らかのヒントを与えてくれたとしても、驚かないだろうね」彼が封をあけてみると、キャピタル・アンド・カウンティーズ銀行あてに振り出された小切手の小さな束が出てきた。ウィルソンはポケットから虫眼鏡を取り出し、素早くサインを調べていった。

「もちろんわたしは、キャピタル・アンド・カウンティーズ銀行ハムステッド支店の顧客についは知らないが」と彼は話し出した。「このうちのいくつかは間違いなく偽造されたものだね。虫眼鏡で線のうねりを見てごらん。本物の署名ではないよ」彼は、なるほどと頷いている巡査部長に、小切手と虫眼鏡を手渡した。「思うに、我らが親愛なるバートンは、自らの手でその署名をしたか、小切手を振り出す手助けをしたかのどちらかだろう。そして、あのカールークがそれに気がついた。銀行の支配人と連絡がつけば、その辺りのこともはっきりするだろう。しかし今は署に出向いて行って、犯人の身柄を確保したほうがいい。カトリングが、彼を拘留するだけの理由を手に入れているかどうか、わからないから」

5

「わたしの視力についてのきみの判断は、過大評価だったというわけだよ。わたしがフクロウだと思ったのは、書類を隠しているバートンの手だったんだから」とウィルソンは言った。「言い訳が許されるなら、その状況をしっかり見ていたわけではないということだ。網膜の片隅にちらりとそんな印象が映っただけで、しっかり見ようとしたときには、もう消えていたんだ。あの蔦の特定の部分が見えるのは、道路の一カ所だけからなんだ――そして、その場所は、窓からは見えない。バートンは、誰にも見られていないと思っていたはずだよ。わたしも同様に、自分が受けた印象をすぐに十分追究しないことで、証拠を失うところだった」

「わたしにわからないのは」とプレンダーガストが口を挟んだ。「どうしてあなたが凶器を探そうとしていたか、なんですよ――家から持ち出されていないと思ったのはどうしてなんです？」バートンの刑の執行後、彼らは再び事件について話し合っていた。偽造小切手と有罪を証明する電話機を突きつけられたバートンは、すっかり観念してすべてを白状した――加えて、彼がカウンターで金を渡した小切手偽造の実行犯についても、その正体を明かした。休暇から戻って来た銀行の支配人が提供した情報によると、すでに発見されていた偽造小切手について調査が進められており、その件に関して、休暇から戻り次第、死亡した老人から面談を求められていたのだという。そこに、殺害の必要性が生じたというわけだ。犯罪のほかの部分については、ウィルソンが示したとおりだった――彼がゴールダーズ・グリーンの空き家から電話機を盗んだことも、用意周到に電球を壊しておいたことも。

「まあ」とウィルソンが話を続ける。「それ以外のことをあの男ができたとは思えなかったからね。門のそばにいた男が言っていたように、バートンがあの家の中にいたのはほんの数分間だった――どこかほかの場所に持って行く時間はなかったよ。もちろん、自分で持っていることもできたかもしれない。しかし、警察署に行かなければならないことがわかっていて、そんな危険を冒すとは思えない。もし、自分であの家の中から見つけられなければ、最後の手段として、バートンに探させようかとも思っていたんだ。でも、できるならそんなことはしたくなかった。あれほど完璧なアリバイがあるからには、本来なら釈放しなければならないからね。そして、釈放となれば、凶器を取り戻して破壊する時間や、国外に逃亡する時間を、たっぷり与えてしまうことになる」

「では、初めから彼が犯人だとわかっていたんですか？」プレンダーガストが問う。「どうして？」

「そうだね、あの電話室を見た瞬間から彼を疑い始めていた。きみも知ってのとおり、部屋の広さや弾の飛んできた方向からして、犯人があの部屋にいなかったのは火を見るよりも明らかだ。きみも自分の目で見ただろう？　ただ、きみは、犯人はあの部屋にいたと確信していたようだが。しかし、犯人が存在し得た余地はないし、その人物が家から出て行った形跡もない。確認できたのはバートンの靴跡だけ。しかも、血だまりに足を踏み入れずに死体をまたいで、あの部屋から出て行くことなど、誰にもできなかったはずだ。自分でも試してみたからね。つまり、殺された時、老人は一人だった。そして、機械的な手段か何かで殺された、ということだ。それに、例の壊れていた電球の件――きみも気づいていたと思うが、まったくの新品だった――あれは、罠のためには好都合だが、いかにも疑わしい。記録のためにほかの電球にバートンの指紋を取っておいたが、壊れた電球に残っているのと同じ人間のものだとあとから判明した。もちろん、それは決定的な証拠とは言えない。しかし、何か含むものがあるとは言える。電球はバートンの手の届く高さにはなかった。彼もあの状況で、電球を取り換えようとは思わなかったんだろう。いずれにしろ、それが一番の失敗だった。ほかのものはきれいに拭いているんだ――本来の電話機も、逆に疑惑を招くほど完璧に――だが、電球のことは忘れていた。

　被害者が殺害されたときに一人きりだったとなれば、犯人は間違いなく強力なアリバイを有することになるし、それがどんなアリバイだろうと初動捜査では考慮されないことになる。実際には、それがバートン氏のアリバイを少しばかり疑わしいものにしていたんだが――慎重に用意されたものという感じがしたんだよ。それで、彼から必要なことを訊き出したあとは、きみに彼を見ていてもらって、さらに詳しい調査のために部屋に戻った。その後、きみにも見せたように、受話器の下にある血痕を見つけた。それは、その受話器が犯罪のあとに戻されたことを示していた。きみが言ったとおり、カールークが自分で元に戻したなんてことはできなかったからね。彼は、撃たれると同時に倒れたに違いない。そして、さらなる証拠として、その電話機を調べてみると、カールークがまったくそれに触っていないらしいことがわかった。それは、彼が死んだあとで誰かがそれを元の位置に戻し、きれいに磨きあげたに違いないことを意味している。しかし、我々が知る限り、カールークの死後、その部屋に入ったのはバートン氏だけだ。それで、彼の行動についてもう少し調べてみることにした。そして、電話機を動かし、死体を発見したあとで元の位置に戻したのは、ほかならぬ彼自信だと確信したんだ。第一に、その電話機が直近の数時間、ほとんど手が届かないような棚の上にあったことを発見したとき、第二に、その電話機があったすぐ下に、何者かの血で汚れたつま先の跡があり、その下の棚には、あまり一般的とは思えない、誰かが膝をついたような跡があることを発見したときに。

　しかし、それはどうしてか？　きみが適切に答えていたように、殺人者のための場所を作るためだ。この点については認めなければならないが、わたしの頭の動きはひどく鈍かった。ダミーの電話機について、すぐ思いつくべきだったんだ。しかし、それでもわたしは普通のらっぱ銃を探していた――上の棚に固定されて、機械的な操作か何かで発射されたんだろうと。その時、きみが幸運にも死体の手について思い出してくれた。それが、手掛かりになったんだよ。そのあとはとんとん拍子だった。例のダミーを見つけるだけだったんだから」

「バートンはどうして、もう少し待って、ダミーをばらばらにしなかったんでしょうね？　慌てて急を報じる代わりに」プレンダーガストは不思議がっている。

「たぶん、門の近くにいた男の疑惑を煽るのを恐れて、あえて先延ばしにはしなかったんだろう」ウィルソンは答えた。「もちろん、我々がそこにいるとは思っていなかったんだろうがね。その男に警察を呼びに行かせ、自分は二十分くらい、静かにあと片づけができると思っていたんだ。我々の出現は、彼にとっては少しばかり運が悪かったということだね。木立のあいだのわずかな隙間についても同じことだ。電球の見落とし以外の点では、彼は驚くべき頭脳を示したと思うよ。もっとも、その電球だって、永遠に気づかれない可能性は大いにあったわけだが。まったくの部外者という顔で嘆いて見せた様子は自然そのものだったし、彼のアリバイにしても、もしわたしが疑いを持たなければ、実に完璧で、偶然過ぎるというほどでもなかった」

「動機についても推測ですか？」プレンダーガストは尋ねた。

「ちょっと違うな。ただ、気がついたんだよ。二人が同じ銀行で働いているなら、明らかな可能性が一つ存在する。まあ、もしかしたらほかにいくらでもあるのかもしれないが。それにもちろん、急ぐ必要があった。もし、我々がいつまでも動機探しに固執していたら、あの男を捕えることはできなかったと思うよ」

ウィルソンの休日

　ウィルソンに休暇を取るよう説得するのは、いつも一苦労だ。彼自身が好んで言うように、仕事は彼にとってのリクリエーションで、それがなければ途方に暮れてしまうのだから。しかし、今、こうして書き記すに当たって、あのときのわたしは頑として譲らなかったのだと思う。というのも、大変な仕事続きだった彼は疲労困憊しており、いかに頑丈な身体の持ち主とは言え、休息を取らなければダウンしてしまうと危《あや》ぶんでいたからだ。友人かつ健康面でのアドバイサーという二重の立場から、わたしは彼にかなり強い圧力をかけていた。完全な休養を取るよううるさく命じるだけでなく、一緒に旅行に出かけないかと提案をしたくらいだ。そして、その旅行のあいだは、彼をいかなる事件や冒険にも遭遇させないと、心に堅く決めていた。そしてついに、古《いにしえ》のプラトンのごとく彼は言ったのだ。「自らに甘んじてそれを受け入れよう」と。そういうわけで、我々二人は六月の明るい午後、ヤーマスから北に数マイル離れた低地の砂丘地帯をともに歩いていた。ノーフォークの海岸と接しているが、その辺りの土地を保護しているとは決して言い難い荒れた砂地だった。

　それは、旅行の三日目に起こった。一日目は、わたしのモーリス・オックスフォードでノリッジまで走り、都会の記憶から自らをリフレッシュさせることで満足した。次の日はブローズ辺りをぶらぶらと見て回り、最終的にヤーマスまでたどり着いた。そして、そこに車を置き、キングスリンまでの海岸を、内陸部の古い教会や村を気の向くまま見物しながら、ゆっくり歩いて行くことにしたのだ。

その日の午後、わたしたちはほとんど人気《ひとけ》のない土地を歩いていた。海がまだ絶え間なく陸地を浸食している地域で、人々の記憶の中ではことごとくの村が消えてしまった一帯だ。わたしたちはすでに、崩れてもまだ海岸に残る古い教会の廃墟は見終わっていた。聖職給の権利を維持するために、年に一度だけ、そこで説教をする牧師がいると人から聞いていた場所だ。それを背に、わたしたちは低い砂の崖の連なりに沿って歩いていた。崖際のぎりぎりのところに、建物が一軒ぽつんと見える。数マイル先には、白黒二色の大きな灯台。その向こうに、教会の塔が高々と聳《そび》えていた。

「まいったな、マイケル」とウィルソンが言った。「喉が渇いたよ。水か紅茶の一杯でも飲めると助かるんだが」彼は地図を取り出した。「あの灯台の手前に村はないようだ。灯台まででも軽く三マイルはある。その奥にハピスバーグという小さな建物があるな。あの教会の塔がある辺りだろう」

わたしも地図を覗き込んだ。「半マイルくらい内陸に入れば、家が数軒あるようですね。そのうちの一軒で何か手に入るかもしれない」

「急いだほうがいい」とウィルソン。「村の中にならパブがあるはずだ。すぐそこに見える一軒家では、とても歓待してくれそうにはないからね」彼は、崖の端にぽつりと建つ建物を指さした。

確かに、とても歓迎などしてくれそうにはなかった。話しているうちにかなり近くまで来ていたが、もはや家と呼べるものではなく、ただの骨組でしかなかった。半分以上が、崖の縁から下の海岸に滑り落ちてしまっている。残っている部分も荒れ放題だ――屋根と窓ガラスは消失し、砕けた煉瓦が崩れ落ちたまま散らばっている。ドアに板が打ちつけてあるが、壊れた壁や窓から、侵入者は難なく中に入り込めるだろう。

「あっちのほうがまだ見込みがありそうですよ」廃屋の角を曲がったところに見えるベル形のテントを指さして、わたしは言った。「キャンプをしている人間がいれば、この辺りの地理くらい教えてもらえるでしょう」

「向こうにはテントの集まりがある」ウィルソンが言う。「ボーイスカウトのキャンプか何かみたいだな。今こそ、彼らに日々の善行の機会を与えてやれる絶好のチャンスだ、マイケル。当世風のよきサマリア人と言ったところだな」

「人っ子一人見えませんね」わたしは答えた。

そのころには廃墟のすぐそばまで来ていて、一つだけ離れて建つテントまでは二十ヤードほどの距離だった。ボーイスカウトたちのキャンプは――もし、それが本当にそうなら――崖の渓谷を縫って海岸まで延びる小道の向こう側の、まだ半マイルは先にある。そのキャンプが、燦々と降りそそぐ陽光の下で白く小奇麗に見えるのに対して、近くにあるテントのほうは、明るい日差しの中にもかかわらず、薄汚れて見捨てられたかのように見えた。わたしたちは廃屋の脇を通り過ぎ、テントに近づいて行った。人の姿は見えない。かすかな風にテントの垂れ幕が力なく揺れている。さらに近づいて行くと、テントの前に、風で飛ばされて散らかった焚火の跡が残っているのが見えた。調理用具やその他の様々なものが辺り一面に散乱している。

「だらしないキャンパーたちだな」ウィルソンが言った。「ここには一人もいないようだ。でも、確かめてみたほうがいい」そう言ってテントのほうに歩いて行き、垂れ幕をあけて中を覗き込んだ。が、すぐにまた頭を引き戻した。「きみも見てみるといい」

テントの中は滅茶苦茶だった。帆布が二カ所で地面から離れ、吹き込んだ風が中で暴れ回っていたのだろう。寝具や衣服があちらこちらに吹き飛ばされている。さらに、雨まで吹き込んだようだ。テント自体はすっかり乾いているのに、中にあるものの大半がぐっしょりと濡れている。それでも、奥の帆布に入った長い裂け目から、太陽の光が筋になって差し込んでいた。

「さあ、マイケル、これからどんなことが考えられる？」振り返ると同行者が尋ねてきた。

「分別のあるキャンパーなら、あの穴を繕《つくろ》って、テントを張り直し、衣服を陽の当たる場所で乾かしただろうっていうことくらいですね」

「いかにも。しかし、この有り様からすると、彼らはそうはしなかった。結論は？」

「昨夜は、ここには誰もいなかったようです」

「なぜなら、昨日から雨は降っていないから。そういう意味かね？」

「ええ」わたしは答えた。「あれはみんな、少なくとも十八時間前から濡れたままなのに違いありませんよ。あんな状態で眠れた人間なんて、いるはずがありませんから」

「まさしく」とウィルソン。「同様に、天気の回復後にここにいたなら、身の回りのものをあんな状態にしておく人間もいないだろう。つまり、ここのキャンパーたちは、昨夜よりも前にここを立ち去ったということだ。しかも、ひどく急いで。なぜなら、彼らはものを整理するために立ち寄ることも、テントの垂れ幕を下ろすこともしなかったんだからね。おかしなキャンパーたちだな、マイケル。では、彼らはなぜ、そんなにも急いでいたのか？　とても普通の状態ではない」彼は、立ったまま考え込んでいた。

「そんなこと、わかりませんよ。たぶん、汽車にでも乗ったんでしょう」

ウィルソンは、さほど広くもないキャンプ地を歩き回っていた。が、不意に足を止め、声を上げる。

「これはこれは。あのバケツを見てごらん」

「ええ。あれがどうしたんです？」

「中にまったく水が入っていない、というだけのことだがね」

「どうして水が入っていなければならないんです？」

「おいおい、マイケル。昨夜はひどい雨だったんだよ。土砂降りだった。あのバケツが昨日からずっとあそこにあるなら、今ごろ乾いているはずはないじゃないか」

「つまり、キャンパーたちがここにいたのは天気が良くなってからだと言いたいんですか？ ひょっとしたら、雨があがってすぐに、大急ぎで立ち去ったのかもしれませんよ」

「真夜中に？ 汽車に乗るため？ あり得ないな」

「誰かほかの人間がここにいて、バケツをあそこに置いたのかもしれません」

「ひょっとしたらね」とウィルソン。こちらの言うことなどほとんど聞いていない様子だ。その代わり、散らかった焚火の跡をつつき回している。「おや、これは何だろう？」

「いい加減にしてくださいよ」とうとうそんな言葉が口をついた。「キャンパーたちがどうして夕食の後片付けをしなかったのかを調べるために、あなたをここに連れて来たわけではないんですから。我々の知ったことではないじゃないですか！」

「確かに」ウィルソンは躊躇（ためら）いがちに答えたが、その声にはかすかに尋問めいた調子が混じっていた。

「それでも、これはかなり興味深いんだがねえ」そう言って彼は、わたしにもよく見えるように、黒こげになった安物のノートの断片のようなものを差し出した。

それを彼から受け取る。「これは、これは」自分でも思わず叫んでいた。「誰かの小切手帳の控え部分じゃないですか」

「確かに。しかもその誰かは、照合可能なように小切手番号を残しておいてくれるほど、親切だったというわけだ」

「誰でもそうしようと思えば、自分の小切手帳の控えくらい焼却すると思いますけどね」

「でも普通は、自分の休暇中にキャンプの焚火で数種類の小切手帳の控えを焼いたりはしないだろう?」灰を引っかき回していたウィルソンは、明らかに別のものと思われる二冊分の小切手帳の残片を掘り起こした。どちらにも、番号がきれいに残っている。

「なあ、マイケル」ウィルソンは続けた。「これは本当に奇妙だよ」

「まったく、もう。さあ、これ以上、ありもしない大発見をしないうちに行きますよ」

ウィルソンはくすりと笑った。「大発見? これが大発見だって? まさに、わたしが思っているとおりの言葉だ。ぴったりの表現かもしれない。さあ、こっちも見てみることにしよう」そう言って、今度はテントの中に飛び込んでいく。覗いてみると、吹き飛ばされて散らかっている様々なものを、一つ一つ注意深くひっくり返していた。ほどなくして、ウィルソンの口笛が聞こえた。「これを見てごらん」

その声に目を向けてみると、彼はシーツを掲げ持っていた。その表面に、明らかに血と思われる細長い染みがついている。いいや、間違いなく血の跡だ。しかし、誰かがそのシーツの上で出血したというよりは、血で汚れた鋭利なものをそのシーツで拭《ぬぐ》ったという感じだ。鋭い刃先が突き刺さったかのように、染みの中央に小さな裂け目が数カ所ある。「どう思う?」ウィルソンが訊いてくる。わたしは自分の思うところを話した。「やっと意見が一致したな。わたしの担当医殿は、これでもこのキヤンパーたちの一件がわたしたちとは無関係だとお思いなのかな？」

もはや否定はできなかった。「そういうことなら、地元の警察に連絡を入れましょう。あなたは、これ以上巻き込まれる前にさっさと立ち去る。休息が必要なんですから」

「なあ、マイケル、頼むよ。わたしをこんな人気《ひとけ》のない場所に連れて来て、ミステリーのど真ん中に突っ込んだのは、きみなんだよ。第一に、わたしは人間だ。第二に、これは明らかに運命のなせる業《わざ》だ。運命の女神を侮ってはならないよ、マイケル。彼女は、少なくともわたしの担当医よりは、わたしにとって効果的な治療法を知っているんだから」

わたしは力なく肩を落とした。「本当に大発見なのかもしれませんね。そして、その中から、あなたはすぐにもお宝を見つけ出すのかもしれない」

「何かあったぞ。お宝ではなさそうだが」彼が上げた手には、まだ錆びていない、長く鋭い鋼の刃物が握られていた。

「凶器だ」わたしは喘いだ。

ウィルソンが笑い声を上げる。「疑い深い先生もやっと信じてくれたようだな。まさに――凶器だ。あと必要なのは死体だけか」

「それが死体の存在につながるとは限りませんよ。刃物で突き刺したところで、いつも相手が死ぬわけではないんですから」

「大いに外科医的な意見だね、先生。でも、死体がないか、確かめてみたほうがいい。いずれにしろ、かなり大量の血痕が残っているようだから――あるいは、残っていたと言うべきか」彼はテントの裏に回り、地面にたっぷりと水気を吸い込んだ大きな染みが、砂地に黒々と残っているのを示した。

「これだけの血を失った人間が、汽車を捕まえるのに全速力で走ったとは思えないな、マイケル。周りをもう少し見てみよう」

ウィルソンはテントに飛び込むと、ノーフォークジャケット、グレーのフランネルのズボン、ひどく汚れたシャツを手に戻って来た。そして、それらを注意深く調べ始める。

「それで」わたしは尋ねた。「結論は？」

「かなりはっきりしている。シャツには〝H・P〟のイニシャル。コートのポケットの内側に仕立屋のラベルがあって、S・W・I、セント・メアリーズ・マンション在住、アレク・コーリッジ様となっている。大きなコートだ。明らかに、太ってはいるが背はかなり低い男のために作られたもの。一方、ズボンのほうは、痩せた男用でラベルはなし。両方ともシャツの持ち主であるH・Pのものか——こちらの男も、クリーニング店のラベルで身元が確認できそうだ——あるいは、まったくの第三者の持ち物かのどちらかだろう。さし当たっては、〝H・P〟のものとしておこう。従って我々は、太った男と痩せた男という二人の人間が存在した痕跡を有していることになる。また、一人の人物の名前と、もう一人のイニシャルがわかっていると信じるに足る十分な理由もある。加えて、ほかにもまだ顕著な特徴を示すものがあるぞ。太った男のほうはヘビースモーカーで、煙草をばらのままポケットに入れておく習慣があった。小柄な男は、車かオートバイを持っているはずだ——ズボンがガソリンや油の染みだらけだし、その染みも新旧入り混じっているからね。この男には両手をズボンのポケットに入れる癖があり、左脚に何らかの故障があったと思われる。ほかにもまだ推測できることはあるが、今のところさほど重要ではない。コートにしろ、ズボンにしろ、ポケットに紙の類《たぐい》が一枚も入っていないことは注目に値する」

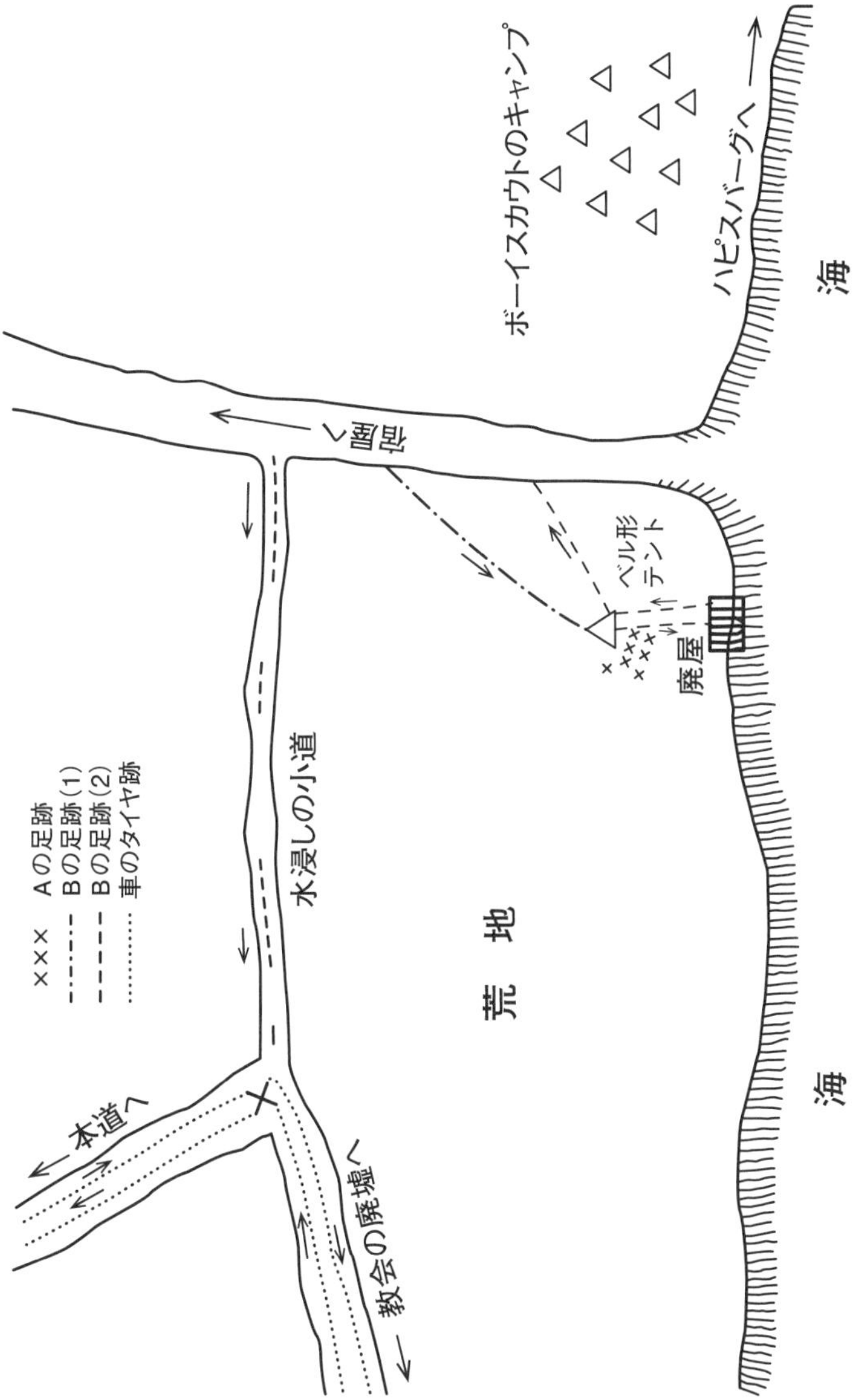
ボーイスカウトのキャンプ
ハピスバーグへ
海
ベル形テント
廃屋
水浸しの小道
荒地
海
本道へ
教会の廃墟へ
××× Aの足跡
Bの足跡(1)
Bの足跡(2)
車のタイヤ跡

「これまでのところは、お話についていっていると思いますよ」わたしは口を挟んだ。「それで、次は？」

「では、もう少し細かく見ていくとしよう」ウィルソンは答えた。「最初に観察するものは、実に面白いと思うんだが。足跡に注目してもらえるかな、マイケル？」

わたしはテント前の踏みつけられた砂をまじまじと見つめ、思うところをウィルソン流のやり方に倣って表現してみようとした。「足跡が確認できます」と始める。「明らかに四人分の足跡――少なくとも、わたしはそう思います」

「結構」とウィルソン。

「一つ目――大きくて不鮮明な足跡。つま先部分も靴底の鋲の跡も、何もありません。二つ目。こちらは少し小さめです。靴底の部分はぼんやりしていますが、かかとの跡は丸く、その中央に星形の模様が見えます。三つめ。かなり小さめで女性のものかもしれません。靴底部分に入っている縞模様で見分けがつきます。そして最後に、靴底にかなり大きな鋲釘の跡が確認できるもの。これで合っていますか？」

「大変、結構」ウィルソンは答えた。「ただ、気づかなかったはずはないと思うが、第一と第二の靴跡は規則的に互いの上に重なり合っている――まあ、実際のところ、不鮮明で大きなものはきみの靴のゴム底の跡だし、丸くて星形があるのはわたしのものだ」そう言って彼は、わたしに見えるように足を持ち上げてみせた。

「なるほど」わたしの声はかなり沈んでいたと思う。「では、ほかの二つだけが残るわけですね。我々二人がすでにしっかりと存在の証拠を残し、そのほかには誰の靴跡も残っていないんですから、わたしたちがここにやって来る以前には、この二人以外誰もいなかったというのが、かなり明白なようです」

ウィルソンが頷く。「そうだね。それ以前の靴跡を洗い流してしまう雨のあとでは。でも、それは、その二人がここにいたのも雨のあとだということにつながるんだよ」

「では、あの濡れた衣服はどうなるんです？」

「なあ、マイケル、あれはバケツだよ。雨じゃなくて。衣服の上でバケツをひっくり返して、またもとに戻しておいた人間がいるんだ。そしてそれは、雨のあとになされた。そうじゃなきゃ、バケツが空《から》のはずはないからね。うん、我々に証明できたのは、この二人が雨のあとにここにいたこと、彼らが慌てて立ち去ったことだ」

ウィルソンは紙と鉛筆を取り出して、図を描き始めた。「小さな靴跡を〈A〉と呼ぼう」と彼は言った。「大きな鋲釘つきの靴跡を〈B〉。まず、ここに〈B〉の靴跡がある。最初に、海と内陸をつなぐ道からテントのほうにやって来た靴跡だ。次に、廃墟の方向に向かう〈B〉の靴跡。そこからまた、戻って来ている。ほら、ここでこの男は自分の足跡を踏みつけている。それで、彼が最初にどちらの方向に向かっていたのかがわかるんだ。最後にまた、道の反対側に〈B〉の足跡。内陸方向に続く海からの道に向かっている」彼はさらに数分、足跡を探し回った。「いいや、ほかの足跡は一つもない。〈A〉の足跡はテントの前以外の場所には残っていないな。〈B〉の足跡は、テントの脇や二本の道以外にも、もう少しある。二人とも、同時にここにいたようだ。立ち去る〈B〉の足跡はあるが、〈A〉のものはない。謎だ。〈A〉はどこにいるんだ？」

「とにかく、ここにはいませんよ」

「確かに。では、〈B〉の足跡を追ってみようじゃないか。たぶん、最初は小屋に向かったんだ。足跡を注意深く観察して、踏みつけたりしないように。控えめに言っても、多くを語ってくれる代物《しろもの》だからね」

足跡がわたしに語ってくれることなど何もなかったが、とにかく素直に従った。それは崩れ落ちた壁の割れ目に続いていた。先を歩いていたウィルソンが中を覗き込み、すぐに驚きの声を上げた。

壁の割れ目の向こうは半分崩れた部屋で、中にはカード用テーブルの残骸が置かれていた。海側の壁二面はすでに崩れ落ち、テーブルの脚が一本、崖の端からはみ出して、事実上、宙に浮いている。テーブルの上には、ティーカップとステッキとレインコート。ステッキは少し離れたところにあり、その下には、まるでペーパーウェイトで押さえられたかのように手紙が置かれていた。ウィルソンは無言でその手紙をつまみ上げた。封筒には切手が貼られ、S・W・I、セント・メアリーズ・マンションヨン、ジョージ・チャルマーズ様と宛名が書かれていた。

ウィルソンはしばし、どうしたものかとその手紙を持っていた。しかし、ポケットナイフを取り出すと、ゆっくりと注意深く、封筒の蓋に刃を当てていった。数秒のうちに、封筒は見た目上まったくの無傷のまま、手紙があけられていた。「状況からして、勝手なことは許してもらおう」とウィルソン。数分後、彼はその手紙をわたしに手渡した。

「親愛なるジョージへ」手紙はそう始まっていた。「あなたを見放すことをお許しください。でもすぐに、どうしてわたしがこれ以上生きていけないかを、ご理解いただけると思います。どうか、許してください。ヒュー」

「自殺だ！」わたしは叫んだ。「でも、どうやって……？」

ウィルソンのほうは、崖の縁から身を乗り出して、下にあるものを見つめていた。「どうしたんです？」わたしは尋ねた。「証拠物件は完璧に揃っている」彼は答えた。「一つ、死体が一体」わたしは彼のそばににじり寄り、下を見つめた。眼下には、危なげな崖の表面にまばらな木立が生い茂っている。その木々のあいだに、立っていた部屋から落下したかのように、男が不格好に身体を丸めて倒れていた。「彼のところまで下りていかなくては」思わずそう口にしていた。

どうにも気の進まない緊急行動だったが、何とか行動に移り、一分ほどで死体のそばに立っていた。死因に疑いの余地はない。男の喉が、耳から耳までぱっくりと切り裂かれていた。「喉を切られている」わたしはウィルソンに向かって叫んだ。彼もすぐにわたしの横に下り立ち、二人で死んだ男をまじまじと見下ろした。小柄で金髪、三十にもなっていないだろう。子供のようなかわいらしい顔立ちが、今は、恐怖でおかしな具合に凍りついている。死んでからかなりの時間が経っているのは、間違いなかった。

ウィルソンはわたしの心を読んだかのように言った。「自殺がこんなふうに見えるものだろうかね、マイケル？」重々しくそう尋ねる。

わたしは再び屈み込んで、傷口を調べた。「自殺ではないですね。殺されたんです」

「確かに」とウィルソン。「自分の喉を刃物で切り裂き、五十フィートもの崖から木立に飛び込むなんていう方法で、自殺する人間はいないからね。ほかにもわかることはあるかい？」

「ええ。この傷は自分で加えたものではないですね。誰かに後ろから羽交い絞めにされて、喉を裂かれたんです……でも……それでは、あの手紙はどういう意味なんだろう？　自殺をほのめかしていたのに」

「あるいは、犯人が彼の代わりに書いたのかもしれない」ウィルソンは答えた。「でも、見てみろ！　あれは何だ？」

死んだ男のそばの茂みに、血で汚れたカミソリが落ちている。「凶器だ」わたしは叫んだ。

ウィルソンはにやりと笑った。「きみは前にもそう言ったね。一人の人間の喉に、血濡れた凶器が二つ。どうにも計算が合わないな」

「もうお手上げですよ」わたしは悲鳴を上げた。

ウィルソンはすでに屈み込み、死体を綿密に調べていた。殺害された男はシルバーグレーの背広を着ていた。そのポケットから、書類や手紙の束を引っ張り出す。その中に、ハムステッドの住所が書かれた〝ヒュー・パーソンズ様〟宛ての封筒が二通交じっていた。紙も書類も、まったく個人的なものらしい。ウィルソンはそれらの書類にざっと目を通すと、被害者のポケットに押し戻した。「一見したところでは、この死体はヒュー・パーソンズらしい。テント内で見つけたシャツの〝Ｈ・Ｐ〟や、手紙の〝ヒュー〟と同じ人物だろう」

「まだ理解できませんね」わたしは訴えた。「この男は殺されたんです。でも、自殺を宣言する手紙を残している。この点は、どう説明するんですか？」

「今のところ、明確な回答は一つ。パーソンズは殺害された。その犯人が、自殺に見せかけようとした」

「でも、手紙は？」

「我々の推測が正しいとすれば、あの手紙は偽造されたものだろう。今の時点で正確なことは言えないがね。でも、殺人という仮説は受け入れてもいいはずだ。何と言っても――死体や自殺をほのめかす手紙に遭遇する前に、残忍な試みを疑わせる物証を、我々は十分見つけていたんだから」

「自殺の偽装としては、あまり上出来とは思えませんけどね。あなたを欺くことなんか、まったくできなかったじゃないですか」

「ほかの誰にしても、五分も騙せないさ」ウィルソンは答えた。「要点を検分してみよう。第一。我々は、この崖を行ったり来たりしている確かな靴跡を発見している。それは、殺されたこの男のものではない。第二。被害者がここにやって来たことを示す靴跡は残っていない。雨のあとに、確かにここにやって来たか、運ばれて来たかにもかかわらずだ。雨のあとというのは、死体の下の地面はまだ湿っているのに、身体はしっかりと乾いていることからわかる。第三。我々はテントがあった場所で、端的に〝殺人だ〟と叫んでいる痕跡を入手している。そして、第四。我々は、一つではなく、二つの血に濡れた凶器を発見している。こんな脚色で、自殺らしく見せることができると考える殺人者などいないはずだ。にもかかわらず、犯人はこんなふうに凶器を残している。どうしてだろう？」

「自殺に見せかけようとしたけれど、自分の靴跡やテントでの痕跡を消す前に、人の気配に驚かされたとか」

「可能ではあるが――わたしは、そうは思わないな。なぜなら、彼が他人の存在に驚くことなどなかったことは、我々にもわかっているからね。ほかの人間の靴跡は残っていなかった。もちろん、パニックに陥って逃げ出したのかもしれない。でも、彼はそれもしていない。テントから内陸に向かう足跡は、ゆっくり歩いている人間のものだったから」

「それなら、どんな説明がつくんです？」

「一部分ならはっきりしていると思う。殺害はテントの脇で行われた。その後、犯人は死体をここまで運び、ばかげた自殺に見せかけた。もし、きみが足跡のことを覚えているなら、〝B〟の歩幅は、戻るときよりもここに来るときのほうが狭かったし、足形も深く残っていた。それは、彼が重い荷物を運んでいたことを示している――つまり、死体だ。わからないのは、なぜ彼が形跡をきれいに消して行かなかったのかということだ。そんなものを残しておけば、見破られてしまうのはわかりきったことなのに。それに、あの傷は自分で加えたものではないと、きみが言っていたこともある」

「そういうことがわかるほど、犯人に医学的知識がなかったのかもしれませんね」

「でも、凶器が二つというのが、それらしくないことくらいはわかったはずだ」ウィルソンが言う。「そこが、謎を深めている点だな。ある部分では非常にうまくやっているのに、ほかの部分ではまったくずさん。どうしてだろう?」

「見当もつきませんね。あなたはどうなんです?」

「可能と思われる説明なら一つあるが」ウィルソンは自分の眉を叩きながら言った。「それが正しいかどうかの自信はまったくない。いずれにしろ、今の時点で我々が取るべき行動の最優先事項は、地元の警察にこの発見を報告することだ」

しかしそれは、わたしたちの次の行動にはならなかった。と言うのも、この瞬間、頭上からわたしたちに呼びかける、元気のいい若々しい声が響いたからだ。「大丈夫ですか!」その声は言った。「何かあったんですね。ビル!」見上げると、ボーイスカウトが二人、死体のそばに立つわたしたちを見下ろしていた。

「非常にまずいことが起こっていてね」ウィルソンが答えた。「どちらかでも、この男を知っているかい?」

驚くような身の軽さで、二人の少年はわたしたちのそばに下りて来た。「あっちのテントにいた人たちの一人だ」少年は言った。

「二人いたんだよね？」ウィルソンが尋ねる。

「三人だよ。少なくともそのうちの二人がそこでキャンプをしていて、二人の友だちが〈ベア・アンド・クロス〉に泊っていたんだ」

「それはどこにあるんだい？」

「あの道路を内陸側に一マイルくらい入ったところ。その人は車を持っていて、自分の車で来ていたんです」

「三人のうちの誰かを最後に見たのはいつかな？」

「チャルマーズさんのことは――車を持っていた人ですが――この二、三日、見ていません。でも、ほかの二人なら、昨日の夜、見ています。口喧嘩をしていました。そうか！　三人目の男がこの人を殺したと思っているんですね？」

「誰かが殺したんだろうね」ウィルソンが答える。「さあ、警察が来るまでは、ここやテントの近くにあるものには触らないように。でも、きみたちに頼みたいことがある。事件の解決に役立ちそうなものがないか、この崖付近を探してもらいたいんだ。そして、マイケル、きみにも頼みがある。わたしは救援が来るまでここで待つ。きみはすぐに出かけて、一番近い電話を見つけ、ノリッジの警察署に知らせてほしい。わたしがここにいると伝えてくれ。そうすれば、すぐにでも警部と部下を数人、車で寄こしてくれるだろう。わかったか？　それから〈ベア・アンド・クロス〉に行って、チャルマーズ氏なる人物がまだ滞在しているかどうか、あるいは、どうなっているかを確認してくれ。テントにいた二人についても、できる限りの情報を集めてほしい。それが終了したら、ここに戻って来る。自分の命を大切にしたいなら、ビールとサンドイッチを調達してくるのを忘れないように」

わたしたちが荒れ果てた小屋によじ戻ったころには、さらに数人のボーイウカウトたちが現場に現れていた。ウィルソンはすぐに彼らの指揮を取り、近隣中を隈なく探して手掛かりを見つけるよう指示を出した。そのうちの一人を、この近辺で電話が見つかる最寄りの場所であろう〈ベア・アンド・クロス〉までの道案内としてわたしに割り当てる。殺人現場を離れるとき、彼は秘密を明かしてくれる貴重な足跡を、テントから持ち出した毛布で丹念に覆っていた。

〈ベア・アンド・クロス〉では、何の苦労もなくウィルソンの指示を全《まっと》うできることがわかった。必要最低限の話を聞いてあんぐりと口をあけている主人の目の前で、ノリッジの警察署に電話を入れる。幸いなことに、電話はすぐにつながった。事態の要点を説明するだけで、警部を現場に急行させる約束を取りつけるのに十分だった。ウィルソンの名前を出すと、現場を担当する地元警察の士気が上がるのが、はっきりと伝わってきた。しかし、時間を無駄にはしたくなかった。できるだけ早く電話を切り上げ、宿の主人に関心を切り替える。

典型的な田舎宿の主人という感じの男だった――外見から元兵士という印象を受けたが、すぐに、戦前は実際に正規軍の軍曹で、長年フランスで従軍していたことがわかった。わたしを質問攻めにしたい様子がありありだったが、こちらが持っている以上の情報を集めなければならないことを速やかに伝え、ほどなく彼に話を始めさせることに成功した。

テントにいた二人のキャンパーたち――ヒュー・パーソンズとアレク・コーリッジ――は、十日間ほどここに滞在していて、彼ら宛ての手紙をこの宿に郵送させていた。先週末、ジョージ・チャルマーズという名の二人の友人が車でやって来て、この宿に宿泊していた。ここに泊っていたのはほんの数日間で、火曜日には二人を残して街に戻って行った。二人のキャンパーたちは、チャルマーズがやって来る以前から、この宿によく顔を出していた。しかし、この週末は、以前にも増して長い時間をここで過ごしていた。チャルマーズは数回、二人を自分の車――モーリス・オックスフォード――に乗せて出かけたことがあった。三日前の火曜日の午後、チャルマーズは電報を受け取り、その直後、すぐに街に戻らなくてはならなくなったと言い出した。電報が届いたとき、ほかの二人も一緒にいた。三人はここで別れの杯を飲み交わし、キャンパーたちはチャルマーズを見送った。腕を組み合い、少しふらついた足取りで（というのも、酔った上での暇乞いだったので）海に向かう道を歩いて行ったのが、最後に見た二人の姿だった。この三日間、彼らが姿を現さないことを主人は少なからず不思議に思っていた。あれほど頻繁に酒を飲みに来ていたのだから。しかし、友人が去ってしまったとなれば、二人がハピスバーグの〈スワン〉に関心を移したことも十分に考えられた。そこは、二人のテントから数マイルしか離れていなかった。

わたしの依頼で主人は〈スワン〉に電話を入れ、その推測が正しかったことが判明した。二人の男は水曜日の大半を〈スワン〉で過ごしていた。飲んだり、ビリヤードに興じたり、ピアノを弾いたり――と言うのも、その日はずっと雨降りだったから。木曜の午後にも連れだって現れ、飲んだりゲームをしたりして過ごしていた。それ以来、〈スワン〉には姿を見せていない。そして、今日、金曜の午後遅くに至っている。わたしは、この数マイル以内に酒類販売の認可を受けている場所はほかにないことを確かめていた。これは、殺人が木曜の夜に行われたという、すでに出されている結論を裏づける一助となるだろう。

「コーリッジというのは、どんな感じの男だったのですか？」わたしは尋ねた。主人の見たところでは、スポーティなタイプ——男自身の言葉では運動選手ということだった。背は低めだが、かなり強靱でたくましい身体つきをしていた。縮れた黒っぽい髪に貧相な口髭の持ち主で、年齢は三十歳ほど。

「テントで奇妙な形の長いナイフを見つけたんですよ」わたしは言ってみた。「八インチくらいのかなり薄い鋭利な刃がついていて、持ち手が白い象牙製なんです。心当たりはありませんか？」

「何ということだ」主人は目を見張っている。「わたしの肉切りナイフだったとしても驚きませんよ。連中がここにいた火曜日から見当たらないんです。まさか、それが——」

「凶器として使われたかもしれないんです」わたしは答えた。「いずれにしろ、今はテントにあります。彼らのうちの誰かが持ち出したのに違いありません。簡単に手に入れられる状況だったのですか？」

「三人が飲んでいた店内の、引き出しの中にしまっておいたんです。あなたの話を聞いていて思い出しましたが、チャルマーズさんが車で去ったあと、コーリッジさんが店内にまた戻って来ました。そのときにあの男が持ち出したのかもしれない」

「ナイフを最後に見たのはいつですか？」

「火曜日のランチのあとで引き出しに戻したときです。水曜の朝、使おうとしたときにはなくなっていたんだから」

「彼らのうちの誰もが持ち出せる状況だったんですか？」

「コーリッジさんに違いありませんよ。彼が店に戻って来たときに」

それが、集めることのできた情報のすべてだった。それでも、結構な量のビールとサンドイッチを運ぶボーイスカウトの少年と連れだって悲劇の現場に戻る道すがら、わたしは十分に満足していた。すべてのつじつまが合うように思えた。特に、宿からナイフが盗まれていた事実は、その犯罪が前もって——少なくとも実際の犯行の二日前から計画されていたことを証明しているだろう。パーソンズが死んだ。そして、その殺害者は恐らくコーリッジだ。そうでなければ、どうして彼が忽然と姿を消す必要があるだろう？　コーリッジにはまた、ナイフを盗む十分な機会があったことも証明されている。アレク・コーリッジ氏にとって、状況は間違いなく芳《かんば》しくないようだ。

ウィルソンは興奮したボーイスカウトたちに囲まれていた。その中に、隊長のような服装をした男がいる。初めて見る男だ。ウィルソンは上機嫌でわたしを呼び寄せると、連れの手からビール瓶をつかみ取り、一気に喉に流し込んだ。「これで少しはいい」そう漏らす。

わたしは集めた情報を伝えた。ウィルソンは喜んでいるようだが、その間も、がつがつとサンドイッチにかじりついていた。「こちらにもニュースがいくつかあるんだ。それが、かなり興味深くてね。まず第一に、ここにいるエヴァンソンさんが、我々の二人の友人のことを少しばかりご存知なんだよ」

ボーイスカウトの隊長は、一歩前に進み出て説明を始めた。彼とコーリッジは同じ学校に通っていたのだそうだ。しかし、数日前に偶然再会するまで、何年も交流はなかった。エヴァンソン氏は実に端的に表現してくれたのだが、彼の目からすると、コーリッジはかなりのやくざ者だった。それでも、海岸で偶然に再会した彼らは旧交を温め、これまでの経歴などを互いに交換し合った。コーリッジはパーソンズを彼に紹介し、シティ（ロンドンの金融・商業の中心地）で経営する外部ブローカー会社の共同経営者だと説明した。エヴァンソンは、二人の商売を極めてハイリスクなものと判断した。実際、彼らは自分たちの仕事について、大博打を楽しむギャンブラーのような口調で話していたのだという。チャルマーズとは〈ベア・アンド・クロス〉で一度会ったことがあり、彼らの会社の年上の共同経営者なのだろうと思っていた。

事件そのものについて、エヴァンソンが直接光を当てられるような情報はなかった。二人と最後に話をしたのは、一緒に海に水浴びに行った木曜の午後。彼らはエヴァンソンに、チャルマーズが街に戻ったこと、二人は引き続き、あと一週間はここに滞在する予定であることを話していた。二人とも上機嫌で、非常に仲良くやっているように見えた。

エヴァンソンによる直接の証言はここまでだった。しかし彼は、木曜の夜、二人のテントの近くにいたボーイスカウトの一人を前に押し出した。その少年が言うには、二人の男が言い争っているような大声を聞いたのだという。テントから這い出してみると、「しみったれた会社だ」とか「やつには落ちぶれさせておけ」というような言葉が聞こえた。しかし、そのときにはさほど気に留めなかった。実際、事件が発覚して、そのときのことが心に甦るまで、すっかり忘れていたそうだ。

エヴァンソンの話は、まったくそのとおりなのだろうと思えた。彼はコーリッジに、決して好意的とは言えない人物像を与えていた。重大な罪を犯しても不思議はないと思っているらしい。パーソンズについてはほとんど知らないようだ。しかし、十中八九はコーリッジの巧妙な罠に落ちた無害な〝カモ〟と見なしているのだろう。ただ、個人的には、エヴァンソン氏の証言については幾分割り引いて考えようと思っている。かなりの知ったかぶり屋らしいことが見え見えだったからだ。

「こっちに来てみろよ、マイケル」ウィルソンが言った。「もう一度見てみたいものがあるから」

「わたしが出かけてから何か新しい発見でもあったんですか?」二人きりになるなり、わたしは尋ねた。

「イエスともノーとも言える」それが答えだった。「テントから内陸部に向かう〈B〉の足跡のことを覚えているだろう？」わたしは頷いた。「そこにおかしな点があるんだ。ミスター〈B〉の足跡について、廃墟になった家に向かうときのほうが戻るときよりも、歩幅が狭くて深さもあると言ったのを覚えているかな？」再び、黙って頷く。「ところが、テントから内陸部に向かう足跡も、例の家に向かう足跡と同じなんだ――歩幅が狭くて深い」

「おっしゃっていることの意味がよくわかりませんね」

「最初の足跡から、〈B〉は小屋に向かうときには重い荷物を運んでいたが、帰りには持っていなかったと、わたしは判断した。それは、小屋の下の崖で死体が発見された事実と折り合っている。しかし、テントから逆の方向に向かう同じタイプの――深くて歩幅の狭い――足跡の発見とは、どのように折り合うだろうか？」

「まったく折り合わないようですね」わたしは答えた。「ところで、もう一方の足跡はどこに向かっているんでしょうか？」

「宿に続く道路に向かっている。そして、その道路で途切れているんだ。その道の表面は、足跡が残るには堅過ぎるからね」

「では、その道路に出たあと〈B〉がどこに行ったのかは、単純にわからないということですね？」

「それが、あのボーイスカウトたちが見に行ってきたところなんだ。あの子たちに周囲を調べさせていたんだが、そのうちの一人が、あの道路の少し先で〈B〉の足跡をまたいくつか見つけたと言っている。その道は、海岸沿いの崖と平行して延びる、あまり使われていない小道につながっている。わたしはまだ見に行っていないんだが、子供たちによると、足跡はかなりはっきり残っているそうだ。ああ、警察が到着したようだ！」

一台の車が、〈ベア・アンド・クロス〉から海へと続く道を滑るようにやって来た。警官が二人と、地味な服装をした男が一人乗っている。ウィルソンが近づいて行くと、車はテントから百ヤードほどのところで停まった。地味な服装の男がウィルソンに恭しく挨拶をしているあいだ、わたしは後ろのほうでぶらぶらしていた。数分の会話ののち、彼らはわたしのほうに歩いて来た。「こちらはデイヴィ警部」ウィルソンが互いを紹介する。「そしてこちらが、わたしの友人のプレンダーガスト医師」

ウィルソンは数分間、地元の警部に、わたしたちがこれまで発見したことについて詳しく説明をしていた。「あなたはここで周りの状況を確認してください」やがて、彼は言った。「そのあいだ、わたしたちは、この足跡を調べていますから」しかし、そのときもまだ、わたしたちはその足跡を追うことが許されない運命にあったようだ。というのも、警部のもとを離れようと背を向けたとたん、さらにもう一台の車が〈ベア・アンド・クロス〉の方向から猛スピードでやって来たからだ。「おや、あれは誰だろう？」と警部が言った。

第二の車――真新しいモーリス・オックスフォード――は警察車両の横に停まった。一人で乗っていた、長身で肩幅の広い四十歳くらいの男が、慌ただしくわたしたちのほうに向かって来る。「いったい何事なんですか？」男は言った。「わたしはチャルマーズという者です。パブの連中が、何かとんでもないことが起こったと言うものですから」

警部がちらりとウィルソンを伺う。「あなたはジョージ・チャルマーズさんですか？」ウィルソンのほうが尋ねた。

「はい。パーソンズが死んだというのは本当なんですか?」大男はかなり動揺しているようだ。

「あなたのご友人だったのでしょうか?」ウィルソンが問う。

「共同経営者です――彼と、ここに一緒にいたコーリッジ氏は。わたしはちょうど街から彼らに会いに来たところだったんですが、パブの連中が……」

「彼らはあなたに何と言ったんです?」

「パーソンズが死んだと。そして、コーリッジがいなくなったと。本当なんですか? いったい何が起こったんです?」

「パーソンズさんがあなたにこの手紙を残していました、チャルマーズさん」ウィルソンはそう言って、崩れた小屋で発見した手紙を手渡した。「勝手ながら開封させていただきましたよ」

チャルマーズは手紙を受け取ると、眉間にしわを寄せて読み始めた。「わけがわからない。宿の主人は、パーソンズは殺されたと言っていたんだ。これだと自殺じゃないか。でも、いったいどうして――」

「パーソンズさんが自殺しなければならない理由については、何もご存知ないのですか?」

「ばかばかしい。これがコーリッジだというなら、まだ理解もできますけどね。実にひどい話なんです。わたしがお話しすることなんて、何の役にも立たないと思いますよ――つまり、どうしても話さなければならないなら、ということですが」

「ご存知のことはすべて、率直にお話しになったほうがいいと思いますよ、チャルマーズさん」ウィルソンは答えた。

「いやな話なんですよ」チャルマーズは話し始めた。「まったくわけがわからない。パーソンズとコーリッジがわたしの共同経営者だというのはご存知でしょう？——わたしたちは株式仲買人なんです。十日前、二人は休暇で一緒にここに来ました。自分たちが留守のあいだ、街での仕事をわたしにまかせて。先週の金曜日、取引先の銀行の支配人が、わたしに会いに来てほしいと言ってきたんです。訪ねてみると、彼は一枚の小切手を取り出し、本当に問題はないのかと尋ねました。会社の口座から持参人宛てに振り出されたかなりの金額の小切手です。コーリッジとわたしのサインがありました。支配人には即座に、こいつは偽造小切手だと答えました。そんな小切手にサインをした覚えなどないと。実に精巧な偽造でしたよ。自分でさえ見分けがつかないくらいの。まあ、手短に話すと、わたしは支配人と一緒に口座を調べたわけです。その一週間でほかにも数枚の小切手が現金化されていました。すべて、コーリッジとわたしと称する者の署名がされたものです——もちろん、すべて偽造です。少なくとも、わたしのサインに関しては。当然のことながら、わたしは動転していました——小切手の金額は、わたしたちの会社に深刻なダメージを与えるのに十分な額面でしたからね。わたしたちはすぐに警察に連絡し、事件を彼らの手に委《ゆだ》ねました。それから事務所に戻り、控え部分が残っている小切手帳を掻き集めて、ここまでコーリッジに会いにやって来たんです。もちろん、彼のサインもわたしのものと同様、偽造だと思っていました。

ええ、わたしたちは週末中、その小切手を巡って喧々囂々、意見を交わし合いましたよ。コーリッジはそんな小切手にサインをした覚えはないと言い張りましたが、何の説明もできませんでした。でも三人とも、その小切手帳が、我々三人しか鍵を持っていない金庫にしまい込まれていたことを知っていたんです。とうとう、コーリッジとパーソンズがその小切手を巡って口論を始め、互いにお前が偽造をしたんだろうと責め合い出しました。わたしは二人とも信頼していましたからね。こんなふうに争うのはばかげていると彼らを宥《なだ》めました。最終的には、彼らも仲直りをして、握手をしてくれたんです。わたしは常にロンドンと電話で連絡を取り合いながら、火曜日までここにいました。それが、その火曜日、重要な要件があるのですぐに戻って来るよう、事務所から電報を受け取ったのです。そして、ここからが実に忌々しい話になります。今朝、ある書類が必要でコーリッジのデスクに立ち寄りました。そして、そこで見つけてしまったんですよ。彼の染みだらけのノートの中に、紛れもなくわたしのサインを模写しようと練習した跡を。当然のことながら、それが決定打になりました。直ちにここに飛んで来たというわけです。これ以上の損失を食い止めようと思ったことも、コーリッジにさっさと出て行けと言うつもりだったことも否定しません。わたしたちはずっと親しい友人同士だったんです。彼をこの件で被告席に送るよりも早く、わたしはすべてを失うことになるでしょう。重罪を示談にすることになるんだと言われても仕方ありません。とにかく、私はそうしようと思っていたんですから。それが数分前、〈ベア・アンド・クロス〉に着いてみると、そこの主人が言うじゃありませんか。パーソンズが死んで、コーリッジが姿を消していると。わたしが茫然自失に陥ったのは言うまでもありません。偽造は偽造。でも、殺人となれば話は別です。それで、知っていることをみんな話すために、ここに飛んで来たというわけです。でも、もしこれが自殺なら……いったい、どうして……」チャルマーズの声は先細りになって消えていった。

「自殺ではありませんよ、チャルマーズさん」ウィルソンが口を挟んだ。「殺人です。自殺は単に、へたな見せかけですね。犯人は小切手帳の控え部分を焼き――あるいは、焼こうと試み――逃亡したんです」そして彼は手短に、事件の状況をチャルマーズに説明した。

チャルマーズは次第に打ち萎れていくように見えた。「とても信じられません」最後にぽつりとそう言った。

「それで、今現在のあなたの結論は？」ウィルソンが尋ねる。

「結論など出す気はありませんよ。残念ながら、あまりにも明白ですから」

「コーリッジがパーソンズを殺して逃げたという意味ですか？　でも、どうして彼はパーソンズを殺さなければならなかったのでしょう？」

「パーソンズは、コーリッジが小切手を偽造していたのを突きとめたんでしょう。口を塞ぐために殺し、パニックに陥って逃げた」

「偽造に関しては、パーソンズは完全に無実だと思っていらっしゃるんですね？」

「ええ、そうですとも。ヒュー・パーソンズは無関係です。小切手を偽造したのはコーリッジですよ。こんなことを言うのは実に残念ですが」

「わかりました、チャルマーズさん。恐れ入りますが、こちらの警部に同行いただいて、パーソンズの身元を確認していただけますか？　彼にできるだけの協力をしていただけるとありがたいのですが」ウィルソンは警部をそばに引き寄せて、しばし言葉を交わした。「さて、マイケル」と、今度はわたしに向かって言う。「本題に戻ろうか」わたしたちは、デイヴィ警部とチャルマーズが崩壊した小屋に向かって姿を消すのを待って、道路のほうに歩き出した。「少年が足跡を見つけたのはこの辺りなんだが」とウィルソン。「ああ、あった。注意力の高い子だ」

　ほんのかすかな足跡だった。しかし、テント近くの〈B〉の足跡と同じ靴によるものであることは間違いない。わずかに二、三の靴跡が見えるだけだ。と言うのも、その小道は荒い砂地の上に生い茂る草に覆われているせいで、雨水が浸み込んで柔らかくなっている部分はほんの数カ所しかないからだ。それでも、その足跡が、テントから離れ、水浸しになった小道を進んでいるのは明らかだった。海辺から百ヤードほど離れた辺りを海岸と平行に走っている道で、両側から生い茂る藪に覆われて見えなくなっている。わたしたちは、その小道をさらに先に進んで行った。わたしにはもう足跡は見つけられなかった。しかし、ウィルソンの、より訓練された目は確かにまだ足跡を追っているようで、満足げに見えた。五分も歩き続けると、小道はついに二股になっている、より広い道路に突き当たった。二股の一方は内陸に向かう本道で、もう一方の道は、まだ概《おおむ》ね海岸と平行して続いている。

「おお！」ウィルソンが声を上げた。「ここに車があったんだ。轍《わだち》が見えるだろう。ちょうどここに、少しのあいだ停まっていたようだ。ほら、オイルが漏れて、小さな水たまりになっている。ダンロップ製のタイヤで、左側の後輪に特徴的な傷があるな。これはあとで役に立つかもしれない。タイヤ跡は、本道ともう一方の道のどちらにも残っている。しかも、両方とも、往復二重の跡だ。たぶん、ここで左に曲がったんだ」ウィルソンは、本道を背に、轍の跡を追って行った。

幅は広くなったが、いまだ水浸しの道を、わたしたちはさらに奥へと進んだ。タイヤの跡はかなり途切れ途切れだ。それでもウィルソンには、間違いなく車が通った跡を追っている確信があるようだ。一マイルほど進んだところでタイヤ跡は海岸方向へと曲がり、そこから五分ほどで、低い崖を走るもう一つの峡谷を越え、わたしたちは海岸へと出た。今日、早い時間に訪れていた教会の廃墟から数ヤードしか離れていない場所だ。砂浜にタイヤの跡はもう確認できない。風で吹き消されたのかもしれないし、車が高水位線よりも低い位置に入っていたなら、潮が満ちたときに洗い流されたのかもしれない。しかし、ウィルソンは迷いもなく廃墟のほうへと歩いて行った。廃墟は高水位線より十分に高い位置にあり、ビャクシンを植えて造った低い砂の丘で一時的に守られていた。そこで彼は立ち止まり、じっと考え込むように植木の茂みを見つめていた。

「いったい、ここで何を見つけようと思っているんです?」わたしは尋ねた。

「さあね」ウィルソンが答える。「だが、探すことはできる」

「探すって何を?」

「見つけられるかもしれないものをさ。例えば、ここを見てごらん」わたしは目を凝らしてみたが、廃墟のあいだに散らばる砂だらけの瓦礫しか見つけられない。「地面が踏みつけられている」ウィルソンは説明した。「それも、最近踏みつけられた跡だ。しかし、何者かによって、はっきりした跡はきれいに消されている。いずれにしろ、ここでも試してみたほうがいい。ステッキで突いてみてくれ」そう言いながら、ウィルソンは自分でも、この場所あの場所と、できるだけ深くステッキを砂地に突き刺し始めた。わたしも彼のお手本に倣った。真下まですんなりとステッキが通る場所があれば、すぐに地面の下の堅いものに当たって止まってしまう場所もある。「堅いものは気にしなくていい」とウィルソン。「教会の石積みだから。柔らかく反発してくるものを探すんだ」一、二分もするとウィルソンが大声を上げた。「ここに何かあるみたいだ、マイケル。砂をどけるのを手伝ってくれ」

ステッキと手で粗い砂をできる限りどけていく。一フィートも掘らないうちに、わたしの手は堅いが弾力のあるものをつかんでいた。二人でしばし砂を掘っていくと、靴をはいた人間の足が見えてきた。さらに作業を続ける。数分のうちに、わたしたちは、吹き積もった砂の下、一フィートの深さに埋められた人間の身体を、陽の下に掘り返していた。若い男だった。背は低く太っているが、がっしりとした体格。縮れた黒い口髭。間違いなく、死んでからそんなに時間は経っていない。死因は明らかだった。首にきつくコードが巻きつけられ、変色し膨れ上がった肉がはっきりとその死因の特徴を示していた。

最初は砂を掘ることに、次には死体を手早く調べることに夢中になって、これまで自分の好奇心を表に出すことは二の次になっていた。しかし、この男がどのように死んだのかを自分自身で確かめた今、わたしはウィルソンに顔を向けた。「これはいったい、どういうことなんです？　これが、あなたが探していたものなんですか？」

「殺人の容疑者を紹介させてもらおうかな。コーリッジ氏だよ」ウィルソンは答えた。

「コーリッジですって！　それなら、誰が……」しかし、ウィルソンが発した鋭い驚きの声がわたしの言葉を遮った。遺体をひっくり返していた彼は、その下から、大きな金色の葉巻入れを引っ張り出したのだ。午後の陽ざしを受けて、それはきらきらと輝いている。彼はケースの爪を押し、蓋をあけた。中には太い葉巻が二本と——新聞から切り取った——紙っ切れが一枚入っていた。ウィルソンはそれに目を通し、わたしに手渡した。『ファイナンシャル・タイムズ』紙の市民向け情報欄の一部で、アングロ・アジアティック・コーポレーション社の衝撃的な株の暴落について書かれていた。

「昨日の新聞の切り抜きだ」とウィルソン。「昨日のだよ、わかるかい」

「どうして昨日じゃいけないんです？」

「『ファイナンシャル・タイムズ』はハピスバーグではとても売っていそうにないからね」彼は答えた。「この墓穴は昨夜掘られた。あるいは、いずれにしてもこの男はそのときには死んでいた。それならどうして、昨日の『ファイナンシャル・タイムズ』の一部が、この男の墓穴に紛れ込んだんだろう？」

「郵便で送られて来たのかもしれませんよ」でまかせに言ってみる。

「彼が郵便で新聞を受け取っていたかどうかは、たぶん調べられるな。問題は、これが彼の葉巻入れなのか、ほかの人間のものなのか、ということだ。これが第三者のものなら、我々はついているということになる」

「でも、どうしてそれが彼の墓穴に紛れ込むんです？」

「きみでも穴を掘ることはあるよな、マイケル？　そのときに、しっかり身につけていない持ち物を落とさないように注意していないと、失くしたことに気づく前に土をかぶせてしまうことになる。もし、犯人がわたしたちのためにご親切にも葉巻入れを落としておいてくれたのなら、我々にとってはラッキーだということだ。わたしとしては、その人物が落としたのだと思うけどね。テントで調べたコーリッジ氏のコートから判断すると、彼はパイプ派で葉巻は吸わないから」

「でも、どうしてこの男がコーリッジだとわかるんです？」

答えを探すために、ウィルソンは屈み込んで、死んだ男のポケットを探った。何も見つからない。

「さあね」とうとう、そう白状する。「でも、きっと、きみもそのほうがいいんじゃないかな。わたしはずっと、彼を探していたんだから」

「あなたは、うすうす勘づいていたんですか――こういう状況を？」

「そうだよ。我々が自殺の見せかけを見破るのは最初から明らかだったし、犯人が我々に見破らせようとしていたのも明白だった。我々がいったん見せかけを見破れば、すべての表面的な事実はコーリッジが犯人だと指し示しているからね。でも、そううまく事は運ばない。もし、コーリッジが犯人なら、見せかけを見破られたくなかっただろうし、わたしたちがそれを見破ったときには、手掛かりが彼を指し示さないように何らかの手を打ったはずだ。故に、コーリッジは犯人ではない。ならば、彼はどこにいて、何故姿を消したのか？　考えられる説明の一つとしては、殺人に関してはまったく潔白であったにもかかわらず、びっくりして逃げ出したということ。しかし、より妥当と思われる仮説は、彼自身もまた殺されていたということだ。

　この仮説は足跡の調査で裏づけられる。十分な証拠から、犯人はテントから廃屋まで重い荷物を運んで行った、と我々は結論づけた。これが正しいことは判明した。彼はパーソンズを運んだのだからね。しかし我々には、車に向かう第二の足跡で、彼がやはり荷物を運んでいたということも十分にわかっている。それらは第一の足跡と同じように、狭い歩幅で深く残っているんだから。わかり切った推理だよ。犯人は死体をかついで車に向かっていた。しかし、その死体がパーソンズのものであるはずはない。ならば、誰のものか？　間違いなく、コーリッジ自身のものだ」

　わたしは、説得力のある推理を、驚きを募《つの》らせながら聞いていた。しかし、ここに至って口を挟んだ。「でも、ブーツが！　彼のブーツを見てくださいよ！」目の前の死体が履いているブーツは、テントで見つけた〈B〉の靴跡とまったく同じだった。

「彼のブーツならわたしも見ていたよ」ウィルソンが答える。「それがこの議論の最後の山場だな。我々は〈B〉の足跡を三組見つけている、そうだよね？　一組目は、海岸に突き当たる道からテントまで続くもの。二組目は、テントと崩れた小屋を往復するもの。そして三組目が、テントから、今、我々がたどって来た小道に続くもの」わたしは頷いた。「非常に結構。では、死体に残されたブーツだが、靴底の鋲が二つ取れているのをよく見てみたまえ。テントに戻ってみれば、一組目の靴跡も、鋲が二つなくなっているのがわかるはずだ。二組目と三組目の足跡の鋲は取れていない。この男のブーツは鋲が二つ取れている。にもかかわらず、足跡はまったく同じ。どうだい、わかったかね？（53

ページの地図を参照）

「そんなこと、言ってくれなかったじゃないですか」非難めいた調子で訴えた。

「きみだって、わたしと同じように見ていただろう？」憎たらしくも相手はそう返してきた。「この事実が何を示すか、説明できるかな？」

「ミスター・〈B〉は二人いた」かなり不機嫌な口調だったと思う。「そして、そのうちの一人だけがコーリッジということです」

「まさしく。ほとんど同じ靴を履いた男が二人――ただ、不運なことに、まったく同じではなかった。この事実が指し示すことは？」

「かなり奇妙ではあるが、単なる偶然。残念ですけどね。ただ、新たな犯人を探さなければならないという事実はあります」

「確かに」とウィルソン。「たぶん、すぐに始めたほうがいいな」

ウィルソンは、自分がテントに戻って警察に知らせ、応援を呼ぶあいだ、わたしに死体の見張りをさせて立ち去った。しかし、彼が姿を消すか消さないかのうちに、ボーイスカウト隊長のエヴァンソンが、狭い小道をたどって崖を這い下りて来た。どうすればいいのか、まったく見当がつかない。ウィルソンが言うには、第二の死体の発見はどうしても秘密にしておきたいということだったのだ。しかし、どうやってこの新参者を遠ざけておけばいいだろう。先回りをして食い止められることを期待して、自分から相手に近づいて行った。

「お二人とも、こんなところで何をしているんです？」隊長は尋ねた。「たまたま上の小道からあなたたちの姿に気づいたんですよ。それで、何か新しいことでもわかったのか訊いてみようと思って、下りて来たんです。何かわかりましたか？」

「すみませんが、ちょっと忙しいので……」

エヴァンソンは笑い声を上げた。「職務上の秘密といったところですか？　何もあれこれ詮索しようとしているわけではありませんよ。ここにいるあいだに、こうした廃墟を見ておきたいと思っただけで。それに何か、問題でも？」

「まあ、もし、構わなければ……」

このとき、一陣の風が隊長の帽子をさらい、砂浜に吹き飛ばした。エヴァンソンが帽子を追いかける。わたしはただおろおろと、その追いかけっこが、死体の横たわる浅い穴の数フィート手前で終わるのを見つめるばかりだった。そしてようやく、彼のほうに走り寄った。

「何てこった！　どうしたんだ、これは？」隊長の叫び声が響いた。「コーリッジ！」

追いついたときには、息が切れていた。「さあ、エヴァンソンさん、見てしまった以上は、誰にも話さないと約束してもらわなければなりませんよ。一番大切なことなんですから、誰もまだ――」

「でも、何でコーリッジが！　やつが殺人犯だとばかり思っていたのに」

「そうだとしたら、速やかに天罰が下ったということです」

「どうやって彼を見つけたんです？　いったい誰が――？」

ほとんど返事もできなかった。不意に、堅い砂地の上についた隊長の靴跡に気づいたからだ。それは控えめに言っても、テントのそばで見た靴跡、砂の中の寂しい墓穴まで続いていた〈B〉の靴跡とそっくりだった。鋲の欠けていない完全な形の靴跡。「わたしたちは彼のあとを追って来たんですよ」

やっと、そう答えた。

怪訝そうな顔でこちらを見ているところからすると、エヴァンソンは明らかに、わたしの態度に奇妙なものを感じたのに違いない。わたしは興奮を抑えようと必死だった。最初の驚きを克服したあとは、結構うまくやれたのではないかと自分でも思う。エヴァンソンは、直接的に、間接的にと質問を浴びせかけてきた。わたしのほうは、無邪気に聞こえ、なおかつ、何の情報も与えない受け答えに努めていた。うまくかわしさえすれば、この男も自分が疑われていることに気づくことはない。しかしそれは、骨の折れる仕事だった。警察車両が小道を下りて来て、地元の警部がわたしたちのそばに躍り出てくれたときには、心底ほっとしたものだ。

「先生、見張っていてくださってありがとうございます。おや、エヴァンソンさんではありませんか。その死体が誰か、ご存知ですか?」

「コーリッジですよ」エヴァンソンは答えた。「しかし、わたしが思うに……」

「ああ、わたしたちがみんな考えましたから。こうした事件では、正しいことを考え出す前に、間違ったことを山ほど考えてしまうものなんです。今は、わたしにこの事件をまかせていただけませんか。警視は宿屋であなたをお待ちしているそうです、先生」

警部に自分の発見を話したものかどうか、ずっと迷っていた。しかし、ウィルソン一人の耳に入れたほうがよさそうだった。「あなたもテントのほうに戻られますか?」わたしは隊長に尋ねた。

エヴァンソンは首を振った。「いいえ。わたしはもう少しこの辺りを見て回りますから」彼を立ち去らせたことをウィルソンは責めるだろうか? しかし、まずはこの情報を伝えるほうがいいだろう。わたしはエヴァンソンのもとを離れ、急ぎ足で宿に向かった。

人の話し声で居間へと引き寄せられた。そこで、ジョージ・チャルマーズと一緒にいるウィルソンを発見した。少しだけ二人で話せるよう、ウィルソンに頼み込む。すぐに部屋を出て来てくれた彼に自分が発見したことを告げ、エヴァンソンがすでに逃亡してしまったかもしれない恐れを報告した。がっかりしたことに、わたしにとってのニュースが、彼にとってはニュースでも何でもないことが判明した。「うん」とウィルソン。「エヴァンソンのブーツのことなら、廃屋近くで彼と話したときに気づいていたよ。それでも、彼が逃げ出すとは思わないな」彼は微笑んだ。

「もう一体の死体が発見されたことを知ってもですか？」

「運を天にまかせるとしよう」そう言ってウィルソンは行ってしまった。本当は何か隠し持っているのか、それとも、この一件では彼も完全にお手上げなのか、どちらなのだろうと考えるわたしを一人残して。がっくりと肩を落とし、それ以上に少しばかり混乱した状態で彼のあとを追い、チャルマーズがまだ座っている部屋に戻った。

「このコーリッジという男について、ちょうどチャルマーズさんから特徴を聞いていたところだったんだ」ウィルソンが言う。「彼を逮捕するのに、懸賞金をかけるためにね」彼の言わんとするところは理解できた。チャルマーズはまだ、コーリッジの死体が発見されたことを知らされていないのだ。

「ところで、チャルマーズさん」ウィルソンは続けた。「週末、コーリッジとパーソンズがひどく言い争っていたというお話ですが。あなたが立ち去る前には仲直りをしていたと」

「ええ」

「ここを立ち去ったあと、どちらかから連絡があったり、話をしたりということはありましたか？」

「いいえ」

「その後、あなたがコーリッジに関して発見したことを、どちらかが知り得た方法は考えられますか?」

「不可能です。わたしが今朝、自分一人で発見したことですから」

「でも、パーソンズさんが何とか自分で発見した可能性もあるのではないでしょうか?」

「まあ、可能でしょうね。どうやってかは、わかりませんが」

「では、起こった出来事については、どのように説明しますか?」

「説明などしたくないですね。事実がおのずから物語るのも心配ですが」

ここに至ってウィルソンの口調が突然変わった。「あなたの会社はアングロ・アジアティックと関連があったんですよね、チャルマーズさん?」厳しい口調でそう問う。

チャルマーズは険しい目つきで睨み返したが、どう答えたものか決められないでいるようだ。「何をおっしゃりたいのかわかりませんね――」そんなふうに答える。

「ただお尋ねしているだけですよ」口調を和らげてウィルソンは言った。「あなたが水曜日の『ファイナンシャル・タイムズ』から、それに関する記事を切り取っているのに気づいたものですから」

「いったい何のことです?」

「そうなさったでしょう? 違いますか?」

「していませんよ」チャルマーズはぴしゃりと言い返した。

「なるほど」とウィルソン。「そうされたと思うんですけどね。あなたの葉巻入れの中から、その切り抜きを見つけたものですから。これは、あなたのものでしょう?」彼は、重たい金色の葉巻入れをテーブル越しに手渡した。

チャルマーズは、その贅沢な小物が蛇ででもあるかのような目で見下ろしている。「ええ。わたしのものです。きっと、火曜日にここに置き忘れたんでしょう」

「ああ、まさか。わたしはそうは思いませんね、チャルマーズさん。ここの主人が見ているんです。車をスタートさせるときに、あなたがそれを取り出して、葉巻に火をつけるのを。あなたがそれを自分のポケットに戻したことも間違いないと、主人は言っています」

「彼の見間違いですよ。きっと、テントの中に置き忘れたんだ。そうでなければ、そこで発見されるわけはありませんから」

「テントの中で見つかったわけでもないんですよ、チャルマーズさん。砂の上です。エクルズにある古い教会の廃墟近くの。これで記憶がはっきりしてきましたか？」

今度ばかりは、チャルマーズの狼狽に間違いはなかった。手がひどく震え、音を立てて葉巻入れを床に落としてしまった。

「おっと！　ええと、わ——わたしは、火曜日にその辺りを歩いていたんです。そのときに落としたのに違いありません」

「水曜日の『ファイナンシャル・タイムズ』の切り抜きを入れて、ですか？」

「誰かがそのケースを拾ったんですよ。そいつが中に切り抜きを入れて、あとから落としたんだ」

「落とされていたわけではありません。埋められていたんです」

「わ——わたしに言えるのは、火曜日から持っていなかったということだけですよ」

ウィルソンは話題を変えた。「火曜日、あなたはご自分の車でロンドンにお戻りになったんですね？」

「ええ」

「その後、車はどこにありましたか？」

「街で使用しているとき以外は、家《うち》のガレージにありましたよ」

「あなたの持ち物ではなかったのではありませんか？」

「そ――そんなことは、ありません」

「それなら、もし、あなたの車が昨日ここにあったのなら、あなたもここにいたと考えることができます。それでよろしいでしょうか？」

「昨日はここにはいなかった。一日中、ロンドンにいたんだから」

「あなたの車が本道を曲がり、ここととエクルズのあいだにある二本の道路が交わるところで停まったと、わたしが言ったとしたらどうします？　その後、あなたの車はエクルズの教会付近まで移動し、その近くで葉巻入れが発見された、と言ったら？」

チャルマーズの恐怖心はウィルソンの一言ごとに膨れ上がっていったようだ。「嘘だ！」声を荒げて男は言った。「ここには火曜日からいなかったと言ったじゃないか」

「ご自分の車の左側後輪に、非常に目立つ傷があることはご存知ですか、チャルマーズさん？」

ここに至ってチャルマーズは言うべきことを決めたらしい。「ああ、そうだ」彼は話し始めた。「とんだ勘違いをしていました。あなたのおっしゃるとおりです。あの辺りをドライブしましたよ。でも、それは火曜日のことです」

「おや、おや、チャルマーズさん。あの雨ではタイヤの跡など残りませんよ。木曜日にどこにいらっしゃったか、お話しいただけませんか？　ここにはいなかったと言うのでしたら」

チャルマーズは跳ねるように立ち上がった。「もう、たくさんだ」怒りに駆られて怒鳴り声を上げる。「厳しい尋問方式というのはアメリカの警察に限られたことだと思っていたのに。このあいだの火曜日以来、この付近にはいなかったと言っているでしょう。そのときには、パーソンズもコーリッジも生きてぴんぴんしていたんだ！」

「コーリッジさんが今は生きていないなどと、どうして思うんです？」ウィルソンが鋭く尋ねた。しくじりを悟ったチャルマーズは、いきなりドアに向かって突進した。しかし、ドアをあけた彼が飛び込んだ先は、巨大なノーフォーク警官の腕の中だった。

「ジョージ・チャルマーズ」警官に目配せをしながらウィルソンは言った。「ヒュー・パーソンズ及びアレク・コーリッジ殺害の容疑で逮捕します。あなたがおっしゃることはすべて、ご自身に不利な証言となる可能性があることを警告します」

警官が同僚の手を借りながらチャルマーズを連行するとすぐに、わたしはウィルソンに向き直った。

「でも、エヴァンソンのブーツのことはどうなるんです？」思わず大声を上げていた。

「おい、おい、マイケル、ブーツがどうしたって言うんだ？　両方とも鋲の並び方が同じだった——一般的なものだからね。でも、彼のものは少なくとも、サイズがかなり小さかったじゃないか」

「つまり、結局、〝ありもしない大発見〟をしたのはわたしだったということですか」

「残念ながら、そういうことになるね、マイケル」ウィルソンの口調は優しい。「みんな、時々そういうことをするんだよ」

「あなたがこんなふうに落ち込んでいたら、わたしなら、ここぞとばかりに仕返しをするんですけどね」そう言ってやったが、ウィルソンのほうはただ笑うばかりだった。

もちろん、チャルマーズの逮捕でウィルソンの仕事が終わったわけではなかった。我々としては、まず間違いなくチャルマーズが二人の共同経営者を殺害したものと確信していたが、証拠についてはまた別の話だ。あの男に有罪を決定づける証拠を隠滅する機会を与えるよりは、早急な逮捕という危険を冒す決断をさせたのは、今記述したばかりの尋問におけるチャルマーズの疑わしい態度だったと、ウィルソン自身も認めている。実際、そうするのが正しかったのだ。コーリッジと共有していたセント・メアリーズ・マンションのチャルマーズの部屋からは、有罪を証明する切り抜きがなされた『ファイナンシャル・タイムズ』の写しが発見された。それればかりか、靴底の鋲がまったく損なわれていないことを除けば、死んだ男が履いていたのとそっくりなブーツも見つかった。コーリッジ自身の靴よりも半サイズほど小さく、まだ部分的にノーフォークの砂に覆われていた。第三には、机の引き出しの奥から、コーリッジのサインを真似る練習に使用した紙が発見された。

この第三の証拠をもとにウィルソンは銀行側と面談し、その結果、偽造された持参人払いの小切手は、さらなる専門的な調査部門に送られることになった。そして、コーリッジとチャルマーズの二つの署名のうち、前者は完全な偽造であることが判明した。ただ、かなり精巧な偽造であったため、銀行側は何の疑いも抱かなかったのだという。自分の署名に関してかなり慎重だったとなれば、簡単に偽造だと見なされもしようが、共同経営者の署名に対しては、チャルマーズは極力それらしく見えるよう骨を折っていたのだ。この結論は、彼の書斎にあった机の引き出しの奥に飛ばされていた一枚の紙が根拠となっている。この紙で、彼は実際に二つのサインの練習をしていたのだ。その発見が、チャルマーズの身辺を徹底的に調査させることになった。そして、最終的にそこから、不正な投機で会社を深刻な状況に追い込んでいたチャルマーズが、小切手に記載された額面を無記名の有価証券に換金し、避けようのない破綻に備えて溜め込んでいた事実が明らかになったのだ。

ここに至って、コーリッジの個人的な友人でもあった弁護士が、休暇に出かける直前に故人から聞いていた話を暴露した。その中でコーリッジは、結構な量の不正を発見し、それらが最終的にチャルマーズに結びついたことを説明していた。相手から満足のいく回答を得られなかったコーリッジは、パーソンズと現状について話し合い、どのような行動に出るかを決定するため、いくらかの書類と会社の小切手帳をノーフォークに持ち込んだ（我々が控え部分をテント前で見つけた小切手帳で、チャルマーズがさらなる疑惑を生み出し自分の作り話の裏づけとするために、そっくり焼いてしまったものだ）。

これだけの証拠をもってしても、刑事裁判所は有罪を言い渡すのに苦戦を強いられた。チャルマーズとその弁護士が最後の最後まで悪あがきをしたのだ。彼らはコーリッジの人間性について悪しざまに言い——確かに、決して褒められたものではなかったが——、ウィルソンが再現した事件の経緯に嘲笑を浴びせかけた。すなわち、自分の詐欺的行為に仕事仲間を共謀者として引き込むことに失敗したチャルマーズは、両者を殺害しようと決心した。そして、疑いが間違いなく自分に向けられることを知って、お粗末な自殺の偽装を試みた。これはもちろん、殺人の疑いをまっすぐコーリッジに向けるためだ。たとえ警察がその見せかけを見破れなかったとしても、コーリッジの失踪と偽装小切手についてのチャルマーズの証言が、十分にコーリッジに対して疑惑を投げかけてくれる。そして、もう一つの犯罪に対するいかなる調査も防いでくれるはずだ、という仮説だった。最終的に、チャルマーズの一件に決着をつけたのは、実に興味深いことだが、自らを救えるよう、彼自身が慎重に作り上げた、運命の夜のアリバイだった。しかし、結局は、警察がまったくのいんちきだと証明した。被告側の論拠は崩壊し、チャルマーズは絞首刑に処せられた。

「ハピスバーグの殺人者は」事件が解決したある日、ウィルソンはわたしに向かって言った。「犯罪科学における重要なポイントを一点示している。チャルマーズは頭のいい男だった。彼ほど巧妙に殺人を計画できる人間はいないだろう。しかし、実行者としては不器用だった。すべての点で技術に欠けている。だから、自殺をもっとそれらしく見せることにも失敗したんだ。あれほどずさんな見せかけなら、見破られても当然だ。そうであれば、見破った人間は当然、その見せかけが隠そうとした殺人に対する見え透いた説明にも疑いを持つ。加えて、チャルマーズは自分の葉巻入れを落とし、車のタイヤ跡を消すのを忘れた。もし彼が単に、コーリッジの死体を短い距離運んで、砂の中に埋め、ちゃんとタイヤの跡を消しておいたなら、死体を発見できたかどうかは極めて疑わしいし、やつもたぶん罪を逃れられただろう。うん、マイケル、本当に優秀な犯罪者には二つの要素が必要なんだ——頭脳と技術。チャルマーズは頭脳に問題はなかったが、実行者としては不器用だった。頭脳と技術の両方が揃うのは、幸いにも稀なことでね——そうでなければ、我々警察は犯人を捕まえられなくなってしまう。それは、非常に残念なことだよ」

わたしは同意した。ウィルソンが元気そうに見えるのは実にすばらしいことだ。ノーフォークへの小旅行が、彼の健康状態を完全に回復させてくれたのは間違いない。

国際的社会主義者

1

「なあ」二人のうち、若いほうの男が言った。「あんたの会合をけなすつもりはないけど、これじゃあまるで母の会みたいな騒がしさだな。抜け出して、静かに一杯やらないか？」

「ばかを言うな！」相棒は言い返した。「飲める場所なんて、まだ何時間もあかないだろ。おとなしく座っていろよ、トニー。まったく、子供みたいなやつだな。何を期待していたんだ？　公の演壇で革命への戦闘命令でも読み上げられると思っていたのか？」

「外国人がべらべらしゃべるだけだなんて言わなかったじゃないか？」トニーが文句を言う。

「それは自分のせいだろう。おまえがだらだらしないで午前中に来ていたら、もっと面白い話だって聞けたんだ。演壇にサウスウェールズ人がずらりと並んでいることなんてなかったのさ。この会合ではいつも、昼過ぎになると友愛組合の派遣委員を本来の講演の合間に登場させるんだ。午後からはまともになるよ」

「そのころまで生きていたらね。あんたのお仲間たちが吐き出す汚らわしい煙で窒息しないで」とトニー。「ああ、よかった。やっと終わった」猿みたいに飛び跳ねていた小さな通訳者が、ちょうどスウェーデン人派遣委員の長くもっともらしい賛辞を英語に訳し終え、やれやれといった拍手に包まれて席に戻ったところだった。「ああ、また別の人間が現れた！　あれは何者なんだ、ディック？」

「ジュリアス・グローヴノ」ディックが囁き返す。「モルダビアから来た保守派だよ。モルダビア社会主義政府の内務大臣だった人物で、ストライキの参加者を射殺させたことで不評を買った。反対派が出席していれば、もっと面白いことになるんだがなあ」

「まあ、とにかく、ほかの連中よりはましだな」トニー・レッドフォードはそう感想を述べ、演説を聞くために背中を椅子に預けた。前モルダビア大臣が、まくしたてるようにではあるが、滑らかな英語で話し始めたのを聞いて、彼はほっとした。いずれにしても、今回、耳を傾けるべきスピーチが一つは存在したのだ。

社会革命党英国支部の年次会議に来賓として来てみないか。そんなディック・ワレンの誘いをどうして受け入れてしまったのだろう。トニーは物憂げに会場内を見回しながら、その日、何度となく心に浮かんだ疑問を、また思い返していた。ディックが夜ごと、長々と話したがるような物珍しい話題について、オックスフォードの若き学生にとっては古代アテネの群衆よりも馴染みの少ない労働者階級の人々を含む大勢の人間が議論するのを聞く。それは、どんな感じがするものなのだろう。そんなことを漠然と思ってしまったのだ。しかし、これまでのところ、彼自身同様、派遣委員たちをも退屈させているとしか思えない、僚友関係についての長ったらしいスピーチしか聞いていない。その苛立ちを煽るかのように、同じ内容の話が延々と繰り返されていた。

彼とディックは二階正面席の端に座っていた。二人の横にも前にも――何しろ古い劇場なので――

不快にきらめく照明用ガスに照らされた顔がどこまでも続いている。その顔が、無数のパイプや煙草から吐き出される霞越しに、緑色を帯びてぼうっと浮かび上がっていた。ステージ上には、色あせたニンフたちが踊るライラック色の背景の前に、水やグラス、書類などを載せたキッチン・テーブル。それを取り囲んでいるのが、執行委員たちと友愛組合の派遣委員たちだ。前者のほとんどが、二十五歳から四十歳くらいの細身の男たちで、一様に不安げな表情を浮かべて並んでいる。後者はだいたいが丸々と太り、むさ苦しいほどの顎髭や口髭を蓄えていた。その中に女が三人混じっている。二人は、騎士道精神など持ち合わせないトニーなら目もくれず、それ以上の関心を向けようともしないタイプ。かなり奥まった場所に座っている三人目の女は、もっと人目を引きそうなタイプだった。つば広の帽子を目深にかぶり、重たげな毛皮のコートを耳元近くまで引き上げている。それでも、その隙間から、横顔がはっきりと見えた。英国ではめったに見かけない、澄んだオリーブ色の肌が幾分青ざめている。トニーは背筋を伸ばし、女の顔をまじまじと見つめた。

「あの帽子を取ってくれたらいいのに。おや、彼女はあの年寄りの外国人に興味があるのかな」

スピーチの第一節の最終部分に差しかかったグローヴノ氏は、ステージの正面を一掃《は》きするような大股で横切り、その端で、すばらしく端正なローマ人風の顔立ちと流れるような灰色の髪を誇示して、しばし立ち止まった。背後にいた女性が、その姿をもっとよく見ようとでもするかのように、椅子の位置をわずかにずらした。グローヴノ氏は、あたかもその音を聞きつけ、気がついたかのように首を巡らせた。そして、片手を上げ、ステージの反対側の袖をじっと見つめる。が、それも一瞬のことだった。男が方向を変えようとした瞬間、トニーの右手でかすかな動きがあった。そして、耳を聾するかのような破裂音。嫌な臭いが鼻を突き、煙草の煙幕よりも濃い緑っぽい煙が右手のボックス席からゆっくりと漂って来た。その煙が消えたあとに確認できたのは、よろめき、キッチン・テーブルにぶつかって、大の字に倒れた気高きモルダビア大臣の姿だった。右手のボックス席からは大きな軍用ピストルが突き出され、勝ち誇ったような雄たけびが、しわがれた外国語で聞こえて来た。

2

その声は、聴衆のつかの間の沈黙に終止符を打った。つば広帽の女性が悲鳴を上げ、倒れた人物にすがりつく。その声を内心〝遠吠え〟のようだと思ったトニーは、本能的に女のほうに目を走らせた。しかし、それと同時に、劇場内は大混乱に陥っていた。ステージ上では、驚愕の表情を貼りつかせた派遣委員や執行委員たちが、けたたましい音とともに椅子をひっくり返して立ち上がり、ありとあらゆる言葉で何やら言い合っている。何度も空しく鳴り響く司会者のベル。聴衆席では様々な叫び声が飛び交っていた。「そこだ！」「ボックス席の中にいる！」「幹事たちはどこにいるんだ？」「出口はどこだ！」「ジャニクだ！」「裏切り者め！　でかしたぞ！」そんな叫び声が、大勢の人間が一斉に出口を目指す騒がしさと混じり合っていた。左手には、劇場内を通り抜けようと押し合いへし合いをする人々。赤いバラ飾りをつけた幹事たちは、青ざめた顔ですっかり動転している。前に後ろにと駆けずり回り、人々を押し止めようとしたり先導したり。はたまた、突然、群衆の中を通り抜けようとしたりで、混乱をいっそう悪化させるばかりだ。

「ぼくたちも外に出ようか？」ワレンが声をかけた。しかし、トニーは首を振った。

「いいや、無理だよ。それに、何が起こったのかも知りたいし。しいっ！」

二人の横から再び大声が響いた。トニーが首を巡らせてみると、怒鳴り声の主は、顎髭を蓄え赤いネクタイをした大男だった。その人物は近くのボックス席から身を乗り出し、まだ煙を上げている拳銃を振り回していた。

「同志たちよ！」その叫び声に、騒ぎが一瞬静まる。人々は、男の雄姿を一目見ようと、押し合いへし合いを一時止めた。「何も急ぐ必要はない。この機会を待ち構えていたんだ！　あの男を殺した。それが、おれの望んでいたことのすべてだ。おれはジュリアス・グローヴノを殺した。裏切り者を。自分の同志の殺害者を！　あの男は、人間の友愛について語りながら、ピルナの市場で鉄道員たちを撃ち殺したんだ。おれたちは四年間待ち続けた。そして、やっと——」

「さあ、もうそれで十分だろう」鋭く冷静な声の持ち主が、職業的な口調で男の独り舞台を遮った。即座に、群衆のあいだから反目のつぶやきが漏れる。が、人々はすぐに、もとの押し合いへし合いを再開していた。一時的にステージから注意をそがれていたトニーは、再び前方に視線を戻した。驚いたことに、ステージの中央には突然、かなり埃にまみれてはいるが、紛《まご》うことなき英国警察の巡査部長が、無言劇の役者のように現れていた。しかし、その出現の謎もすぐに解き明かされた。巡査部長のあとに続いて、巨大な警官の頭と肩がステージの床の跳ね上げ戸を通して現れたからだ。上官からの合図で、巡査は驚く人々を押し分けてステージを横切り、近いほうの袖に姿を消した。一方、巡査部長は死体に近づき、すすり泣く女性の腕をつかんだ。

「そうか、ちくしょう！」トニーは唸った。「ステージの下とはな！　いったい連中は何をしているんだ？」

「状況の把握、と呼ばれるものだと思いますけどね。そして、まったくつまらない記録を取っている」傍らから面白がるような声が聞こえた。若い二人が声の主のほうに頭を巡らせてみると、四十代半ばと思《おぼ》しき、長身で浅黒い顔をした男だった。ひと目で相手の正体を察したディック・ワレンが驚きの声を上げる。

「ウィルソンさん！　でも――ここでいったい何をなさっているんです？」

「同じく、状況の把握だよ」ロンドン警視庁におけるかつての主要人物、前警視、現在では英国で最も名の知れた私立探偵であるウィルソンは答えた。「でも、わたしは床の下ではやらないがね。それは公安部の特殊な仕事だ。銃声のことをちゃんと記録しておいてくれるといいんだが」

「この反響では、二発と記録するかもしれないですね」トニーが口を挟んだ。「本当に二発分のように聞こえましたから」

「あなたには」ディック・ワレンの声には畏怖の念が混じっている。「こんな事態になることがわかっていたんですか？」

「いいや、まさか。わたしはまったく別の仕事で来ていたから。それに、その仕事ならもう終わってしまったし。ディック、それからそのご友人、きみたちがここにいることの説明のほうがずっと必要なんじゃないかな」

「ぼくが所属する組織の会合ですから」ディックは悪びれもなく答え、自分の友人を紹介し始めた。

「一緒に一杯いかがですか、ウィルソンさん？　ここは片づけられてしまうみたいですから――外にいる人間を全員逮捕するのでもなければ」

「警察がそんなことをするとは思えないな」ウィルソンは答えた。「出口が六つあるんだよ。そのうちの半分以上がステージの下にあるわけはないからね。それに、隣の演説者も、血への乾きを満足させてくれるといいんだが」ウィルソンは、まだ延々と演説を続けている髭面のモルダビア人をちらりと見やった。「わたしとしては、最後まで見届けるほうに関心があるんだがね。大臣は死んだんだろう？　どうして、あのティレルは医者を呼ばないんだ？」

しかし、ちょうどそのとき、一時的に女性を死体から引き剝がしていた巡査部長が、劇場内に向かい、よく通る大声で医者はいないかと呼びかけた。やがて、ウサギのような顔をした金髪の小男がおどおどと引き返し、フットライトのそばまでやって来た。執行委員が二人がかりで男をステージに引き上げる。そのとき、ボックス席の外の通路に靴音が響き、ドアがあけられ、しわがれ声が響いた。

「さてさて、いったいどうしたって言うんだ！」

「ちょっと見に行ってみるよ」突然ウィルソンは言い、出口に向かい始めた。若い二人は素早く視線を交わし合い、そのあとを追った。

3

劇場の二階正面席からステージ裏までの道順を見出すのは、知識のない者にとっては容易なことではない。しかし、ウィルソンの専門家としての訓練には明らかに、ミネルヴァ・ホールの内部構造についての広範囲な知識の習得も含まれているらしい。と言うのも、巡査がたどり着くよりもはるかに短い時間で、二人の連れは劇場の所有である雑多な障害物を乗り越え、舞台の袖、そしてステージの上へと飛ぶように移動して来たからだ。壇上では、彼らが直前に目にしたのとほぼ同じ状態で人々が立っていた。巡査部長は、人を見下すような職業的な目で、ステージ上の恐怖に怯えた人々の顔を見回している。小柄な医者が、死体のそばで膝をついていた。彼らの前の、煙にかすんだ広い観客席はすでに半分ほど空《から》になり、銃弾が放たれたボックス席にも人の姿はない。巡査がすでに容疑者の身柄を確保したのだろう。つば広帽の婦人は、彼女の友人から四、五フィートの距離に引き離され、そこで膝をつき、半ば蹲《うずくま》っていた。顔を覆った指のあいだから、低い嗚咽が漏れている。

三人がステージに上がると、巡査部長が飛んで来た。

「こら、こら」と彼は言った。「ここにあなたたちは必要ない。誰もいなくてもいいんだ。おやっ？」ウィルソンが差し出した名刺を見て、「これは失礼いたしました。すぐに、あなた様だとはわからなかったものですから」ウィルソンが自分たちの組織の序列から退いたのは、ある種政治的な方策のためだと知っている警察関係者は誰でも、彼が関わるあらゆる事件に心からの協力を示してくれる。それは、私立探偵であるウィルソンにとっては、少なからぬ利点であった。「しかし、こちらのおふた方については存じ上げませんな」

「この会合の出席者です」ウィルソンはそう言って、二人を紹介した。「たぶん」にっこりと笑って、つけ加える。「彼らに質問したいことがおありなんじゃないですか」

巡査部長は目を見張っている。「質問をする必要などまったくありませんよ。死体があって、銃撃があって、自分が撃ったと言っている人物がいるんですから。それに、この壇上にいた人間はみな、その男が撃ったことを証言できます。陪審を満足させるにはそれで十分だと思いますが、ウィルソンさん」

「では、グローヴノ氏は亡くなったんだね？」ウィルソンは問うた。小柄な医者が床から顔を上げた。

「ええ、完全に死んでいます」声を震わせながら医者は答えた。「銃弾が頭に命中しています。ご覧ください」そう言って、死んだ男の額にあいた丸い穴を指し示す。「即死だったはずです。完全に死んでいます」

その言葉に、蹲っていた女の口から耳を聾するような悲鳴が上がった。あまりの声の大きさに、巡査部長でさえ飛び上がったほどだ。

「死んでしまった！」女が金切り声を上げる。「ああ、何てこと！　死んでしまったなんて！」女の言葉にはフランス訛りのようなものがあった。あるいは、もっと東寄りの言葉かもしれないが、いずれにしても英語ではない。跳ねるように立ち上がり、ひどく横柄な態度で小さな医者を押しのける。医者は危うく、フットライトの上に転がり落ちそうになった。女は死体のそばに這い戻り、その脇に跪《ひざまず》いた。死体の手をさすり、すすり泣きながら、ぶつぶつと何事かをつぶやき始める。遠くからよりも、近くで見る女の容貌にずっと強く惹かれたトニーは、ぼんやりと何か手助けでもできないかと思い、彼女のほうに近づいて行った。しかし、巡査部長がそれを遮った。

「失礼ですが、マダム」厳しい口調を少しだけ緩めて彼は言った。「こちらの男性はあなたの配偶者なのですか？」

「わたしの人生そのものでした！」女がすすり上げる。「そして、わたしが彼を殺したんです！　わたしが！」彼女はまた泣き始めた。巡査部長は自分の口髭を引っ張っている。

「まあまあ、奥さん、そんなふうに思うものではありませんよ。あなたは殺してなどいないのですから。ほら、本当に殺した男がやって来ましたよ」手錠をかけた大柄なモルダビア人を引き連れ、慎重な手つきで軍用ピストルを運ぶ巡査が戻って来ると、巡査部長は言い足した。「落ち着いてください、奥さん」女がまた泣き声を上げる。「わたしにその男を調べさせてください。さあ、きみ、名前は？」

「トーマス・ジャニク」男は答えた。

「結構。トーマス・ジャニク、あなたをグローブノ氏殺害容疑で逮捕します。義務としてあなたに警告しますが――」

「失礼ですが、巡査部長」ウィルソンが口を挟んだ。「あなたは本当にこの紳士が殺人犯だと信じているのですか?」

「これは、これは!」巡査部長は振り返り、啞然とした顔でウィルソンを見つめた。「自分でやったと言っているんですよ! 銃を見てごらんなさい! まだ熱を帯びています。彼が撃ったところをご覧になられたんでしょう?」

「おれがやつを撃ったんだ」トーマス・ジャニクが満足げに口を挟む。「復讐のために」

「わたしはそのピストルを見て言っているんです」男の発言を無視してウィルソンは答えた。「そして、それこそが、わたしに疑問を感じさせるんですよ。ご自身で見てごらんなさい」彼は巡査の手からずっしりとした物を受け取ると、薬莢を引き抜いた。「今度は、その傷も」巡査部長とほかの人々が集まって来た。「どれだけ簡単にできるものなのかは、わかりませんが、ドクター――?」「グリーンフィールドです」床に膝をついていた男は答えた。「どれだけ簡単に銃弾を取り出せるものなのかは。でも、巡査部長に尋ねてみましょう――それに、あなたにも――その傷が、この口径の銃弾ででききそうなものか、どうか」

肉眼で見ても、適合しないのは明らかだった。ウィルソンの掌の中の大きな薬莢はとても、グローヴノ氏の額にあいた小さな穴からは入り込んで行けそうにない。答えを求められた医者も、きっぱりと首を横に振っている。

「ここで銃弾を摘出することはできません」医者は言った。「適切な用具がありませんから。でも、もっと小さな武器から発射されたものでしょうね。ひょっとしたら小さな自動小銃とか」

「でも、それでは――いったい、どういう意味なんです？」自分と同じように虚ろな顔をした周囲の人々を見回しながら、巡査部長は尋ねた。「それなら、銃弾はどこにあるんです？　この男の頭の中じゃないと言うなら。それとも、この銃が、装填されていなかったという意味ですか？」

「ばかを言うな！　空《から》なんかじゃなかったぞ！」暗殺者は怒りに満ちた声で訴えた。「おれが撃ったと言っただろう。弾はちゃんと込めた。おれが、こいつに向かって発砲したんだ――殺すために」

「ああ、あなたが彼に向けて銃を撃ったことは疑っていませんよ」ウィルソンは相手を宥《なだ》めるように言った。「弾倉は一発分を除いてフル充填されています。しかし、それでも、あなたが彼を撃ったとは思っていないんです」

「撃ち損じたという意味ですか？」巡査部長が尋ねる。

「それも違う。少なくとも、わたしはそうは思っていない。ほら」ウィルソンは、死んだ男の左の頬骨に残る真新しい擦り傷を指し示した。「わたしには、銃弾がここを掠め飛んだように見えるんだが。仰向けに倒れたんだから、崩れ落ちるときについた傷ではない。それに、まだ新しい傷だからね」

「殺していない？　頬を掠めた？　それなら、どこにあるんですか――銃弾は？」巡査部長は、ウィルソンがポケットに弾を隠し持っているかのような目で相手を見つめた。

「まあ、どこかこの辺にあるんでしょうね」ウィルソンは二階のボックス席を指さした。「銃はあそこから撃たれた。そして、あなたにもグローヴノ氏がどこに立っていたかはわかっている。彼がそんなにひどく的を外したとは思えない。そういうわけで、この床から見つかるだろうと言っているんです。両方の袖のあいだのどこかで」当然のことながら、誰もが彼の示した場所に駆け出そうとした。

「だめだ！」巡査部長が叫ぶ。「誰も行ってはならん。バーカー」彼は巡査に声をかけた。「お前が行って、銃弾が見つかるか探してみろ。でも」と、今度はウィルソンに向き直り、途方に暮れたような声で尋ねた。「彼は撃たれたんですよね、違いますか？」

「ああ、もちろん。それについては疑いの余地もない。気の毒なことだが」

「それでは――誰が彼を撃ったんです？」

「ああ！　それがまさに、我々の疑問点だね」つかの間の静寂。その間、巡査部長は突然湧き起こった興味にかられて、死体の脇に蹲る女性をまじまじと見つめていた。

「それじゃあ、やっぱりあれは反響ではなかったんだ！」不意にトニーが口を挟んだ。静けさの中、自分でも恐ろしく大きな声に聞こえたが、巡査部長も同じように感じたらしい。荒々しい身振りで彼を振り返った。

「どういう意味です？」

「つまり」とトニーは説明を始めた。「ぼくは、銃声の反響が聞こえたと思ったんです。この場所は反響で満ちていますからね。人が言っていることの半分も聞き取れないくらいだ。でも、あれは二発目の銃声だったのに違いありません」

「二発目の銃声？　どうして一発目ではないんだ？」

「半分くらいの大きさにしか聞こえなかったからですよ。この男が最初の一発を撃った――もし、ウィルソンさんの考えが正しいのであれば。それから、二発目の銃弾が発射された――あの男を殺害した銃弾です」

「これはまた仰天だ」明白だと思っていた事件に影が差し始めると、巡査部長は苛立ちの混じった声で答えた。振り返り、壇上の人々に告げる。「みなさん、恐れ入りますが、ボディチェックをお許しいただかなくてはなりません――あるいは、わたしと一緒に警察署までご足労いただくか」彼は小さなホイッスルを鳴らした。たちまち、建物のほかの場所を警備していたと思われる二人の巡査が現れた。「この方たちのボディチェックを」

チェックは長く丹念な作業だった。ディックとトニーは、ウィルソンの手本に倣って、マネキン人形のように我が身を巡査たちに委ねた。いずれにしてもトニーは、事実を求める警官たちの手並みがいかに俊敏で綿密であるかに驚いていた。しかし、その作業がどれほど徹底していても、人々のポケットから思いもよらぬ忘れ物がどれだけ出てきたとしても、現在の問題に光を当てるものは何もなかった。ピストルのようなものも、まったくない。そして、ボディチェックが完了したそのとき、バーカー巡査が舞台の袖から再び現れ、銃弾の痕跡はどこにも見つからなかったと報告した。

「隅々まできっちり調べたんですよ」大真面目な顔で巡査は言う。「でも、これ以外のものは何もありませんでした」

〝これ〟とは、大きな赤いバラ飾りだった。潰れて汚れているところを見ると、踏みつけられたのに違いない。

「何の役にも立たないですね」巡査はそう言って、無造作にテーブルの上に放り投げた。「幹事の一人がつけていたものでしょう」ウィルソンはそのバラ飾りを摘み上げると、何事かを考えるようにじっくりと見つめた。

「まあ、幹事のものだったのかもしれませんね」ウィルソンの答えはそれだけだった。

「ああ、彼らのことを忘れているわけではありませんよ」と巡査部長。「それについては信用してください。しかし、今日はここに、幹事たち以外にも、もっとたくさんの人間がいたはずだ」彼は、椅子に座り込んでいる男に顔を向けた。「議長さん、まあ、あなたがご自身のことをどう呼ぶのかは知りませんが、このステージの上にいるすべての参加者の名前と住所を報告いただくお手間をおかけしなければなりません」

「承知しましたよ、巡査部長」

「それと、この会合に出席していた幹事たち全員の名前と住所も」

議長は自分の背後に立つ小男を見やった。どうやら、その人物によって、それも可能になりそうだ。

「さらに、残りの参加者についても」

この要求は主催者側を慌てさせた。同僚たちといくらか相談した上で、議長は説明をした。公認の派遣委員たちの身元については、幹事たちを通して確認できるが、それで参加者の全員を網羅できるかどうかは確約できない。記者たちもいただろうし、党の個々のメンバーやその友人などもいただろうからと。「それに、警察のスパイも」いささか不機嫌な調子で秘書がつけ加えた。

「今はそんなことはよろしい」巡査部長はぴしゃりと言い返した。「あなたたちの中に殺人犯が混じっているかもしれないときに、警察のスパイのことをどうこう言うのはふさわしくないでしょう。それに、この事件が完全に解決するまでは、あなたたちの党全体に嫌疑がかかっているのだと言わせてもらいますよ。ですから、参加者全員のリストが早く用意できればできるほど、あなたたちにとっても都合がよいというわけです。さあ、みなさん、ここでお名前と住所をお教えいただければ、さしあたり、お帰りいただいても結構です。でも、またお話を伺う必要が出てくるかもしれませんから、警察に知らせることなく現住所から離れることはなさらないでください。グリーンフィールド先生――」小柄な医者は、自分が撃たれでもしたかのようにびくりと飛び上がった。「あなたは、警察の担当医が到着するまでは、ここに残っていていただけますか？　ご婦人方、恐れ入りますが、ボディチェックのため署までご足労お願いいたします」

「まあ、嫌よ、そんなの。嫌よ、嫌！」グローヴノ氏が自分の人生そのものだと言った女性、死体の脇に跪いたまま動こうとしなかった女性が、哀れっぽく抗議の声を上げた。「そんなの、ひどいわ――ひど過ぎます！」

巡査部長はうめき声とともに、ちらりとウィルソンを見やった。しかし、相手の表情から自分の疑惑に確信を強め、これ以上の譲歩は退けた。最後にはその女性も、警官に伴われ、ほかの二人とともに劇場をあとにするよう説き伏せられた。

「こちらから外に出ることはできますか？」消えた銃弾があるはずだと睨んだ舞台の袖を指さして、ウィルソンは別の警官に尋ねた。テーブルに座り、人々の名前と住所を書き留めていた第三の警官だ。「ええ」その巡査は答えた。「角を曲がったところに、ステージドアに直接つながる小さな階段がありますから。見落とすことはありませんよ」ウィルソンは二人の従者を振り返った。

「行ってみるかい？」二人は意気揚々とあとに従ったが、銃弾がありそうな場所のことごとくで、ウィルソンがじっくりと調べるのを待たなくてはならなかった。しかし、その探索も無駄に終わった。バーカー巡査の仕事ぶりをぶつぶつと褒めながら、ウィルソンはステージドアに続く螺旋状の石階段を下り始めた。ドア口では、またしても青い制服を着た別の人物が警備に当たっていた。

「通させてもらうよ、ガレスピー」ウィルソンは声をかけた。相手は笑みを浮かべ、曖昧な挨拶を返した。「上で名前と住所を書いてきた。この通りはどこに続いているのかな？」彼は狭い路地の左右に首を巡らせた。

「まず、右側はペントンヴィル・ロードに突き当たります」巡査は答えた。「左側は行き止まりです。ペントンヴィル・ロードを右側に曲がると最終的にはヨーク・ロードに出ます。途中に曲がり角がたくさんありますけど。左側は特にどこにも続いていません」

「ありがとう。この付近にタクシー乗り場はないよね？」

「キングス・クロスより手前にはありません」

「あのう」トニーがはにかみながら口を挟んだ。「この建物の正面に回ったところに自分の車を停めてあるんです。それを使えば、どこへでもタクシーより早く移動できますよ。あと――二百ヤードも行けば、ちゃんとしたパブがあります。もし、急いで調査に取りかかる必要がなければ、の話ですが？」

ウィルソンは笑い声を上げた。「まずは一杯飲むことくらいはできるよ」

4

「本当に申し訳なかったよ、ディック」ウィスキーについて話しながら、三人で何とか酒場の隅のテーブルに落ち着くと、トニーは言った。「きみたちの会合について失礼な態度を取ったりして。きみたちが当たり前のこととして殺人者を抱えているとは思いもしなかったものだから」

「かなりきわどい表現だな」ウィルソンはくすりと笑った。「これが普段、同志を募るときの、きみたちのやり方なのかい？」しかしディックは、この言葉を大真面目に受け止めた。

「まさか、違いますよ！　まったくばかげているって、おわかりでしょう？　我々は人殺しなどではありませんから！」

「でも、軍用ピストルを持って歩き回っているじゃないか」とトニー。「そして、無害な市民に対して発砲する。ほとんど人殺しと同じに思えるけどな」

「やつは無害な市民なんかじゃなかった！　もしきみがモルダビア人なら、そんなふうには思えないさ。それに、いずれにしろ、ジャニクは逃げなかったんだ。彼は自分がやったことを認め、捕まるために留まった。そこが大違いなんだよ！」

「殺人罪には当たらない殺害、ということかな？」ウィルソンが笑い声を上げる。「結構。ディック、きみの言いたいことはわかった。しかし、いずれにしても、きみたちの会合の出席者の中に殺人者がいたんだ。自分がしたことを白状せず、捕まるために留まらなかった者が。確かに大きな違いだ。それに、もし、その人物が姿を現さなければ、きみのお仲間の中には困ったことになる人間もいるんじゃないかな」

「ところで、ウィルソンさん」トニーが尋ねた。「巡査部長に、グローヴノ夫人が立ち去らないよう目配せしたのはどうしてなんですか？」

「鋭いね」満足げに相手を見ながらウィルソンは答えた。「きみならこれから、探偵としての目を養えそうだ、レッドフォード君。うん、まず第一に、彼女はグローヴノ夫人ではない」

「じゃあ、いったい誰なんです？」

「パリの踊り子――ハンガリー生まれだったと思うが。我らが友人が一年くらい前に、出席していた国際会議の際に見つけた女性だ。きみたちの高名な派遣委員がいかなる道徳観を持っていたとしても、ディック、彼の私生活は控えめに言っても、少しばかり破廉恥だったんじゃないかな？　ああ、もちろん、主催者側はきみにそんな話はしなかったんだろう。政治的な集まりにとって、そんなに口うるさく言うことでもないからね。しかし、わたしがティレル巡査部長に、あの美しいご婦人から目を離さないように指示したのは〝モラルの検閲〟のためではないよ——グローヴノ氏が、自分の愛人を人前に引き出すのが少しばかり普通ではなかったとしても。それでも、ここにいる我らが友人の好奇心と同じように、人々の好奇心から彼女の存在は浮かび上がったかもしれないけれどね。ただ、彼女の嘆き方がちょっと気にかかるんだ。わたしが知っている彼女の経歴から判断して、オーバー過ぎるような気がする。メロドラマみたいな絶叫だったからね」

「演技だったという意味ですか？　銃を撃ったのは彼女だと？」

「いいや。もしかしたら——少人数しかいない場所でこそ見えたことを、何か知っているのかもしれない。いや、あれが自白だったとは思えないな。それに、そもそもが不可能だ。ひょっとしたら、きみたちもそうかもしれないが、わたしは彼女が座っていた場所に注目していたんだ。あの男のほぼ真後ろだった。そして、銃弾は男の額の真中に命中している。彼女の手がその銃弾を放つことは物理的に不可能だ。男が聴衆に背を向けてでもいない限り。そして、経験を積んだ講演者であれば、そんなことはしない」

「そのとおりですね」トニーは称賛を込めた目で探偵を見つめた。「銃弾が飛んできた方向については考えていませんでした。本当に、それでは話がまったく違ってきてしまう。銃弾は観客席のほうから飛んできたという意味ですよね——ああ、そうだ！　あの医者はどうです？　彼だった可能性はあると思いますか？　だって、ひどく動揺しているみたいだったし、ステージに上がって来るのも嫌々という感じだったじゃないですか？」

「え？」ウィルソンの意識が、深い物思いの縁から戻って来たように見えたのは、しばらくしてからだった。「何だって？　グリーンフィールド？　ああ、違う、そんな可能性は少しもないよ。グリーンフィールドのことはよく知っているんだ。職業上、名を上げ始めたばかりだから、こんな怪しげな事件には巻き込まれたくなかったんだろう。それも、ごく自然なことだ。あの場をそっと立ち去りたかったんだよ」

「では、ほかに――心当たりはありますか？」

「今の時点では何とも言えないな」ウィルソンは、そう言いながら立ち上がった。「すまないが、あとはきみたちだけでやってくれ。早急に調べなくてはならないことを思い出したんだ。失礼」ウィルソンは半クラウン硬貨をテーブルに放ると、二人がそれと気づくよりも早く立ち去った。

「忙《せわ》しない人だな」トニーが言う。「殺人犯を逮捕しに行ったんだと思うかい？」

「そんなに驚くなよ」ディックは答えた。「そういう人なんだから。何時間もミイラみたいに座っていたかと思うと、次にはウズラを追う猟犬みたいに走り出すんだ」

「楽しい人生なんだろうな」トニーの声は羨ましげだ。「ぼくもあんなふうに生きられたらいいな。でも、そのためには、いつもしっかりと目を見開いている必要がある。ぼくなんか、常に半分眠っているみたいなものだからな。銃弾が飛んできた方向について指摘したときのことを考えてみろよ。そうだ！」彼は突然ポケットから鉛筆を取り出すと、テーブルの上に複雑な線を描き始めた。

「いい考えでもひらめいたのか？」友人が物憂げに尋ねてくる。

「何も。いいや、わからないぞ……もしかしたら、ちょっとしたものかもしれない。なあ、ディック、きみの組織は会合を開くとき、勧誘員のようなものを雇うのか？　それとも、誰でも適当に招き入れるんだろうか？」

「もちろん、そんなことはしないさ」ディックはむっとして答えた。「参加者の信用証明書をチェックするのは幹事たちの仕事だよ。ぼくも自分の証明書を出しているし、きみの信用についてはぼくが請け合っているんだ。でも、参加者が不適当なものを持っていないかどうかをチェックすることまでは要求されていない。そんなことになるなら、こんな会合なんて開催できないからね」

「そうだろうね。まあ、落ち着けよ。誰を責めているわけでもないんだから。でも、幹事たちは――どこに配置されていたんだ？　入り口とか、そんなところか？」

「ああ、それに、観客席の通路にもいたよ。参加者の入場や席の詰め具合なんかに問題ないか、見ているために」

「ぼくたちがたった今、通り抜けてきたステージドアだけど――あそこにも幹事がいたのかな？」

「たぶん」

「それが誰だったのか、突きとめることはできるかい？　つまり、きみのところの老練な秘書なら知っているだろうか？」

「どうかな。そういうことを管理していたのは準備委員会だから。そこの秘書なら、それが誰であれ、知っていると思うよ」

「それなら、ディック、あのステージドアにいたのが誰なのか、きみなら調べられるよな――しかも、こっそりと？」

「いったいどういう理由で？」

「なぜなら」トニーは興奮を抑えきれない様子だ。「その人物が殺人犯を中に入れ、間違いなく外に出したからさ」

「いったい何を……？　たった今、おまえ自身が、犯人はステージの正面にいたと言ったと思うんだがな。観客席に座って」

「間違っていた、それだけのことさ。ほら、これを見てみろよ」トニーは自分で描いた図を指し示した。「今、思い出したんだ。じいさんが長ったらしい演説の冒頭部分を終えて、きみたち聴衆からの喝采を待ち受けていたとき、やつは首を巡らせて右側の袖のほうを見つめていた。何とまあ、超一流の立ち姿を演出するものだと思ったのを覚えているよ。そして、銃弾が放たれた――彼が頭の向きをもとに戻す間もないうちに。と言うことは、わからないかい？　その銃弾がじいさんの額のど真ん中に命中したということは、狙撃した人間は舞台の袖のどこかに立っていたということになる――舞台の正面ではなくて。そうじゃなきゃ、弾はじいさんの側頭部に当たっていたはずだからね。それに、そうさ」さらにまた別の事実が甦ったかのように、トニーはつけ加えた。「だから、別の男が撃った銃弾が爺さんの頬をかすったんだ。じいさんが聴衆のほうを向いていたなら、弾はじいさんの鼻に命中していたはずだから。ほら、ここがきみの急進的な仲間がいたボックス席、ここがじいさんの立ち位置、そしてこっちが舞台の袖。少しもうまく描けない。でも、言わんとするところはわかるだろう？

　なあ、もし犯人がこの舞台袖にいたなら、そいつが逃げ出した経路は、ぼくたちが今、通ってきた通路だ――螺旋階段を下りて、ステージドアを抜ける。そして、もし、そのとおりなら、犯人はどこかできみの仲間の脇を通り過ぎているはずだ――もし、その人物がそこにいたのなら。だから、その人物を見つけ出す必要がある。わかるかい？　その人物は、犯人が誰かを知っているかもしれない。あるいは、どんな容貌だったかとか、どっちの方向に逃げたかとか」

「それが誰だったかなんて、知りたい気にはなれないな」相手が描いた図を見つめながら、ディックは言った。

「どうして、また――ああ、そうか。それが自分の仲間だったときのことが心配なんだ。その人物を裏切ることになる可能性が。でも、考えてみろよ。もし、それがきみの仲間だったとしたら、警官よりもぼくたち二人が先に突き止めるほうがいいんじゃないか？　つまり――ぼくたちには、人民の幸福だとかそんなものには責任がないということさ。それに、もし、その人物が捕らわれる必要はないとぼくたちが思うなら、逃げ出すための助言を少しばかり与えてやることもできる。あのティレルが、ご親切な警告を仲間に与えてくれるとは思えないからね、そうだろう？　それに……ああ、ちくしょう、何だって、そんなふうに思うことができるんだ？　自分たちの会合に疑いがかけられているときに、追跡調査をしたくないなんて？」

二つの議論のうちの一つめは、ウィルソンに観察力を褒められ、上機嫌になっていたトニーが重視するものだった。しかし、友人の大いなる熱弁によって、気乗りしないディックを説き伏せたのは、後者の議論についてだ。最終的にディックは、もし可能なら、今日の午後ステージドアを担当していた幹事の名前を調べ出すため、党の本部に赴くことにした。事務所に着いてみると――トニーが中に入ることを、彼はかたくなに拒否したのだが――案の定、懸念と狼狽でひどい有り様だった。その混乱の中、求める情報を獲得するのは一苦労だった。それでも最後には、名前と住所を入手して、気短《きみじか》な相棒と再び合流することができた。

「〝J・D・エヴァンズ。クラプトン、カーシャルトン通り五十三番地〟」トニーは読み上げた。「クラプトンって、いったいどの辺りだ?」

「ハクニーのずっと向こうだよ」

「おっと! あんたの同志は何てところに住んでるんだ! ガソリンが足りるかな?」

しかし、トニーの車を使ったのは間違いだった。ミスター・J・D・エヴァンズが会合のある週末のあいだだけ泊っているクラプトンのカーシャルトン通りは、過去に車が走り抜けることはあっても、車が停まっていることなどありそうにない場所だった。通りの住人は即座に、二人を医療関係者か警察の人間だと思い込んだようだ。病気の子供や逮捕する人間の所在について、不必要なほどの大声で尋ねてくる。二人は公衆の目に晒されながら、やっと五十三番地にたどり着いた。

「まったく!」トニーがぼやく。「本物の刑事部の人間だったら、こんなふうに自分たちの存在をひけらかすことなんてできなかっただろうに」

やっと会えたミスター・J・D・エヴァンズの印象も、そこの住人たちと似たようなものだった。頬が落ち窪み、暗い目をした小柄なウェールズ人。その顔も服装も、ディックの熟練した目からすると、失業中、それもかなり長期間にわたる失業中であることを窺《うかが》わせた。しかも、彼らと話などはしたくないらしい。しつこくせがみ込んだ末にようやく、幹事として件《くだん》のステージドアを担当していたことは認めたが、それ以上の情報はむっつりとした顔で頑として漏らそうとしなかった。誰がそこから入って来て、何人の人間が出入りしたのか、彼自身、何時間そこにいて、何時に職務に就き、何時に離れたのか、あるいは、いつ騒ぎが始まったのか、何もわからないと言い張る。すなわち、すっかり途方に暮れたトニーが感じたように、この男はこうしたことを知っているはずで、さもなくば幹事という仕事を任されることもなかったはずなのに、何も語ろうとはしない、ということだ。でも、どうして？　自分が属する組織の仲間に、どうしてこれほど頑《かたく》なな態度を取るのか？　一度関わった問題には少なからぬ忍耐力をもって当たるディックは、淡々と質問を続けている。その間、トニーは、ミスター・エヴァンズを上から下までまじまじと観察していた。つぎはぎだらけの着古した衣服、それにも増して、華奢《きゃしゃ》な両手の神経質な震え、ディックの顔を舐めるように探る視線。

「それがいったい、あんたたちに何の関係があるんだ？」男はとうとう怒鳴り声を上げた。かすかではあるが、今にも暴力に訴えそうな怒りを含んでいる。

　ディックは何とか説明しようと苦心していたが、不意に袖を強く引く力を感じた。目を向けてみると、不安で青くなったトニーが、彼を男から引き離そうとしていた。

「何の関係もありませんよ」トニーはぴしゃりと言い返した。「ディック、もう行こう。ぼくたちには関係のないことだし、時間の無駄だ。お邪魔してすみませんでした、エヴァンズさん。さあ、ディック、頼むから、来いよ！」そうしてトニーは、理解の遅いディックが状況を把握するよりも早く、友人を引っ張って通りを戻り、停めてあった車に押し込んだ。

「さてと！」車が猛スピードでハックニー・ロードに曲がり込むとディックは尋ねた。「いったい何を考えて、どこに向かっているのか、教えてもらえるかな？　やっと何か聞き出せそうだったのに、何だってあんなふうに引き離したりしたんだよ？」

「ああ。でも、何を見つけ出すって言うんだ？　本当にもう、わかっていたらな……あんなところになんか行かなければよかった……ディック、あの男は本当にあんたの仲間なのかい？」

「まあ、ある程度は。何度か見かけたことがある、っていう意味だが。個人的にはあまりよく知らない」

「あの男――ちゃんとしたやつなのか？」

「もちろん。しごくまともな男だよ」ディックは心からそう言った。「ご覧のとおり、時々気難しくなるけどね。でも、それなりの理由がいくつもあるんだ。気の毒なやつでね。サウスウェールズ出身の鉱夫なんだが、鉱山の閉鎖中に奥さんが子供たちを残して亡くなった。その後ずっと失業状態だ。どうやって暮らしているのかは知らないが、何とかやっているようだし、党のためにも身を粉にして働いている。心配する必要なんてなかったんだよ。確かにそんなふうに見えたのは認めるけど、彼がぼくに暴力を振るうなんてことはあり得ないから」

「あんたのことを心配していたわけじゃないよ、ばかだな！」

「じゃあ、何が心配だったんだよ？」

「わからない。ウィルソンさんはどこに住んでいるんだろう？」

「聞いたことがないな。事務所ならチャリングクロスにあるけど、この時間ならもう閉まっているだろう」

「番地は？」

「あのなあ、そんなことが何の役に立つんだ？　もう閉まっているって言っただろう」

「とにかく行ってみたいんだ。ひょっとしたら、まだいてくれるかもしれない。もし間に合うなら、彼に会わなければならないんだよ」

友人の反対にもかかわらず、トニーは実際に訪ねて行った。日曜日の午後八時という時間だ。チャリングクロスにあるウィルソンの事務所には予想どおり誰もおらず、応答はなかった。今度は、電話帳に載っているロンドン中のウィルソン宅に、その中の一人が求める人物であるかもしれない可能性にかけて、虱潰しに電話をかけようとする。ディックは友人を説き伏せ、何とかそれを押し止めた。そしてやっとトニーも、へとへとに疲れ切った相棒がどこか夕食を取れる場所を探すことに同意した。食事のあいだ中、トニーは頑として自分の考えを話すことを拒んでいた。会話のない陰鬱な夕食のあと、二人はそれぞれの家に戻った。

5

トニーを大急ぎでクラプトンの家から引き返させたもの。数時間の眠りを奪うほどに彼を悩ませ続けたもの。それは単に、ウィルソンの手の中にあるのを最後に見た、赤いバラ飾りの記憶だった。あれは間違いなく、殺人犯が立っていたと思われる場所のすぐ近くの、ステージの床から回収されたものだ。あの赤いバラ飾りは、トニーも知っているとおり、幹事たちがつけていた胸飾りで、恐らくそのコートから取れ落ちたものだろう。そして、この事実こそが、例の場所で間違いなく幹事の役目を果たしていた男の不安げで胡散臭い愛想の悪さと相まって、自分の疑惑がディックの胸に滑り込むよりも早く、トニーをあの場から撤退させたものだった。ディックは真面目で頑固な性格だ。もし、彼が同じ考えに思い至っていたなら、トニーのように逃げ出したりはしなかっただろう。その場に留まり、どこまでも厳密に事実を掘り返したはずだ。そしたら、そのあとはどうなっていただろう？　午後からの会合に、どんな不審人物がどんなふうに入り込んだのかを調査すること。それと、自分の友人、しかも〝しごくまともな人物〟に犯罪の疑いをかけることは別の問題だ。〝自分の党に人を撃って逃げるような人間はいない〟とディックは言った。その言葉を無意識に鵜呑みにしていたと言われるのかもしれないが、今ではそれも怪しくなってきた。トニーは繰り返し自分に問いかけた。あのエヴァンズという男は、不機嫌そうではあったが、間違いなく脅えてもいた。失業中で暮らし向きがひどく悪く、不当に苦しめられている。しかし、だからと言って、即時払いであんなことができただろうか？　トニーは考える。〝もし、本当にそうだとしても、あの気の毒な男に警官をけしかけることなんてできない〟しかし再び、〝でも、もしそうなら、それは殺人だ。正真正銘の殺人。また同じことを繰り返すかもしれない。いったい、おれはどうしたらいいんだ？　いや、自分で行動を起こす前に、とにかくウィルソンさんに相談してみよう〟この結論に至って、トニーはようやく眠りに落ちた。

　この問題のせいで、翌朝彼は、普段にはないほど早い時間に目を覚ました。大急ぎで朝食を呑み下し、再びチャリングクロスに駆けつける。ウィルソンがまだ現れていないことを知って、驚きはしなかったものの、がっくりと肩を落とした。どう見ても自分の仕事に十分な関心を持っているようには感じられない無愛想な事務員が、トニーを小さな待合室に通す。どうやら、タクシー運転手と思《おぼ》しき人物と一緒らしい。トニーは、同室者よりもはるかに苦労して、二十分という時間を耐え忍んだ。しかしついに、階段からありがたい足音が聞こえてきた。だが、しかし！　明らかに複数の人間の足音だ。紛れもない第三者の声も聞こえてくる。ウィルソンには、さらに別の客を連れ込むという悪い趣味でもあるのか？　いや、そうではなく……数分後、待合室のドアがあき、中を覗き込んだ事務員が無言のまま手招きをした――タクシー運転手に向かって！　階級意識から怒りに駆られたトニーは危うく階段を駆け戻りそうになったが、幸いなことに何とかその衝動を抑え込んだ。さらに数分後、再びドアがあき、ウィルソン自身が姿を現したからだ。

「わたしにお会いになりたかったそうですね、レッドフォード君?」そう声をかけた相手に、トニーは余計な前置きもなく、自分の推理と恐れをまくしたてた。

「それで、どうしたらいいのかわからないんですよ」ウィルソンの顔に目を据えたまま、彼は哀れっぽく締めくくった。

「なるほど」とウィルソン。「まず最初に、レッドフォード君。あなたの観察力の鋭さを褒めさせてください。銃弾の方向については、わたし自身とまったく同じ結論に達しています。しかし、残りの部分は間違っていると思いますよ」トニーは安堵の溜息を漏らした。「これのせいで、エヴァンズさんが犯人だと思われたのでしょう?」ウィルソンはポケットから証拠品のバラ飾りを取り出した。

「急いでいた彼が落としたのだと?」トニーは無言で頷くばかりだ。

「わたしは、彼が落としたのだとは思っていません――なぜなら、これは偽物ですからね。自分とすれ違いで入ってきた幹事をよく観察していたんです。その人物がつけていたのは、赤いリボンでできたバラ飾りでした。後に、幹事たちのバラ飾りはみな、似たような作りであることを確かめています。会合の初めに委員会から配られたものです。しかし、ご覧のとおりこれは、リボンで作られてはいません。赤い紙でできたものです。薄暗い照明なら、この程度の偽物で十分通用するでしょう。しかし、いずれにしろ、これは偽物でしかないのです。それで、ドア口にいたあなたのご友人の容疑も晴らせるだろうと思っています。このバラ飾りは、何らかの理由によって幹事として中に入りたかった者によって作られたものです――そして、その理由についても推測できると思いますよ」

「でも――」トニーは口ごもった。「つまり――エヴァンズは無関係だったということですか? ぼくもそう思いたいのはやまやまですが、彼の様子はかなりおかしかったんですよ。本当に何かしでかしたみたいに」

「何かしたんだと思いますよ」ウィルソンは答えた。「それが何だったかについても、見当がついていると思います。でも、それはちょっと置いておいて、我が友ブレイキー警部がどんな具合にタクシー運転手と仲良くやっているのか覗いてみましょう。その運転手も、あなたのこの事件にからんでいるんですよ」

ウィルソンは自分のオフィスに入って行った。そこでは、私服姿ではあるが明らかに警官と思われる人物が、ノートを片手に運転手と話をしていた。

「こちらは」警部が顔を上げるとウィルソンは言った。「レッドフォード君。今回の事件について、非常に興味深い情報を集めてくれています。レッドフォード君、こちらはブレイキー警部です。さて、ブレイキー、何か収穫は？」

「いつもながら、あなたのおっしゃるとおりですよ」警部は話し始めた。「どうしてタクシーだと思ったのか、という点に仰天しているんですけどね」

「うん、やっぱりタクシーを使わなければならなかっただろうからね」とウィルソン。「あの付近に住んでいるのでもなければ。我々が求めている男を、あなたはどこで乗せたのですか？」彼はタクシー運転手に尋ねた。

「ペントンヴィル・ロードですよ」男が答える。「キングス・クロスから二百ヤードほど離れた辺り。わたしの車を呼び止めたとき、男はふらふらの状態でした」

「そして、どこで——その男を降ろしたのかな？」

「ミドルセックス病院で」

ウィルソンはもどかしげな素振りを見せた。「病院を当たることを思いついていれば、十二時間は節約できたのに。家に帰るだろうと決めつけてしまった」

「そうしたんだと思いますよ、旦那」運転手はにやりと笑いながら言った。「少なくとも、そうするつもりだったんだ。ミドルセックスに行けと言ったわけじゃないからね。ああ、その客は、モーティマー通りの角のリージェント通りで降ろすように言ったんで。でも、そこに着いてみると、客はすっかり寝込んじまった様子だった。それで、後ろの座席を覗き込んでみたら、男の服も車のクッションも血だらけだったというわけでさ。旦那にとってはどういうことなのかは知らねえが、とにかく、何だろうと、こんなことからはさっさと抜け出したほうがいいと思ったんだ。それで、ミドルセックスに運び込んだんですよ。その結果、旦那たちがここにいるっていうわけだ」

「彼もそこにいてくれたらいいんだがね」とブレイキー。

「旦那たちがロンドン警視庁の人だって言うなら」タクシー運転手が言い足す。「ペントンヴィル・ロードからの料金とクッションに受けた損害で二ポンド六ペンスの未払い金があるんだがね」

「大丈夫ですよ。その点についてはちゃんと考慮します」ブレイキーは答えた。そしてウィルソンに向かって言う。「まだ、そこにいると思いますが」

「もしいなければ、わたしの落ち度だ」とウィルソン。「昨夜のうちに病院に電話を入れて当たってみるという、初歩的な予備措置を怠ったんだから。病院側が、そんなに早く彼を追い出さないでくれるといいんだがな。しかし、わたしが心配しているのは、その男のことではない。とにかく、一刻も早くそこに行ってみたほうがいいだろう。ジェヴォンズにタクシーを呼ばせよう」

「あのう」トニーがこの時点で口を挟んだ。「ドア口にぼくの車がありますよ。タクシーの半分の時間で、みなさんをお連れできます」

「四人も乗れるかな?」ウィルソンが尋ねる。「身元確認のために、ロジャースさんにも同行願いたいんだが」

「楽勝ですよ。少しばかり窮屈でも構わなければ」

タクシー運転手も警部も細身の体型ではなかったため、〝少しばかり〟からはほど遠い状況となった。それでも、ブレイキーが助手席に座り、最終的には何とか出発できた。「グローヴノ夫人について教えてくれないか、ブレイキー」ウィルソンが後部座席から声をかける。「彼も知っていていいことだから」

「警視が」車がコックスパー通りに滑り込んだところで、ブレイキーは素直に話し始めた——が、不意に口をつぐむ。「つまり、ウィルソンさんが、ということですが。あの女性に注意しているようティレルに警告しておいたのは、いつもどおり賢明なことでした。グローヴノが彼女を手に入れたときに一騒動あったことなど、もちろんティレルは知りませんでしたからね——公安部の人間は、そんな類《たぐい》のことは知らないものです。それに、その直前まで彼女を囲っていた男、カリーという名のハンガリー人で、彼女のダンス・パートナーでもあった男が、復讐を誓っていたことも。これは一年ほど前の話です。しかし、それ以降、一カ月ほど前までは、グローヴノはモルダビアから動こうとしなかったし、カリーもあえてそこまで行こうとはしなかった。とにかく、ほとんどパリにいたんです。ところが、グローヴノが海外ツアーを始めた。ブダペスト近くで暗殺事件が報告されました——被害者が誰だったかなど言いたくもありません——しかし、誰であってもおかしくはなかったんです。やがて、カリーが英国に来ているという非公式な情報がもたらされました。ちなみに、ウィルソンさんはそのことについては知りませんでした。ですから、これがやつの仕業だと気づいたのは、いっそうのお手柄だったというわけです。まあ、我々としてはカリーの動向に目を光らせていたのですが、やつはうまく警戒の網を逃れ、どこに潜り込んだのかわからなくなっていました。グローヴノには警察の護衛を申し入れていたのですが、彼はそれを受け入れようとはしませんでした。そして、今回の事件となったわけです。ウィルソンさんは即座にカリーの存在に思い至り、あなたもお聞きになったとおり、タクシー運転手を通して彼の行方を追おうとしました。そういうわけで我々は今、それがカリーかどうかを確かめるために、ミドルセックスに向かっているというわけです」

「じゃあ、あの女性が言っていたのはそういう意味だったんですね！　自分が彼を殺したのだと！」トニーが驚愕の声を上げた。「そうだ——彼女はグローヴノの背後に座っていた……彼女も、そのカリーとかいう男を見ていたかもしれない！　でも——どうしてその男が病院なんかに？」

「言わせてもらえば」ブレイキーがくすくすと笑う。「それがまた面白いところで。まあ、ご自分の目で確かめたほうがいいでしょう、レッドフォードさん。さあ、着きましたよ」

四人は、ミドルセックス病院の玄関口で転がるように車から飛び降りた。彼らを待ち受けていた主任外科医に、ウィルソンが問いかけるような視線を向ける。

「ええ、もちろん」と外科医は話し始めた。「あなたたちのために、怪我人は安全に保護していますよ——あと一日、二日くらいは引き留めておくこともできます。肩にひどい傷を負っていますね。命に別条はありませんが、かなりの出血だったはずです。お会いになりたいとしても、まだ、意識が朦朧としている状態です」

「銃弾は見つかりましたか？」

「ええ。軍用ピストル用のずっしりとしたのが。事故の場合に備えて保管してあります。まったくもって奇妙な感覚ですよ、これは。銃弾を撃ち込まれた男がどこからともなくふらりと現れ、そのことについて誰かが尋ねに来るかもしれないなどと考えることは」

「おっしゃるとおりですね」ウィルソンは穏やかに答えた。「では、行ってみましょうか？」

外科医は病棟の奥へと進んで行った。そこでは、オリーブ色の肌に黒い髪の男が、包帯を巻かれて横たわっていた。目を閉じ、寝返りを打っては、うわ言をつぶやいている。

「カリーだ。間違いない」とウィルソン。「あなたが乗せたのはあの男ですか、ロジャースさん？」

「ああ、そうだよ」運転手は答えた。「誓ってもいい。外国人風の紳士だと話していただろう。それで目についたんだから」

「結構、これで完了だ」ウィルソンが言う。「ありがとうございました、モートン先生。あの患者を見張るために、警部が部下を寄こしますから。患者から取り出してくれた銃弾について、彼もありがたく思うはずですよ」

6

「本当に幾何学上の問題だったんだよ」ディックとトニーとともに、ソーホーのレストランで食事をしていたウィルソンが言った。事件の解決を祝おうとトニーが言い張ったのだ。「レッドフォード君が鋭くも見て取ったように、傷の角度やグローヴノの立ち位置からして、弾丸は遠いほうの舞台袖から飛んで来たとしか考えられなかった。恐らくそこに犯人は立っていたのだろうし、その存在を偽装するための偽のバラ飾りもそこにあったんだろう。しかし、その同じ舞台袖に、まったく形跡を残さずに消えてしまったもう一つの銃弾もあった。角度から考えて、その銃弾が飛び込んだ先は、犯人の身体のどこか、たぶん肩辺りの高さだろうと思われた。もちろんそれは、犯人の命を奪うことはなかった。そうでなければ、死体が見つかったはずだからね。ただ、ひどい怪我を負わせたことは確かだ。大きな軍用銃弾を身体に撃ち込まれて、何一つ不自由を感じない人間などいるはずがない。それで、そんなに遠くまでは歩けないはずだと睨んだんだよ。すぐ近くに住んでいるのでなければ、タクシーを使う必要があっただろうと。そのときには、グローヴノ夫人が見せた態度のこともあって、犯人が誰なのか、ある程度の考えがあった。それで、ブレイキーに会いに行ってみると、実際、彼女の元愛人がロンドンに来ているようだということじゃないか。そこで、近くのタクシー乗り場から聞き込み調査を始め、難なくロジャース氏を見つけたというわけさ。もちろん、わたしはすぐに病院にも照会を入れるべきだった。しかし、犯人はできるだけ早く逃げようとするだろうという考えに囚われて、その人物が気を失っている可能性を見落としてしまったんだ」

「当然の報いだったんですよ」トニーが言う。「でも、エヴァンズはまったく関係していなかったんですか？　みんな、ぼくの取り越し苦労だったんでしょうか？」

「エヴァンズとは」とウィルソンが答える。「今日の午後会ったんだが、後ろめたいことがあったとしても、きみが心配していたような罪は犯していないよ。彼はあの午後、ほんの少しのあいだ、友人との用事で自分の持ち場を離れた——何をするためかは訊いていないが——カリーが中に忍び込んだのは、その一瞬のあいだのことだったんだ。エヴァンズが恐れていたのは警察ではなく、自分の組織の役員たちだった」彼はディックに向かって言った。「きみたちの組織の規律はかなり厳しいんだろう？　彼は、きみたちも知ってのとおり、決して失うことはできない会議手当がもらえなくなることを恐れていたんだ」

「そうだったのか」トニーは悔やむように言った。「それなのにぼくは、彼の罪は殺人を犯したことだと思っていたんだ。どうにもならない判断だな」

「そんなことはないですよ」ウィルソンが応じる。「あなたは本当によくやってくれましたから。動機の推測で物を言うのは、ひとえに経験の積み重ねだけなんです」

「でも、いったいどうやってそんな経験を積んでいけばいいんです？」トニーは溜息をついた。そして、はにかむような期待を込めた目で相手を見上げた。「あのう、ウィルソンさん。もし助手が必要になったら、ぼくのことを思い出してもらえませんか？」

フィリップ・マンスフィールドの失踪

ウィルソンの書斎に入って来たジェヴォンズが、後ろ手にひっそりとドアを閉めた。

「ご婦人が面会に見えています。名前をおっしゃっていただけないのですが」

ウィルソンは呻いた。来客の中でも、自分の名前を告げようとしない、悲嘆にくれた女性たちが一番の苦手だった。

「どんな感じの女性だい?」

「身なりがよくて三十歳くらい。非常に物静かで、綺麗な方です。正真正銘の淑女ですね」雇い主の知りたいことを最小限の言葉で表現する訓練を受けているジェヴォンズは、そう答えた。「非常に動揺しておられます」

ウィルソンは読んでいた書類――退屈な事件だったが――を押しやった。「中に通してくれ。でも、わたしは今、ひどく忙しい状態だと伝えておいてもらえるかな」彼は椅子から立ち上がった。

数分後には、長身で見目のよい、上質だが地味な服装をした女性と握手を交わしていた。その顔にかすかな記憶はあるのだが、名前も出会った場所も思い出せない。

「以前、お会いしていると思うのですが」とウィルソンは切り出した。「ミセス――?」彼の目は、相手の手袋の結婚指輪とガードリングの膨らみを捉えていた。

「マンスフィールドです」夫人は答えた。「先週、主人をここに迎えに来たときに、ほんの一瞬、お会いしています」

「そうでした。ご主人は今朝、お見えになる約束だったんですよ。何事も起きていなければいいのですが――」

「ああ、ウィルソンさん。その主人がいなくなってしまったんです。きっと、何かあったんですわ」

ウィルソンは、訪問者が何とか押しとどめようとしている動揺と苦悩を感じ取った。

「いなくなったですって！　ここにお座りになって、最初から全部説明してください」

「あなたは何もご存知ないのですか？」

「奥さん、何をおっしゃりたいのか、よくわからないのですが」

「ああ、わたしは、ひょっとしたら、あなたが何かご存知かもしれないと期待していたのです。先週、主人はあなたに相談をしていましたから」マンスフィールド夫人は一瞬口をつぐんだ。「何の件についてかは、教えてくれませんでしたけれど」

「仕事上のトラブルについてですよ、奥さん。でも、それがご主人の失踪と関連があるのか、今のところ、まったく見当がつきません。何があったのか、あなたなりに説明をしてみていただけませんか？　ゆっくりと、どんな小さなことも省いたりせずに。あなたにはこの件とは無関係だと思えても、貴重な情報になる可能性はありますから」

訪問者がこれまでの経緯を説明するあいだ、ウィルソンは自分の机の前に座り、目を閉じて、両手の長く細い指先をきつく押し合わせていた。両脚は前に突き出している。ときおり質問を差し挟む以外、話から受ける印象を表に現すことはなかった。

「つい昨晩のことなのです」マンスフィールド夫人は説明した。「主人はいつもと同じように帰宅しましたが、わたしには、彼が何か心配事を抱えているのがわかりました。落ち着かないときの癖で、低く鼻歌を歌い続けていましたから。二人で静かに夕食を取りました。普段より口数が少ないかもしれないことを除けば、まったくいつもと変わらなかったんです。夕食が終わると、小間使いが手紙を運んで来ました。ハムステッドにいる主人の大親友、トム・ポインターからの手紙です。彼のことなら、あなたもお聞きになったことがあるかもしれませんね」

「劇場のマネージャーですか?」ウィルソンは尋ねた。人気の高いコメディ・ミュージカルの大プロデューサー。腹の突き出たその姿が、すぐにまぶたの裏に浮かんだ。

マンスフィールド夫人が頷く。「はい。トムは主人の大親友なんです。手紙は、彼の家まで来て、男性四人でブリッジをやろうという誘いでした。彼の家はスパニアーズ通りの反対側で、わたしどものところからほんの五分ほどの距離です。暖かい夜でしたから、フィルは帽子もコートも持たず、そのままの格好で出かけて行きました。遅くなったら、先に休んでいるようにと言い残して。それで、わたしは十一時ごろ床に着いたんです。そして、今朝、目が覚めて初めて、彼が帰って来なかったことに気がつきました。わたしはすぐに起き出し、ポインターさんの家に電話を入れました。彼はまだ寝ていたようでしたが、何とか電話に出てくれました。わたしは、フィルはどうしたのかと尋ねました。彼はとても驚いている様子で、何が起こったのかと逆に尋ねてきました。フィルはもう彼の家にいないのか、いつ帰ったのかと訊きました。トムは当惑しているようでしたが、結果的に、夫は彼のところに行っていないことがわかりました。それに、ウィルソンさん、トムは昨夜、フィルに手紙など書いていないと言い張るんですよ。昨夜はずっと外出していたんだと。わたしはすぐに着替えて、トムに直接会いに行きました。それでもやはり、彼はこう言うのです。フィルは彼の家に来ていない。彼も、フィルを家に招くような手紙は書いていないと」

「ご主人が受け取ったという手紙をお持ちですか？」

「いいえ。フィルがポケットに入れて、持って行きましたから」

「あなたはそれをご覧になりましたか？　ポインターさんの筆跡だったんでしょうか？」

「彼の字のように見えましたけれど、きっと違っていたんですね。ああ、ウィルソンさん、いったい誰が夫を誘い出したりしたんでしょう？」

「奥さん、考えられそうな説明ならいくらでもありますが、そのうちのどれが正しいのかは、まだわたしにも言えません。ポインターさんに会ったあとは、どうされましたか？」

「警察署に行って、そっくり同じ話をしました。それから、夫がこちらに相談をしていたことを思い出したんです。それで、あなたが何かご存知なのではないかと思って、訪ねて来たんです」

「ポインターさんには、どこに行くか話しましたか？」

「警察に行くことについてなら。彼がそうアドバイスしてくれたんです。実際、一緒に行こうとまで言ってくださいました。でも、あの方はまだちゃんと着替えてもいませんでしたし、わたしはすぐにでも出かけたかったものですから。警察署からは、まっすぐこちらに参りました」

　ウィルソンは、担当の警部がこの件について、どんなことを言っていたかを尋ねた。マンスフィールド夫人によると、警部は山ほどの質問をし、この件についてはきっちり調べることを約束したという。でも、と彼女は言い淀んだ。警部はむしろ、夫の失踪事件はやがて自然に解決すると思っているようだったということだ。

「あの方はきっと」とマンスフィールド夫人は言った。「フィルは自分の意思で出て行ったと思っているんですわ」

ウィルソンはこの言葉には答えなかった。それもまた、本当にありそうな説明の一つだったからだ。代わりに彼は、一晩中外出していたというトム・ポインターが、昨夜の自分の居場所について何か言っていなかったかと尋ねた。ええ、〈ヴェーニー〉で食事をして、それから、〈ロッジア〉に新作映画『考え不足』の初日上映を見に行ったと言っていました。

「一人で?」

「まあ、ウィルソンさん、トム・ポインターがこの件に関係しているなんて、疑ったりしてはいけませんわ。フィルの大親友なんですから」

ウィルソンには、自分の妻のもとから密かに消えようとする男に、その大親友が手を貸す図が容易に想像できた。しかし彼は、マンスフィールド夫人にそんなことは言わなかったし、すでに気づいている事実を覆い隠すような説明もしなかった。

「奥さん、わたしは誰も疑ったりはしていませんよ。同時に、すべての人間を疑ってもいますが。まだ何かを決定するに早すぎますからね」

「わかりました」マンスフィールド夫人はきっぱりと言った。「わたしとしては、トム・ポインターが何の関係もしていないことを信じています。彼は一人ではありませんでしたわ。弟さんのアドルファス・ポインターさんと一緒だったと言っていました」

「あなたのご主人の舞台監督をしている、あのアドルファス・ポインターですか?」

「ええ」

「ご主人が家を出たのは何時ごろでしたか?」

「九時ごろです。トムの家まで三分ほどしかかからなかったはずです」

「なるほど。両方のお家《うち》の住所を教えていただけますか?」

「わたしどもの家はヒースウッド・ロードのヘイブン。ポインター一家はローンウッドに住んでいます。ノースエンド・ロードの近くで、ヒースの端に当たる自分たちの敷地内に建っている家です」

「ご主人は」とウィルソンは最後に尋ねた。「家を出られたとき、どのような服装をしていらっしゃいましたか?」

グレーのツイードのごく一般的なビジネス・スーツ。彼の服装で唯一際立ったものと言えば、いつも身につけているダイヤモンドのカフスだったらしい。夫人が説明できることで、ウィルソンにとってより有益な情報となり得るものは何もなかった。マンスフィールド夫人は、夫が最近よく心配そうな様子をしていることには気づいていたが、何が原因なのかは知らないらしい。夫をそんなにもひどく悩ませる金銭的なトラブルも、個人的な心配についても知らなかった。彼女の知る限りでは、ほんの二年前に結婚した彼女とフィルが互いにかけがえのない存在であると思っていること、そして、現在まだ一歳にもならない一粒種の子供を、ともにとても大切に思っていることは、はっきりした。ウィルソンは夫人を子供のもとに送り返した。悪いことなど何も起こっておらず、配偶者がすぐにも戻って来るかもしれないのだからと、相手を励まして。しかし、実際には深刻な疑惑を抱いていた。夫人が引き上げてしまうと、彼は一人でじっくりと考えてみるために、再び腰を下ろした。これは、二週間前にマンスフィールドが相談に来た件と関係があるのだろうか? あるかもしれないし、ないかもしれない。極めて才能豊かではあるが、どういうわけか主役に抜擢される機会に恵まれず、常に脇役として演技した芝居の完成度を称賛されるに留まっている役者、フィリップ・マンスフィールドは、二年前、莫大な財産を持つ女性と結婚した。妻の金を元手に、彼は自分で芝居を打つことに乗り出した。彼自身が主役を務めたいくつかの芝居は、観客を多く集めることはできなかったが、内容についても演技についても、批評家たちからは熱烈な称賛を受けた。マンスフィールドはこの冒険で金を失った。そして、失敗としか言わざるを得ない芝居以上のものを失ったことは、説明するまでもない。そんな状況に陥って初めて、彼は故意に騙されていたことを発見した。会計士を雇い入れ、その助力によって、二人の男に犯罪の疑惑を狭めていった。自分のマネージャーと舞台監督で、そのうちの一方、あるいは両者が関与している可能性があった。マネージャーの名前はフォスター。そして、舞台監督がアドルファス・ポインター。彼が昨夜訪ねて行ったトム・ポインターの弟だ。

両者に対して何らかの行動を起こしたり、自分の疑いを口に出したりする前に、マンスフィールドはウィルソンを訪ね、この一件を引き受けてくれるよう頼んでいた。マンスフィールド夫人が取り次がれたとき、ウィルソンはまさに、フォスター及びアドルファス・ポインターの両者が詐欺的行為に深く関わっていることを突き止めた部下の報告書を読んでいるところだったのだ。しかし、両者のうちの一方、あるいは両方が、マンスフィールドの疑惑に薄々気づいたとしても、彼を殺害したり誘拐したりするほどの極端に走るのはやり過ぎのように思えるし、十中八九、意味がない。それに、トム・ポインターほどの立場にあり、評価を受けている人間が、そんなことに加担するとも思えなかった。ウィルソンは途方に暮れてしまった。しかし、次に取るべき行動についてははっきりとわかっていた。

彼はまず〈ヴェーニー〉で昼食を取り、昨夜七時から八時半のあいだ、トムとアドルファス・ポインターの二人が確かにそこにいた事実を確認した。続いてロッジア劇場に赴《おもむ》き、そこの案内係から、トム・ポインターと連れの男――恐らく彼の弟と思われるが、確かではない――が、超大作が始まる約十分前の八時四十分にチケットを買い、劇場内に入ったことを確かめた。この点は少しばかり不運だったと言わざるを得ない。なぜなら、兄弟が芝居ではなく映画を選んだため、彼らがともに劇場内に座っていたのか、それとも立ち去ったのか、実際に見ていた人間を見つけることができなかったからだ。しかし、彼らが慎重にアリバイをでっち上げようとしていたのでなければ、少なくとも映画が終わる前にその場を離れたことはありそうもない。

その後、ウィルソンはハムステッド・ヒルの頂上に登り、ポインター兄弟が同居する家を見下ろしたが、暗くなるまで次なる行動には移らなかった。彼らの家自体は極めて小さな建物で、ゴールダーズ・グリーンの分かれ道をちょうど越えたところ、スパニアード通りのゴールダーズ・グリーン側のすぐ脇に建っていた。しかし、より大きな古い屋敷の敷地に隣接しているところからすると、その小さな地所はそこから、あるとき切り離されたものなのかもしれない。さらなる調査を始める前に、ウィルソンは道路を横切り、ヒースウッド・ロードへの道を二、三百ヤード進んで行った。その道を登り切ったところから、マンスフィールドの家が建つヴェイル・オブ・ヘルスを見下ろす。春の宵の九時に、二軒の家のあいだで人が誘拐されることなどあり得るだろうか？　可能ではある。しかし、ほかにいくらでもある選択肢がまず試みられるだろうから、極めてありそうにはないことだ。それで彼はローンウッドに戻り、家のそばの木立の陰に滑り込んだ。家中の灯りがひっそりと消えるのを待ち、侵入を試みる。これはさして労もないことだった。曲がった針金を温室のドアの鍵穴に押し込むことで、簡単に中に侵入できた。細心の注意を払いながら、懐中電灯を頼りにゆっくりと移動する。マンスフィールドが昨夜そこに存在した痕跡か、その失踪に兄弟のいずれかが加担している証拠を求めて一階中を調べ回ったが、何も見つからなかった。しかし、探索を諦めようとしたそのとき、彼の懐中電灯があるものを照らし出した。玄関ホールと家の奥に位置する居間の前のホールを仕切るカーテンの襞の中に、何かきらめくものがある。調べてみると、カーテンに刺さったダイヤモンドのカフスピンだった。

ウィルソンはしばしそれを見つめていた。夫人の話からすると、それは間違いなくマンスフィールドのピンであり、それはつまり、彼が昨夜この家にいたことを示している。しかし、もしそうなら、今、彼はどこにいるのか？　上の階からドアを開く音が聞こえ、ウィルソンは物思いから我に返った。ピンが見えないように目にも留まらぬ速さでカーテンを動かし、侵入して来た経路をたどって庭に戻る。二、三人の男が姿を現し、一階部分を調べ回るあいだ、彼は茂みの中で身を潜めていた。男たちは温室のドアをあけ、しばしそこから庭を覗き込んだ。小声で何やら言葉を交わしていたが、ありがたいことに、それ以上追及することもなく家の中に戻って行った。しかし、ひょっとしたら彼らは警察に通報するかもしれない。その場合に備えて急がなければならなかった。この段階ではまだ、警察と顔を合わせたくはなかった。

ウィルソンはじっくりと考えた。マンスフィールドが兄弟たち、あるいは彼らの名前をかたる何者かによってあの家に誘い込まれたのだとしたら、彼がまだそこにいる可能性は極めて低い。彼の失踪に関しては、明らかにローンウッドこそ真っ先に調べられる場所なのだから。しかし、それなら、彼はどこにいるのか？　第一、彼はすでに殺されているのかもしれないし、監禁されているだけかもしれない。第二、死んでいるとしても生きているとしても、この近所、あるいはどこか遠い場所に、恐らくは車によって運ばれ、隠されている可能性もある。埋められたにしろ、車で運ばれたにしろ、その痕跡を見つけ出すには、明るい時間帯に調べる必要がある。加えて、生きた状態でこの近所に隠されている可能性もあった。

ウィルソンの思いは即座に、隣にひっそりとたたずむノース・ハウスへと飛んだ。ローンウッドの土地がそこから切り離されたと思われるノース・ハウスについては彼も知っていた。十八世紀にそこに住んでいたとされるノース卿が名前の由来で、彼はその屋敷の窓から、引退後のチャタム（ウィリアム・ピット。十八世紀の英国の政治家）が暮らしていたピット・ハウスを見下ろしていたという。プラハ大使だったアーネスト・パーシーホサム卿が所有していたが、彼の死後は管理人以外に住む者はいない。今も空き家であるなら、役立たずの俳優マネージャーたちにとっては、ちょうどいい当座の秘密基地となるだろう。

ウィルソンは、二つの地所の境界線となる壁に近づき、調査を始めた。壁沿いに走る小道は靴跡が残るには堅すぎて、しばらくは何も見つからなかった。しかしある場所で、壁の笠石を覆う蔦が引き剝がされ、千切れているのを懐中電灯の光が照らし出した。彼は、さらに先に進んだところで壁を登り始めた。壁の向こう側はかつて花壇だった部分で、真新しい靴跡で踏み荒らされていた。そのいくつかは明らかに、通常の足跡よりもかなり深い。いずれにしろ、ごく最近、数人の人間が例の箇所で壁を乗り越え、その内の一人は、ひどく重い荷物を運んでいたということだ。

足音を忍ばせて、ウィルソンは暗く静まり返ったノース・ハウスの敷地内を進んだ。向こう端の窓がいくつか明るいのを見ると、まだ管理人が滞在しているのだろう。ウィルソンは明かりが消えるのを待ち、その夜二度目の家宅侵入を開始した。一度目のときほど簡単にはいかなかったが、突き出たビリヤード室の平らな屋根によじ登り、その窓からようやく中に押し入ることに成功した。むき出しの板の上を音もなく移動することがいかに難しいかを知っていた彼は、あらかじめ用意していた襟巻で足音を消し、部屋から部屋へと忍び足で進み始めた。何もない閉ざされた空間が続く。が、ついに、管理人たちの部屋に続くと思われる、緑色のベーズ地（フェルトに似せてけば立てた粗いラシャ）を貼ったドアが現れた。ここでは外から丸見えだ。そう思った彼は一階に下り、鎧戸の降りていない窓辺に佇んで、そこから外に出たほうがいいかどうかを考えていた。

　と、その窓に突然、明らかに屋内からと思われる光が当たったのを見て彼はぎょっとした。同時に、かすかな足音や話し声も窓越しに聞こえてくる。どうやら両方とも、建物の角を回った辺りが発信源らしい。何が起こっているのかを知りたくてたまらず、彼はあえて、窓をあけてそこから外に滑り出るという冒険に出た。窓は幸運にも、音を立てずにあいた。壁に背を貼りつけ、忍び足で移動する。光が当たる芝生の一角に男が立ち、家を見上げているのが見えた。

「降りて来いよ」苛々とした小声で、その男は呼びかけた。

　すぐにドアがあく。

「どうしたんだ?」明らかに一般的な管理人とは異なる、きちんとした話し方の答えが返って来た。

「ドリーが苛立っている」と最初の男。「ローンウッドに誰かが忍び込んだんだが、何も盗られていない。ドリーは警察が密かに調べに来たんだと思っている。おれはわざわざ警察に通報するふうを装って出て来たんだ。おまえはすぐにやつを車で運んで、どこかの片田舎にでも放り出してこい。明日、発見されることになっても構わない。五十マイルくらい離れたところに運んで、目撃されないような場所に捨ててくるんだ、わかったか?」

「わからないね。そんな面倒な仕事、どうしてドリーが自分でやらないんだよ?　あんなものを車に積んで、このおれに五十マイルもドライブをさせるなんて。おれの仕事じゃないよ！」

「へえ。あいつと一緒にここにいるのを警察に発見されるほうがいいなら、何も言わないけどな」

「ああ、フォスター」男はぶつぶつと文句を言った。「そんなのは嫌に決まっている。ここを片づけて、やつを置き去りにしようかと思っていたところなんだ」

「ばかなことを言うな」フォスターが答える。「そんな中途半端な状態で仕事を投げ出して、どうなるって言うんだ？」

「まったく。あんたも上がって来られないのか？　一人でできる仕事じゃないよ」

「無理だ。やつはおれを知っている。今は無抵抗な状態なのか？」

「ああ。おれが縛り上げた」

「自分がどこにいるのか、わかっていないんだろう？」

「知るわけないよ。ヨークシャーだと言っておいた」男はすばらしい美声で、流行歌を歌い出した。

「無知は幸せ。愚かさはいつか知恵へと変わる」

「黙れ」フォスターは慌てて言った。

「導きを、マクダフ（シェイクスピア、『マクベス』の登場人物でマクベスを討つ騎士）」

「そうだな、やつにまた薬でも呑ませておけ。車の中で歌い出されでもしたらたまらない。そしたら、やつを下に運ぶのを手伝ってやるよ。さあ、急ぐんだ」

　ウィルソンの耳に、最初の男が家の中に戻って行く足音が聞こえた。フォスターのほうは、芝の上で男を待っている。すぐに、窓から呼びかける声が聞こえた。

「オーケーだ。上がって来て、降ろすのを手伝ってくれ」

ウィルソンは、重い足音が階段を下り、ドアから人が出て来るのを、壁を背にしゃがみ込んで待っていた。それから建物に忍び寄り、角の向こうを覗き込む。二人の男が担架を運び、車道に向かって芝生を横切っていた。彼はできるだけ距離を詰めて、あとを追った。少しするとフォスターが立ち止まった。

「道路までこの男を運ぶ危険を冒す必要はないよな。車を回して来る」そう言って、自分が持っていたほうの担架の端を下ろした。

「なら、急いでくれ」と、もう一方の男。「こんなゲームには、もううんざりなんだ」

フォスターは、落ち着きなく担架の脇を行ったり来たりする相棒を残して、木々のあいだを抜けて行った。ウィルソンは即座に、拳銃の打ち金を起こして、茂みの中から飛び出した。

「おっと!」男が喘ぐ。「どういうことだ?」

「しいっ!」つかの間、拳銃の鼻先をちらつかせながらウィルソンは言った。「命が惜しければ音を立てるな」銃口を男に向けたまま、担架のほうに近づく。意識のない真っ白な顔をしたフィリップ・マンスフィールドが横たわっていた。

「いったい、どういうことなんだ?」男がぶつぶつ言う。「あんた、警察の人間なのか?」

「そんなことはどうでもいい。きみが理解しなければならないポイントは、ゲームは終わったということだ。このばか騒ぎについて、わたしは何もかも知っている。そして、わたしは直ちにマンスフィールドを連れ帰る。もし命が惜しいなら、わたしに手を貸すことだな」男は驚きで目を剥いてウィルソンを見つめている。「きみがすべきことは以下のとおり。フォスターが戻って来たら、わたしのことは何も言わず、マンスフィールドを車に乗せ、きみ自身も中に乗り込む。しかし、わたしが乗り込むあいだ、フォスターに背を向けさせる何らかの言い訳を作り出す。そして、わたしが指示するところまで車を運転していく。言っておくが、わたしの射撃の腕は確かだし、ずっときみに銃口を向けているからね。ただ、わたしの言うとおりにするなら、この事件におけるきみの役割を軽くするチャンスもある」男は何も言わなかった。「早く」とウィルソンは急かした。「どうするか決めたまえ」

「もし、あんたが警官なら――それで本当に大丈夫だと言い切れるのか?」

「もちろんだとも」ウィルソンは、かすかに当惑を交えた声で答えた。

男が肩をすくめる。

「なら、わかった。約束だぜ、同志」男の声には、ほっとしたような調子が混じっていた。速やかに茂みの中に身を隠しながら、ウィルソンはそんなことを考えていた。車が現れ、担架を中に運び入れる相棒にフォスターが手を貸した。

「何をするのかはわかっているな」そのフォスターが言う。「明日の夕方までは、この男が姿を現すとまずいんだ。ずっと遠くまで運んで行って、置き去りにしてこい。もし、その前に頭の一つでもぶん殴っておきたいなら、そうしても構わない」

「やることはわかっている。でも、家に戻って戸締まりをしておいてもらえるかな。電気も消し忘れた。通りから見えると思うよ」

「本当に間抜けなやつだな」フォスターは文句を言った。それでも、芝生を戻って行ったので、ウィルソンは茂みから出てきた。

「ハムステッド・ジェネラル病院だ」ドライバーにそう告げる。「できるだけ早く。左手のロスリン・ヒル。わたしは後ろに乗る。拳銃で狙っているから、直行することだ。ライトをつけてくれるかな」

「了解、大将」車は勢いよく走り出した。ウィルソンは空いている手でマンスフィールドを拘束している縄を切り、できるだけ楽な状態でいられるようにしてやった。まだ完全に無意識状態だ。数分もしないうちに、車は病院の前で停まった。

「当直の医者を、すぐに」ウィルソンが叫ぶ。「緊急なんだ」彼は速やかに、病院の雑役夫がドアからフィリップ・マンスフィールドを運び入れるのを手伝った。それから運転手のもとに戻ったが、かの名士にはもう彼と顔を合わせる気などなかったようだ。男はエンジンをかけっ放しにしておいて、マンスフィールドの身体が無事に車から運び出されるとすぐにギアを入れ、あっという間に走り去ってしまった。ウィルソンはその後ろ姿に叫んだが、無駄だと悟ると電話機に向かった。しかし、ロスリン・ヒル警察署に電話がつながるまで一分、XP7056というナンバーの車をすぐに捕えてほしい旨を説明するのに、さらに一分を要した。ナンバーは押さえてある。運転者が姿を消す前にその車を確保できるとは少しも期待していなかった。しかし、それでも、こんなふうに運転者を逃がしてしまったことは残念だった。男と少しでも話ができれば、事件の全容がはっきりしたかもしれないのに。それに、たぶん、男は共犯者に危険を知らせるために逃げ出したのだろうし。

マンスフィールドを病院に任せたウィルソンは、全速力で警察署へ走った。署の前で、ちょうど客を降ろして戻って来たタクシーを捕まえる。運転手にそこで待っているように命じ、中に駆け込むと、息を切らせながらこれまでの経緯について説明した。警察を動かすために、自分の仕事の一部を話さなければならなかった。必要とする人間が出動の準備を整えるのに、さらに五分を要した。しかし何とか、巡査部長と巡査が彼とともにタクシーに乗り込み、フルスピードでポインター兄弟の家に向かう運びとなった。

ローンウッドの正面は闇に包まれ、車の姿はどこにもなかった。

「まずは確かめてみましょうか」とウィルソン。「我らが友がそのまま逃げてしまったのか、それとも、共犯者に危険を知らせるために真っ先にここに戻って来たのか」

巡査部長は音も高らかにドアをノックした。しばし、沈黙。それから、トム・ポインターが自ら屋敷のドアをあけた。

「これはこれは、実に手際のいいご出動ですな！」男は警察の制服を見て感心した。「フォスターはどこです？」巡査部長は何も答えない。ウィルソンが口を挟んだ。

「お宅の車のナンバーを教えていただけますか？」彼は尋ねた。

「わたしの車ですって！」ポインターが目を見張る。「いったいどういうわけで、うちの車のことなんかを知りたいんです？　まあ、ＸＰ７０５６ですけど」

「今はガレージの中ですか？」ウィルソンが続ける。

「ずいぶん詮索好きなことだ。いいえ、ガレージにはありませんよ。今夜は友人に貸していますから」

「ご友人の名前は？」

「フォスターです。でも、いったいそれが何だって――」

「フォスター？」ウィルソンは巡査部長を振り返った。「あれは別の――運転手じゃありませんよ」

「まあまあ」ポインターが割って入る。「何かおっしゃりたいことがあるなら、中に入ったらいかがです？　こんな玄関口にわたしを立たせておくのではなくて。今のところ、あなたたちが何を知りたいのか、まったく見当もつきませんが」

彼らは列になってポインターのあとに続き、ウィルソンがまさに一時間前に押し入った喫煙室へと入った。トム・ポインターが中身を跳ね散らしながら飲み物を出す。

「それで、いったい何についての話なんです？」男は尋ねた。

「フィリップ・マンスフィールドについてです」とウィルソン。

「彼の何についてなんです？　あの男はここには来ませんでしたよ。ここ数日間、会っていない。まだ見つからないんですか？」

「最後にお会いになったのはいつです？」

「三日前です」

「昨夜、あなたは彼に手紙を書いた」しかし、トム・ポインターは激しくそれを否定した。

「それでも、フィリップ・マンスフィールドは昨夜、この家にいた。あなたはこの事実を否定するのですか？」

「何てばかげた話なんだ？　もちろん、彼はいませんでしたよ」

「ポインターさん、ちょっとこちらにいらしていただけますか？」トム・ポインターは驚きながらも、ウィルソンのあとについてカーテンまで移動した。ウィルソンはカーテンの襞をかき分け、まだそこに刺さっているカフスピンを示した。「では、どうしてこれがここにあるのでしょう？」

ポインターは身をかがめ、ピンを引き抜いた。「何てことだ！　フィリップのものですよ」完全に落ち着きを失っている。「まったくわけがわかりません。でも、あなたはどうして、これがここにあるのを知っているんです？」

「なぜなら」ウィルソンは表情も変えずに答えた。「今日の夜、早い時間に、こちらのお宅に勝手に押し入らせていただいたからです」

「まったく」ポインターは呻いた。「あなたはいったい何者なんです？　警察の方ですか？」

「わたしはウィルソンと申します。マンスフィールド夫人の依頼で、彼女の配偶者の失踪について調べています」

「あなたが、あ
の
ウィルソンですか？」

「恐らく。それでわたしとしては、マンスフィールド氏のカフスピンがあなたの家のカーテンに刺っていた理由を、あなたがどう説明するのかを知りたいのですが」

「説明なんてできませんよ」とポインター。「マンスフィールドが昨夜この家にいたのだとしても、わたしが招いたからではありませんから。わたしは一晩中、外出していたんです」

「帰宅されたのは何時ですか？」

「十二時ごろですよ」トム・ポインターは当初、この厳しい追及に憤然としていたようだが、カフスピンの発見にすべての抵抗を諦めたようだ。純粋な当惑、あるいは犯罪を恥じる気持ちと受け取れそうなものが、代わりに現れている。ウィルソンとしては前者だろうかとも思ったが、確かなことはわからなかった。

「弟さんもずっと一緒だったんですか？」彼は尋ねた。

「ええ。でも、どうしてです？　実際、十一時過ぎまで一緒にいましたよ――わたしが家に帰る前までは」

「別れたのはロッジア劇場で？」

「ずいぶんいろんなことをご存知のようですね」ポインターが答える。「いいえ。わたしたちは劇場からカフェ・ロイヤルに行きましたから。そこで弟と別れました。でも、あいつがこの件に何の関係があると言うんです？」

「その後、弟さんとは会われましたか？」とウィルソン。

「ええ。実際、今もここにいますよ」

「彼と少しお話しすることはできますか？」

明らかにまだ狐につままれたような顔をしたまま、ポインターは弟を呼びに行った。しかしすぐに、当惑の色をさらに深めて、一人で戻って来た。

「出かけてしまったようなんです」と彼は言った。「今夜はここにいるはずだったのに。わけがわかりません」

ウィルソンは、フォスターもこの家にいたのかどうかを尋ねた。

「ええ。弟と一緒にやって来ましたから。でも、少し前に、警察署に連絡すると言って出て行ったんです。いったいぜんたい、どういうことなんです？」

「ポインターさん」ウィルソンが説明をする。「フィリップ・マンスフィールドが昨夜、あなたが書いたものと信じた手紙によってこの家に誘い込まれたことに、疑いの余地はありません。まさにこの部屋で捕らわれたが、犯人たちによって引きずられ、連れ去られた。隣の大きな屋敷に閉じ込められていたのですが、今夜そこから、あなたのご友人のフォスターの命令で、無意識状態のまま車で運び去られた。従って我々は、そのことについてあなたがどのような説明をされるのかを聞きたいのです」

ウィルソンが話しているあいだにも、トム・ポインターの顔にはみるみる狼狽の色が広がっていった。

「そんなことはあり得ません」

「残念ながら」ウィルソンが返す。「まったくの真実です。それに、この状況からすると、ここにいる巡査部長が、あなたの身柄の拘束をお願いしなければならなくなるでしょう」

「申し訳ありませんが、まったくもってそのとおりです」これまで沈黙を守っていた法の代弁者が言う。

「しかし、本当にわたしは何も知らないんですよ」トム・ポインターは再び訴えた。

「さあ、巡査部長、ここでしなければならないことはすべて終わったようだ。あなたはポインターさんの調書を取って、サインをさせていただけますか？　わたしはもう行かなければ」さらに二、三の指示を出すと、ウィルソンはローンウッドをあとにして病院に向かった。マンスフィールドの意識はまだ戻っておらず、何の証言も得られないことが判明する。数分後、彼はヒースウッド・ロードにあるヘイヴンの住人を起こしにかかっていた。彼のノックに応えて、マンスフィールド夫人が二階の窓から顔を出した。

「わたしです――ウィルソンです。万事解決です。すぐに下りて来ていただけますか？」

「フィルが見つかったんですか？　生きていますの？」

「生きていますよ。ほとんど怪我もしていません。下りて来てください。説明しますから」

「ああ、よかった」マンスフィールド夫人はそう言って、数分後には正面玄関に姿を現し、ウィルソンを中に招き入れた。

ウィルソンはできるだけ手短《てみじか》に、これまでの経緯を説明した。感謝の言葉を連ねるマンスフィールド夫人を遮って、彼は続けた。「まだ、すべてが終わったわけではないんです。医者の話では、ご主人は決して深刻な状態ではありません。しかし、まだ数時間は昏睡状態が続くかもしれないし、目が覚めたとしても、お話を伺うには消耗し切っていることでしょう。フォスターから聞いた話では、彼らには間違いなく、明日の午後まで――つまり、今日の午後という意味ですが――ご主人に姿を消していてもらいたい特別な理由があったようです。わたしには、その理由がまだわからないんですよ。それがわからないままだと、彼らの計画を確実に潰すこともできない」

「あの人たちを逮捕することはできませんの？　警察にはお話しになった？」

「病院からまっすぐ警察に向かいました。警察は今、フォスターとアドルファス・ポインターの行方を追っています。彼らの足取りをすぐに見つけてくれるといいのですが。しかし、彼らがそもそも何を企んでいたのかがわからなければ、連中を逮捕したところでその計画自体を阻止できるかどうかもわかりません。それで、あなたに考えていただきたいのですよ、マンスフィールドさん。フォスターやポインター、あるいはほかの誰でもいいのですが、そうした人々が今日の正午まで、ご主人に姿を消していてほしいと望む理由に、何か心当たりはありませんか？」

「わかりませんわ、ウィルソンさん。まったく理解できません」

「ひょっとしたら、ご主人が失踪する前に、わたしに相談にいらした内容をお話しすれば、何か思い出していただけるかもしれませんね。ご主人は〈メガテリウム〉の経営に関して騙されていたことを発見したのです。わたしの助言で、犯罪の調査をフォスターかアドルファス・ポインター、あるいはその両者に絞り込んでいました。一昨日、さらなる証拠についてわたしが書き送った手紙への返答として、行動を起こす前にすべてのことについて慎重に考え直してみなければならないという旨の手紙を、ご主人は送り返してきました。その夜、ご主人はポインター兄弟の家から姿を消し、さらにその二十四時間後、アドルファス・ポインターの命令で動いていたフォスターの車の中から、無意識状態で発見されました。これで何か思い出せることはありませんか？」

この突然の打ち明け話を聞いているあいだ、マンスフィールド夫人の顔には様々な度合いの驚きが通り抜けて行ったが、結果は変わらなかった。

「今日、何が予定されていたかなんて、何も知りませんわ。何かあったとしても、フィルはわたしには話さなかったでしょうし」

ウィルソンは絶望的な気分でもうひと押し試みた。

「今日、あなたやご主人に、まったく予定はなかったんですか？　この件とはまったく無関係に思えることでも？」

「ええ、ないと思います」

「間違いないですか？　しっかりと考えてみてください」

「たったひとつ考えられるとすれば」とマンスフィールド夫人は話し出した。「ばからしいことなんですけど、二日前に妹が手紙を置いていきましたの。今日の午後までは決して開封しないようにと約束させて」

ウィルソンは考えた末に言った。「ばからしかろうがなかろうが、今、ここであけてみなければなりません。危険を冒すわけにはいきませんから」

「約束したのに、そうしなければならないのでしょうか？」

「この状況下では、間違いなくそうすべきだと思いますね」ウィルソンは重々しく答えた。

「あまり品のいいこととは思えませんけど」そう言いながらも夫人は整理箪笥に近づき、一通の手紙を取り出した。読み進んでいくうちに、彼女は恐ろしげな叫び声を上げた。

「何と書いてあるんです？」

「妹が明日――つまり今日の午前中のことですが、ドリー・ポインターと結婚式を挙げる予定だと」夫人は呻いた。「フィルが止めようとするから、わたしにも言わなかったのだと書いてあります。あなたのおっしゃることが本当なら、フィルは止めようとしたでしょうね。でも――いったい何の関係が――？」

「妹さんに財産はおありですか？」

「年に二千ポンド受け取ることになっています」

「なるほど。つまり――ご主人は、自分の義理の兄弟を詐欺で訴えたくはなかったのでしょう。まあ、いずれにしても、こんなことは止めることができますよ。妹さんのお住まいはどこですか？」

マンスフィールド夫人は住所を伝えた。「でも――ドリー・ポインターだなんて」彼女は、驚きながらもあきれたように言った。「とても信じられませんわ。わたしたち、彼のことならよく知っていますのに」

「実際のところ、我々はどうやって闘うんです？」翌朝、訪ねてきたウィルソンに、ロンドン警視庁のブレイキー警部が言った。「もちろん、何が起こったのか、だいたいのところはわかりますよ。でも、どうしたら有罪判決を獲得することに希望が持てるんです？　アドルファス・ポインターとフォスターはすでに捕らえている。必要ならトム・ポインターを拘束することもできる。しかし、第三の男はまだ捕まっていない。しかも、そいつがどこの誰なのか、我々には皆目見当もつかないんですから。それにわたしが見たところ、有罪を下すのに十分な証拠を集めたとしても、まだ腑に落ちない部分があります。第一に、あなたはトム・ポインターは無関係だとおっしゃる。でも、マンスフィールドのポケットからやつの手紙を押収しているんですよ。うちの筆跡鑑定人によれば、間違いなくポインターの筆跡です。フォスターに対しては、あなたからの証言はあるが、それだけです。マンスフィールドは捕らわれていたあいだ、彼の姿を一度も見ていません。それに、アドルファス・ポインターに対しても、あなたの証言以外、我々は何も押さえていないんですから。聞き取り調査であなたが聞いたという、彼についてのフォスターの話以外は何も。もちろん、マンスフィールドの一時的な失踪が、彼にとって非常に都合がいいということは確かですが。それだけで十分でしょうか？　わたしはそれが心配なんです。もちろん、やつもフォスターも別件の詐欺行為で起訴されるでしょうが、わたしとしては、誘拐が窮地から抜け出すための適正な方法ではないことを思い知らせてやりたいんですがね」

「実際、もう一人の男と話してみる必要があるね」ウィルソンは答えた。「まあ、できるだけのことをしてみようじゃないか。今日の午後、わたしと一緒に、トム・ポインターの芝居の昼興行に行ってみる気はあるかい、ブレイキー？　『陽気な若者たち』だが」

「いいえ。どうしてです？　まったく、くだらない芝居じゃないですか？」

「実にひどい芝居だ。先週、見に行ったんだが。でも、行ってみようじゃないか――逮捕令状を持って」

ブレイキーは急に椅子の上で背筋を伸ばした。

「令状ですって？　誰に対する逮捕令状です？　何か隠し持っている情報があるんですね」

「ヘンリー・ルービンスタインに対する令状だよ、ブレイキー」

「聞いたことがありませんね」警部がつぶやく。「でも、おっしゃるとおりにいたしましょう」

ブレイキーは目を皿のようにして自分のプログラムを眺め回した。役者たちの名前の中にルービンスタインなどという名前は見当たらない。芝居に対するのと同じほど頻繁にウィルソンの顔にも目を向ける。彼が何か隠し持っているのは確かだった。ダグラス・ゴードンという役者が驚くほどの美声で、ロンドン中の人間がハミングしているリフレイン部分を歌い上げている。「無知は幸せ。愚かさはいつか知恵へと変わる」

「行こう、ブレイキー」ウィルソンはそう囁いて、警部を舞台の裏へと導いた。芝居はまさにエンディングを迎えている。

「プログラムを見てごらん」とウィルソン。「ヘンリー・ルービンスタインはダグラス・ゴードンの本名なんだよ。令状を、ブレイキー。急いで、やつが下りてくる前に」

「ヘンリー・ルービンスタイン」ブレイキーは呼びかけた。「あなたを、フィリップ・マンスフィールド襲撃及び誘拐の疑いで逮捕する。あらかじめ警告しておくが――」

警部が話し出すと、若い役者は後ずさりを始めた。が、不意にウィルソンに目を留めた。

「やあ、あなたじゃないですか？　ぼくに逃げ道を与えてくれたと思っていたのに。ああ、どうやら本物の警官のようですね」若者は、自分に降りかかったトラブルを軽く考えているらしい。「でも、どうしてぼくだってわかったんです?」

「お仕事でのあなたの歌声からですよ、ルービンスタインさん」ウィルソンは静かに歌い始めた。

「無知は幸せ。愚かさはいつか知恵へと変わる」役者は目を見張っていた。

「そうか! ぼくは昨夜もそれを歌っていたんだっけ?」

「ええ。そのとき、あなたの声に聞き覚えがあると思ったんですよ。あなたの正体に思い当たったのは、今朝になってからでしたが」

「うん、それでわかったわけだ。おめでとう」

「そんなふうに受け止めてもらえて、わたしも嬉しいよ」ウィルソンは答えた。「刑務所暮らしなどしたくないだろうから、全部わたしに話したほうがいい。刑事裁判所に証拠を提出することに同意するんだ」

「おっと、冗談じゃない。そいつは、御免被りたいな」若者は茶目っけたっぷりに自分の腕時計を見た。しかし、ウィルソンから、自分の知らないドリー・ポインターの使い込みや、その人物がマンスフィールド家と婚姻関係を持つことで起訴される危険性を回避しようとしていた計画について聞くと、話しぶりを変えた。彼はただ、マンスフィールドがポインターの結婚にいわれのない異議を唱えていると聞かされていたのだ。そのため、結婚という既成事実が発生するまでは、マンスフィールドを邪魔にならないところに安全に閉じ込めておく必要があるのだと。暴力を振るうつもりなど自分にはまったくなかったと、若者は言い張った。自分はただ、マンスフィールドを誘拐して、結婚式が終わるまで安全に閉じ込めておく手伝いを引き受けただけ。しかし、マンスフィールドはトム・ポインター家の喫煙室で思いがけない抵抗を見せ、逃げ出しそうになった。フォスターが彼の頭を殴り、気絶させた。ルービンスタインは抗議したが、途中でどう抜け出したらいいのかわからなかったのだと言う。彼は、フォスターがマンスフィールドを縛り上げるのを手伝った。しかし、マンスフィールドは運び出される前に意識を回復し、自分の失踪についてのちに行われるだろう調査に備えて、かろうじて自分のカフスピンを証拠としてカーテンに突き刺したのだ。その後、フォスターとルービンスタインは彼を隣の空き家まで運んだ。そして、ルービンスタインは、フォスターが戻って来て、マンスフィールドを車で運び去るよう命じるまで、被害者と一緒にいたというわけだ。

役者の話を聞きながら、ウィルソンは未だ自分たちが、この陰謀におけるドリー・ポインターの役割についての証拠をつかんでいないことに不安を覚え始めた。兄から車を借りるために現れたかもしれないという事実以外、何もないのだ。彼は、誰から指示を受けていたのかとルービンスタインに尋ねた。

「ええっ、お見通しだと思っていたんだけどな――もちろん、ドリー・ポインターからだよ。やつがすべてを企んだんだ」

「そして、トム・ポインターだが」ウィルソンが重ねて尋ねる。「彼も一枚かんでいたんだろうか？」

「いいや、とんでもない。トムはそんな人間じゃないよ。ドリーは決して、彼には何も知らせようとしなかった」

「では、トムが書いたという手紙のことはどうなる？　マンスフィールドをローンウッドにおびき寄せるのに使った手紙だが」

ルービンスタインは笑い声を上げた。「ああ、それは単純なことさ。あれは、正真正銘の本物。ローンウッドの吸い取り紙台の上にあったのをドリーが見つけて、失敬しておいたんだ。トム・ポインターが書いたものの、出さずにいた手紙。そいつがひどく役に立ったというわけで……でも、そうだ！」若者はぎょっとした顔で、自分の腕時計から目を上げた。「今ごろはもう、あの娘と結婚してしまっているよ。フォスターが新郎付添役を務めることになっていたんだ。まったく、面倒なことを！」

「ああ、それなら差し当たり中止させたよ」ウィルソンが答える。「永遠に中止させるのを、きみが手伝ってくれるとありがたいんだがね」

ルービンスタインとフィリップ・マンスフィールドの協力は、共謀者たちが誘拐を試みようとしたことの重要な証拠となった。マンスフィールドは話ができるほど回復するとすぐに、ルービンスタインの証言とウィルソンの関わりについて十分な裏づけをしてくれた。自分の消息に関する手掛かりを残すために、一か八かの最後の試みとして、カーテンにカフスピンを突き刺した経緯《いきさつ》についても。

未だ独身であるアドルファス・ポインターは、犯罪はすべて、自分の与《あずか》り知らぬところでフォスターが計画したことを示すために、自分のアリバイを武器にしぶとく闘った。一方フォスターは、自分は単に、アドルファス・ポインターの指揮下における一道具に過ぎず、ポインターが盗み取った金の大部分を獲得したことを証明できると宣言した。しかし、こうしたこととは別に、ルービンスタインの証言が決定的となった。アドルファス・ポインターは現在、最も安全な場所で休息している。彼ほど厳しい判決を受けなかったフォスターは、もうすぐ出所してくるだろう。そして、ルービンスタインは勧告を受けただけで無罪となった。いずれにしても彼は、もう二度とこんな危険なゲームに手を出すことはしないだろう。実際、ウィルソンのよい友人となったし、その影響は、恐らく彼にまともな人生を送らせることになるはずだ。トム・ポインターとマンスフィールドは、今も変わらず堅い友情で結ばれている。そして――これは実際よくあることなのだが――彼らとばったり顔を合わせるたびにウィルソンは、自分の扱う事件がみな、フィリップ・マンスフィールド失踪事件のようにスムーズに解決してくれたらいいのにとこぼした。

ボーデンの強盗

1

かつての犯罪捜査課の警視、現在ではロンドンで最も有名な私立探偵であるヘンリー・ウィルソン氏は、朝食の席に着く前、嫌悪感も露わにくすんだ通りを見つめていた。天気の良い朝ではなかったが、そのせいばかりではなく、そこがイングランド北部の炭鉱業に頼り切ったちっぽけな町だったからだ。失業者で溢れる大不況がこの地域を覆う前の一九二四年でさえ、誰もが二月の冷たい霧雨にじっと耐えているしかなさそうな町だった。これほど陰鬱で汚い場所はめったに見ることはない。窓からは、向かい側の低く地に這うような家々の屋根の向こうに、一番近い立坑の滑車が見える。事実上、この町の所有者で、住民数千人の生活を支えている大きな炭鉱の立坑だ。空気に石炭の粉塵の臭いが混じっている。そして、この町の人々の手を巡って来た紙幣は、英国のほかのどの地で見てきた紙幣よりも黒ずんで見えた。朝食に戻った彼は、ほっとした気分で考えていた。自分をこんな北の地まで呼び寄せることになった仕事が上々の出来で終わった今、やっと姪っ子のジーン・グラントにさよならを言うことができる。清々《すがすが》しい気持ちで、ここよりは空気のきれいなロンドンに戻ることができるのだと。

ジーン・グラントは、たった一人の姉の娘だった。あまり数の多くないウィルソン家の親族の中では一番のお気に入りだ。姪っ子を溺愛する世の叔父たちと同じように、彼もまた自慢の姪が彼女よりも格下の男と結婚したと思っているなら、幾分弱々しくて軽率な印象を感じる以外、相手に特別な反感は抱かないと認めるのは十分に正直な態度だと言えるだろう。それに、これは彼自身も確信していることだが、ジーンには二人分の気骨が備わっている。そうでなければ、夫と二歳の娘、そして妊娠中の子供以外に何の関心も持たず、これほど陰鬱なボーデンの町で、こんなに長く耐えられるはずはないのだ。フランクリン・グラントはボーデン炭鉱会社で出納係をしている。そこそこの収入が得られる仕事で、今のところ、最も永続性のある仕事だと思われる。しかし、だからと言って、決して裕福なわけではなく、ジーンは家計の収支を合わせるために、かなりしっかりと働かなくてはならなかった。実際、二、三日前の夜、彼らと夕食に出かけたウィルソンも、姪っ子がしごく陽気であるにもかかわらず、現状は普通よりもかなり厳しいのかもしれないと思ったほどだ。フランク・グラントは青白い顔でむっつりしているし、ジーンの眉間にも不安げなしわが刻まれていた。朝食のあとにちょっと寄って、どんな問題があるのか訊き出してみよう。一時的に金を貸すことが役に立つのかどうかについても。そう心に決めたちょうどそのとき、ドアをノックする音が響き、彼の物思いの種が入って来た。いずれにしても、今度ばかりは間違いなさそうだ。ジーンのいつもの明るいバラ色の顔は青ざめ、不安そうに歪んでいた。

「ハリー叔父様」挨拶もそこそこに彼女は話し始めた。「本当に今日、街に戻らなくてはならないの？」

「その予定だがね。片づけなければならない仕事が待っているから。でも、いったい何があったんだい？」ウィルソンは姪をただ一つのアームチェアに座らせ、コーヒーを注いでやった。「何か良くないことでも？」

「わからないの！」不安げな目を大きく見開いてジーンは答えた。「何であれ、確かなことは見当もつかないのよ。でも、感じるの――よくわからないんだけれど――今、この瞬間にも、何かが起こりそうだって。一つには、フランクの具合が悪いのよ」

「それは気の毒に。深刻な病気ではないんだろう？」

「ええ――たぶん、そんなことはないと思う。寒気がするだけ。昨日の夜、長い散歩に出かけて、ずぶ濡れになって帰って来たものだから。それが今朝になって、起き上がれないほど具合が悪くなって。でも、あの人ときたら、悲惨極まりない状態なのよ。それに――何だかひどく心配しているみたいで」

「金の問題なのかい？」そう尋ねたウィルソンに、ジーンは感謝に満ちた視線を向けた。

「ええ、それもあるわ。このところ、お金を使い過ぎてしまって。出費を抑えるのがとても難しいの……お医者さんへの支払いもあったし。産まれてくる赤ちゃんのことをどうしたらいいのか、見当もつかないわ――その費用をどうやって払えばいいのか。でも……そんなこと、前々からわかっていたことなのよね――フランクが突然理性を失う理由にはならない。あの人、昨日の夜帰って来たとき、ひどく不機嫌だったの。そして今朝は……今まで見たこともないほど悲惨な有り様で。自殺をほのめかすくらい」

「ばか者が」今度会ったときにはぴしゃりと撥ねつけてやろうと心に刻みながら、ウィルソンは言った。「しかし、どれほど強靱な男でも、風邪をひけば自暴自棄になったりするからね。それだけなら、心配はしないよ」

「それだけではないのよ——本当は。今朝、彼が起き出せなかったものだから、ダイアナを隣の家に預けて、ダラント先生を探しに行ったの。そのあと、欠勤の報告をするのに彼の会社に寄ったんだけど、着いた途端、何か大変なことが起こったんだってわかったわ。誰もかれもが慌ただしく出たり入ったりで、苛立たしげに話をしていた。フランクが出勤できないことを伝えると、みんな、すごくおかしな目つきでわたしを見たのよ。そして、誰かがつぶやいたの。〝来るわけないよな！〟どう説明したらいいのかわからない……ばかげて聞こえるかもしれないけど、わたし、本当に驚いてしまって。ひょっとしたらフランクは昨日解雇されて、わたしに言えないでいたのかもしれない。そんなふうに思ったわ。もしそうなら、彼の様子があんなにおかしかったのも理解できる。いずれにしても、青天の霹靂《へきれき》っていう感じなの。どうすればいいのかわからないし、どうやって向き合えばいいのかもわからない——ここには友だちもほとんどいないんだもの。それで、思ってしまったのよ……叔父様がもう少しここにいてくれないかしらって……あと一日か二日。本当は何が問題なのか、わたしに理解できるまで。でも、戻らなくてはならないなら——」

ジーンは話し終えると、椅子に深く沈み込んだ。その様子があまりにも絶望的で、ウィルソンはロンドンでの仕事を少なくともあと一日遅らせようと心に決めた。ちょうどそのとき、またしてもノックの音が響いた。ドアをあけに行ったウィルソンは、驚きが表に出てしまうのを抑え切れなかった。と言うのも、ドアの外には、巡査部長の制服を着た大男が立っていたからだ。不運なことに、アームチェアはドアの真正面にあり、叔父の動きもその原因もジーン・グラントの目に入ってしまった。彼女は顔を蒼白にして、椅子の肘かけをきつく握りしめている。

「何か――あったんですか?」息を殺して彼女は尋ねた。巡査部長は口ごもり、事実を告げるのを少しでも遅らせたい様子だ。

「はっきりしたまえ!」ウィルソンが苛立たしげに促す。「何があったにしろ、ぐずぐずするのは不安を煽るだけなんだ」

「グラント氏のことなんです」巡査部長はやっと話し始めた。

「怪我でもしたのかね?」ウィルソンが問う。

「いいえ。逮捕されたんです」

「何の罪で?」隣にいる姪が絶句しているのを、ウィルソンは見るまでもなく感じ取った。

「そのう――鉱夫たちの給料を盗んだことと、支配人を殴った罪で」

「な――何ですって!」甲高い笑い声にも似た音がフランク・グラントの妻の口から溢れ出した。

「でも――ばかげているわ! 何ていうことを考えるの!」彼女は再び笑い声を上げる。「ねえ、ハリー叔父様、わたし――最初は本当にびっくりしたのよ……フランクにきっと何か起こったんだって。でも、こんな――人の給料を盗むだなんて……本当にばかげている、そうでしょう?」

「ばかげていようといまいと」巡査部長はかなりむっとした様子だ。「我々はご主人を逮捕しなければならなかったんですよ」

「警察署に連れて行ったわけではないですよね! あの人は病気なんです――外に出たりしてはいけないの! それに……こんなこと、ばかげているわ! フランクが人のお金を盗んで殴っただなんて! ハリー叔父様、警察に彼を釈放するよう言ってください!」

「落ち着いて」知らせを聞いた姪の様子に、手に負えないヒステリーの兆しを感じ取ったウィルソンは言った。「まずは最初から話を聞いてみようじゃないか。何が起こったんです、巡査部長？」

「ええ、だいたいはこんな感じなんですよ」巡査部長は説明を始めた。自分が居合わせた状況にかすかに気後《おく》れしている様子で、彼はもっぱらウィルソンに向かって話しかけた。「木曜の夜、炭鉱で押し込み強盗の未遂事件があったんです。犯人が誰であれ、強盗たちは金庫をあけることに失敗しました。金庫が受けた損傷は大きく、昨日までにもとに戻すことはできませんでした。グラントさんがそれを発見し、支配人のフランクス氏に報告しています。支配人はグラントさんに今日までその事実を内密にしておくよう言いました。そして、土曜の給料日に合わせて金を送ってくる銀行に――ここでは土曜日に給料を支払うんですよ――土曜の朝まで送金を延期するよう電話を入れておくようにグラントさんに指示を出していたんです」

「どうしてだい？　送金は通常、金曜日なのかい？」

「はい、そうです。銀行はホードンにあります――もっと近い支店はないものですから――そして、ホードンから午前中一番に着く汽車でも十一時過ぎになってしまいます。それで会社側は、朝のシフトから戻って来る鉱夫たちへの支払いに間に合うよう、前夜のうちに金を送らせていたんです。金は一晩、会社の金庫に納められます――だから、あんなに頑丈な金庫を用意しているんですよ。しかし、金庫は役に立たない。それで、フランクス氏は、銀行側に宵越しの金は送らないように指示を出したかったんです。ところが、グラントさんはその指示を忘れ、銀行側の配達人は昨夜六時に到着してしまった。どこにも金の保管場所がなくなったフランクス氏は、自分の家に持ち帰ることにしました。寝るときには、枕の下にその金を入れておいたんです。しかし、夜のうちにクロロホルムを嗅がされ、金は盗まれてしまいました」

「いくらくらいの金だったのかな？」

「七千ポンドくらいですね。一ポンド紙幣と十シリング銀貨で」巡査部長は答える。「いとも簡単に処理が可能だ。だから、早急に犯人を捕まえる必要があるんです」

「それで、あなたの考えだとグラント氏がその犯人だと？」

「ワトリング警部が指揮を取っています」それが返って来た答えだった。「わたしが理解する限り、金庫のことと金の在りかについて知っていたのはグラントさん一人でした――それに、彼は昨夜の所在について説明できないでいます。奥さんが不在なのを知った警部が、探し出して、この件について知らせるよう命じたんです」

「ばかげているわ！　こんなばかな話、聞いたことがない！」白い両頬を真っ赤にしてジーン・グラントが叫んだ。「フランク……どうしてみんな、こんなばかなことが言えるの？　もちろん、間違いに決まっているわ。でも――警察署なんかにいてはいけない。彼は病気なのよ。ベッドにいなきゃ。どうしたら彼を連れ戻せるの、叔父様？」

「落ち着くんだ、ジーン」姪っ子の顔に不安げな視線を注いだまま、ウィルソンは諭した。「直接、調べてみよう。きっと――」と、今度は巡査部長に向かって言う。「グラント氏に会うのは難しくないですよね？　わたしはこの女性の叔父なんです。それに、わたしが知る限りでは、彼にとっても唯一の近親者だと思います」巡査部長は当局も納得するはずだと判断したようだ。「では、彼女と二人にさせてもらえますか？　あなたはニュースを伝えた。それが衝撃だったのは、あなたにもおわかりのはずだ。彼女がその衝撃を乗り越えるために、少しばかり静かに過ごしたほうがいいことも。もしあとで、あなたや警部にとって必要となった場合、彼女が全面的に警察に協力することはわたしが保証します。しかし、今のところは——」すばらしい説得力で、ウィルソンは当の本人もわけがわからないうちに巡査部長を部屋から押し出し、ジーンに向き直った。

「ああ、本当にばかげていると思わない？」ジーンは繰り返し、甲高い笑い声を上げた。それがあまりにもヒステリックで、ウィルソンはまず、相手を落ち着かせるために数分を費やさなければならなかった。

「さあ、ジーン」やっと落ち着きを取り戻した相手にウィルソンは声をかけた。ジーンは自らの態度を恥じるように顔を赤らめ、謝罪の言葉を呟いた。「この件をもう一度考え直してみよう」

「彼に会いたいわ——お願い！」とジーン。「叔父様にも会ってもらいたいの。つまり、叔父様がもう少しここに留まって、わたしたちみたいなおばかさんを助けてくれるというなら」

「もちろん、手を貸すよ。そして、もし、そういうことになるなら、わたしも彼に会わなければならない。でもまずは、一つ二つ、はっきりさせたいことがあるんだ。特に、警察がどんな証拠を根拠に彼を拘束しているかについてだが」

「でも、彼はそんなことはしていないわ！」

「そう信じているんだね？」

「そうよ、もちろん……ハリー叔父様、どういうこと？　ねえ、こんなの、ばかげているわ、そうでしょう？」

「では、きみは、彼が何をしでかしたと思っているんだい？　いいや、ジーン、ごまかしてもだめだよ。わたしは、ずっと前からきみのことを知っているんだ。それに、巡査部長が彼を逮捕したと言ったとき、きみが何かに怯えたこともわかっている。それが何なのかを話してくれ」

「目ざといのね」少しばかり恨みっぽい口調でジーンは答えた。「でも、話したでしょう？　彼がくびになったかもしれないことを恐れたのよ」

「人はくびになったことで逮捕されたりはしないよ。きみが驚いたのは、逮捕されたという言葉だ——違うかい？　なあ、ジーン、わたしのことが信用できないかい？　何か隠し事をしているなら、きみもフランクも助けることはできないんだよ。金と何か関係があるのかい？」言葉も出せず、驚きで目を見張るばかりの相手に、彼は尋ねた。目に見えないほど小さな頷き。「何なんだい？　きみは彼が何かしでかしたと思っている——何をしたと思っているんだい？」

「わからない——わたしは何も知らないもの」囁くような声で姪は答えた。「わたしはただ怖いの……昨日の夜、帰って来たとき、あの人の様子はひどくおかしかった。フランクスさんと口論したと言っていたわ。わたしたちはお金のことでとても困っていた。それで——それで——」

「ひょっとしたら彼が帳簿上、何らかのトラブルに巻き込まれたんじゃないか、ということを恐れていたのかな？」ウィルソンが言葉を継いでやると、ジーンはありがたそうに頷いた。

「でも、そんなふうに感じただけ。あの人は、そんなことをほのめかすようなことは何も言わなかったし、今までだって、そんなことは一度もなかった。でも、人がどんなに——愚かになるものなのか、叔父様もご存知でしょう？　わたしはただ、あってもおかしくはない最悪のことを想像していただけ。そんなときに、あの人は出かけて行って、遅くまで帰って来なかったものだから——」

「彼は何時ごろ戻って来たんだい？」

「二時半過ぎかしら。ずぶ濡れで、ひどく惨めな様子で」

「どこにいたんだろう?」

「知らないわ。散歩に出かけて、道に迷ったと言っていたから。わたしたち、数軒先のご近所さんと夕食に出ていたの――グッドイナフさんという方たちよ。十時ごろ別れたんだけど、フランクはそのまま家に入ろうとしなかった。頭痛がするから、散歩でもして紛らわせてくると言って。そのときにはまだ大丈夫だったんだけれど、しばらくすると雨が降り出した。それなのに、彼は帰って来なくて、わたしはとても心配になったわ――真夜中に人がどんな精神状態になるか、叔父様にもおわかりでしょう? やっと帰って来たと思ったら、とても悲惨で惨めったらしくて。心配するわたしにひどく腹を立てるものだから、どこに行っていたのか追及することもできなかったのよ」

「なるほど」ウィルソンはそう言って、しばし物思いに沈んだ。「ところで、ジーン、今こうしているあいだ、ダイアナはどうしているんだい?」

「お隣のヘイウッドさんのところ。あの子の扱いがとても上手な人たちなの。どうして?」

「家に戻って、あの子の様子を見たほうがいいんじゃないかと思ってね。いやいや、真面目な話だよ。もし彼を助けようとするなら、何が彼にとって不利になっているのかを見つけ出さなければならないし、それは、彼と会って、話をしてみるということになる。その場合、きみがいないほうが、彼も話しやすいんじゃないかな。もちろん、きみも彼に会える。でも、まずは、わたしが先に会ってみたいんだ。そうさせてもらえるかな?」

　ウィルソンが何事かに対して心を決めたとき、それに逆らえる者はまず存在しない。最悪のことを知るのに三十分は待つことになる。ジーン・グラントは不承不承、家に戻って小さな娘の面倒を見ることにした。一方ウィルソンは、大急ぎで警察署へ向かった。

2

ウィルソンが一人だけでフランクリン・グラントと面談することにこだわったのは、何も相手の心情を考慮してということばかりではなかった。実際、抑え切れないほど彼は動揺していたのだ。そして、警察署に着いてワトリング警部と話してみても、少しも安心することはできなかった。

と言うのも、ワトリング警部は泥棒を捕まえたと確信しきっていたからだ。「この辺ではよく知られたことなんですよ」と警部は言った。「グラントさんが時折、金銭的な窮地に陥っていたことは。細君は知らないのでしょうが、カードやら何やらに少しばかり金を使い過ぎているんです。それに最近は、その穴埋めのために賭け事にも手を出していたようで。あなたもご存知のように、そんなことは愚か者のすることです。グラントのような経済状態にある男を金銭管理の役職に就けるのは非常に危険だと常々思っていたのですが、自分の仕事のことはフランクス氏が一番よく知っているはずですからね。まあ、彼自身も少しは疑っていたのでしょう――いずれにしても昨夜、二人は会社で深刻な口論をしています。今朝、立ち寄ってみたときには、フランクス氏はまだ、十分に話せるほどには回復していませんでした。でも、実行はしなかったとしても、彼はあの若者を解雇するつもりだったのではないでしょうかね。そしてもちろん、そんなことになれば、グラントにとっては最悪の状況になります。

今度は昨日のことについてです。一番重要なポイントは、金庫の状態を知っていたのがグラント一人だけだったという点です。金庫は一般の事務所スペースではなく、さらに奥まったフランクス氏の部屋にあり、グラントが手紙類を持って行くまで、午前中にあけられることはありません。昨日の朝、中に入ったグラントは、その部屋が何者かによって押し入られているのを発見しました。金庫の中身は無事でしたが、強盗たちによってひどく傷つけられ、あけることができなくなっていました。グラントは誰にも言わず、フランクス氏が出勤するまで、その部屋の鍵を元通り閉めておくだけにしました。フランクス氏はこの件については口外しないように言い、ホーデンの銀行には夕方ではなく朝の汽車で金を送るよう伝える指示を彼に出しました。大変な額の現金なんですよ。炭鉱の従業員は二千人以上もいて、会社は週ごとに銀貨と紙幣で給料を払っているんです――扱いにはまったく面倒のかからない代物《しろもの》ですな」

「フランクス氏は押し入りの届けは出していたんですか?」ウィルソンが尋ねた。

「今日になってやっと。取られたものは何もありませんでしたからね。とにかく、今お話ししたとおり、金庫が役に立たず、必要な時間までに直せないことを知っていたのは、グラントだけだったんです――この辺りには、そんな修理ができる人間もいませんから。五時ごろになって、彼は銀行に電話をするのを忘れたとフランクス氏に報告しました――送金を止めるには遅すぎる時間です。それで、彼とフランクス氏のあいだで、そのことやほかの諸々のことについて口論が持ち上がった。結果的に、フランクス氏が自分で銀行の運搬人に会いに行き、金を預かって自分の家に持ち帰ったというわけです。彼は十一時ごろ、自分の枕の下に金を入れて眠った。そこ以上に、金を保管できる安全な場所がなかったからです。朝、彼の家の使用人は、なかなか彼を起こすことができなかった。やっと起こしてみても、雇い主の具合はひどく悪く、金もなくなっている。やって来た医者が言うには、クロロホルムを嗅がされていたということです。一方、グラントのほうは、雨の降る二月の夜、十時から二時半のあいだ、特に何をするわけでもなく外出していたと証言している。我々が彼を捕えた肝心な理由はそこですよ。あの男には、はっきりとした説明ができないだろうと、わたしは確信しています」

「なるほど」とウィルソン。「金庫を壊したのもグラント、というのもあなたのお考えですか？」

「いいえ、まさか。彼の仕業だとは思っていませんよ。目の前に現れたチャンスに飛びつく以上のことを、あの男がしたとは思えません——もっとも、とんでもないチャンスでしたけどね。あの男に自分で大儲けを計画するだけの勇気はないでしょう。その上、金庫破りにはブローパイプやダイナマイトが使われているんですから。ご希望ならご覧いただくこともできますよ——」警部はウィルソンの正体と職業をしっかりと見極めていた。「ええ、わたしが思うに、金庫をいじくったのが誰であれプロの仕業です。ちょっとばかり、身の程知らずだったとは言えますけどね——何しろ、鋼鉄製の三重構造の金庫ですから。そんな代物をどうこうする余地を見つけることなどできません。そいつがしたのは、我らがグラント氏に、ちょっとした仕事の機会を用意してやったというだけのことです」

「なるほど」と、ウィルソンは繰り返した。「ところで、彼と会うことはできますか？　わたしは多かれ少なかれ、姪であり、彼の妻である女性の代理人ですから。おかしなことはしないと約束しますよ」

「いえいえ、あなたのことは信用していますよ」警部は笑い声を上げた。「ただ、あまり長い時間は話せないと思いますが。ちょっと風邪気味のようですし、気分的にもまったくひどい状態で。未熟者の典型ですな。失敗の受け止め方を知らないんですから」

フランクリン・グラントがもし本当に泥棒なら、〝失敗〟こそ大いに考慮すべきことに違いないと、ウィルソンは内心思った。しかし、今、警察署の独房で丸くなり、がたがたと震えている者ほど惨めな生き物を目にしようとは、さすがの彼も予想していなかった。〝ちょっとばかりの風邪〟にしては震えがひどすぎる。本来なら、何らかの処置が必要なのかもしれなかった。しかし、携帯用の酒瓶から一口酒を飲ませても、厚手の冬用のコートを貸してやっても、留置所の隅で身体を丸め、頭を抱え込んで自分の運命を嘆いている若者の状況は、少しも改善できそうになかった。

「さあ、フランク、もう十分だろう」やっとウィルソンは声をかけた。「きみ自身のためばかりではなくて、ジーンや子供たちのためにも、しゃんとしなければならない。きみはあの金を盗んだのかね、盗んでいないのかね？」

「盗んでなんかいませんよ！」やっと生気のかけらを垣間見せてグラントは答えた。「信じてなんかもらえないでしょうけど、ぼくはやっていません」

「誰かに信じてもらいたいなら」ウィルソンの声には刺々しさが混じっている。「泣きじゃくる赤ん坊のようにではなく、ちゃんとした大人として答えてもらわなければ困るよ。きみが潔白ならわたしも手を貸したいんだ。しかし、当のきみ自身が何とかしようとしないのなら、わたしだって何もできないんだよ。昨夜の十時から二時半までのあいだは、どこにいたんだ？」

「歩き回っていたんです」

「どこを？」

「覚えていません。ただ――」ウィルソンが苛立たしげに肩をすくめる。「特にどこにいたというわけではないんです。運河沿いの散歩に出かけて、ブルックランズの水車小屋の脇で野原を横切って引き返しました。少し先の森に入り込んで、道に迷ってしまったんです。暗くて方向がわからなくなってしまった。どこにいたのかなんてわかりませんよ。ただ、歩き回っていたんですから」

「誰か人に会ったかい？」

「覚えている限りではいませんね。時間が遅すぎたんです。みんな、寝てしまっていたんだ」

「きみ自身は、どうしてそうしていなかったんだね？」

「歩き回りたかったんですよ。悩み事があって、気分もひどく塞《ふさ》いでいましたから」

「どういうわけで？」

「お聞きになっていないんですか？　フランクスとひと揉《も》めあったんです」

「何について？」

「いろんなことについてです。いつものように、ぼくが怠けているとか何とか、あれこれ難癖をつけてきて。ぼくは彼の二倍は仕事をしていますよ！」不満げな口調でフランクリンは言った。「給料を上げてくれるように頼んでもいたんです。もちろん、無駄な努力でしたけどね。あの役立たずの電話機が故障していたのは、ぼくのせいじゃありませんから」

「きみが電話をし忘れたんだと思っていたんだが」

「そうじゃありません。電話をすることができなかったんです。通信公社に行って調べてみるつもりだったんですが、すっかり忘れていました。どっちにしろ、連中ときたら怠け者ばかりで、通じない電話に対して何もしようとしなかったんです」

「昇給がかなえられると思っていたのかね？」

「交渉してみても悪くはないだろうと思っていました。二年前に一度昇給されているはずだったんです。ところがフランクスときたら、従業員はつけ上がらせるものではないと信じている——事務所の誰にでも聞いてみてください。四年間、ずっと週五ポンドなんですよ。これでどうしろっていうんです?」

「それで、実際どうしたんだね?」ウィルソンは意味ありげに尋ねた。この問いに、フランクリン・グラントの顔からわずかに残っていた血の気も失せ、若者は脅えも露《あらわ》に叔父を見上げた。

「どういう意味です? わからないんですよ。ただ、ぶらぶら歩き回って、どうにか和解しようと思っていたんです。ばかなやり方をしたというのは、もちろんわかっています。ああ、具合が悪い。きっと、風邪をひいたんです」若者は再び両手で頭を抱え込んだ。

単なる浪費、あるいは仮に賭け事だったとしても、そんなものがこれほどの脅えを引き起こすだろうか? 「フランク、本当は何をしてきたんだ? わたしに話したほうがいい。いずれ、話さなければならないんだから」頑固そうな表情が脅えに取って代わるのを見ながら、ウィルソンは尋ねた。

真実を引き出すためにさらに山ほどの質問を必要としたが、ついにすべてがわかったところでウィルソンが驚くことはなかった。配偶者も半ば気づいているとおり、この愚かな若者は、自分の人生を修復するために最後の非常手段に出たらしい。自分が管理を任されている金を〝拝借した〟のだ。これはもちろん、帳簿を一時——あるいは、一時的なつもりで——改竄《かいざん》することになる。しかし、それにもかかわらず、フランクリン・グラントは幸運に恵まれていた。世の大方のギャンブラーたちと違って、彼はつい最近の賭けで、自分の盗みを穴埋めできるだけの儲けを勝ち取ったのだから。ただ、それを知ったのが金曜日の昼間だった。フランクス氏と口論になり、出て行けと命じられる前に、帳簿をもとに戻しておくのには間に合わなかった。それで彼は、逮捕されたことによって間違いなく帳簿が調べられることを思って脅えていたのだ。たとえその使い込み自体が、本来の大事件において自分に不利な決定的証拠にはならないとしても、明らかに重罪を犯した人物と見なされてしまうだろうと。

「ぼくが世間知らずだなんて、あなたにも言えませんよ」乏しい給料、子供の手術、重くのしかかる医者への支払い。給料も支払われない職人たち、抵当に入れられた保険、確実に重い負債へとつながるちょっとした儲けへの希望――弱い男のよくある転落話を語り終えると、若者は暗い声で言った。「心の弱い愚か者は、惨めになるに決まっているんです。でも、誓ってこんなことには関係していません――あの金には触っていないし、そんなことは考えもしませんでした。信じてもらえるなんて期待していないし、たぶん、期待することもできないんでしょうけど、誓って本当のことです。あなたに何かできることがあるなら、叔父さん……つまり、ジーンを助けるという意味ですけど……ぼくは本当にやっていません」

「何ができるか考えてみるよ」ウィルソンは曖昧に答えた。本当に、目の前の若者を信じていいものかどうか、わからずにいたのだ。「弁護士を見つけられるか調べてみよう。差し当たり、ジーンのところに戻らなければ。きみから聞いたことはみんな彼女に話さなければならないよ、いいね？　結構。では、またあとで会おう。何も隠さず――すべて、話してくれたものと思っていていいね？　これは本当に大切なことなんだ」

「みんな話しましたよ」若者の声は悲しげだ。「信じてもらえるとは思っていませんけど」その言葉を潮《しお》に二人は別れた。

3

ウィルソンが警部の部屋に戻ってみると、怒りをたぎらせた大男が、派手な身振りを交えながら室内を行ったり来たりしていた。ウィルソンの推測通り、その人物がフランクス氏だとすると、彼はまだクロロホルムの影響から完全には回復していないようだ。もっとも、調子がいいときでも決して好人物とは言えない存在のようだが。青白くぶよぶよした顔に、引き結んだ薄い唇と淀んだ青い目が、不愉快極まりない印象を与えている。首の肉がコートの襟の上にはみ出し、顔も満足に洗っていないようで、髭もあたっていない。相手をまじまじと見つめているうちに、ウィルソンは初めて、独房の中にいる若者に同情を感じた。昇給もなしに四年間もフランクス氏の下で働いていれば、どんな人間の性質も歪んでしまうだろう――もっとも、それが盗みの言い訳には決してならないが。そうこうしているうちに、フランクス氏が口を開いた。

「やっとお出ましだ！」男は警部に向かって怒鳴った。「さあ、あなた、お気に入りの甥っ子が何をしたか、ご存知なのかね？」

「あなたのお宅から金を盗んだ、とおっしゃりたいのですか？」ウィルソンはわざと癇に障るような冷静さで尋ねた。「彼はわたしに、そんなことはしていないと誓いましたが」

「あんたに誓っただと！　やつなら血相を変えてそう言い張るだろうさ！　今度は、常にまともな帳簿づけをしていると誓うに決まっている！」

「いいえ」ウィルソンはさらに冷静な口調で答えた。「帳簿を改竄《かいざん》していたと、ちょうど認めたところです」

「厚かましい悪党が！」フランクス氏は叫んだ。

「ところで」と、今度は警部に向かってウィルソンは言った。「彼のために医者を呼ぶことは考えていただいていたんでしょうか？　おっしゃるとおり、彼は病気のようですね。そして、二月のここの独房の空気は、彼の回復のためには向いていないようだ。保釈というのはいかがでしょうか？　もしそうしていただけるなら、喜んでそれなりの保釈金を払いますよ」

「そんなことはしないだろうな、ワトリング！」フランクス氏は鼻で笑った。「わたしは断じて反対する。略奪品を持って逃走させるなんてことは、断じて！」

警部は心苦しそうな顔をした。「申し訳ありませんが、今のところはまだ、保釈の許可は下ろせません、ウィルソンさん。不運なことに、盗品はみな、銀行でもナンバーを控えていない法定紙幣で、簡単に後始末ができる代物なんです。あえて処分の機会を与えることなど、我々にはできないんですよ。それに、逮捕令状にサインをしたフランクスさんも、当然のことながら反対されるでしょう。でも、医者は必ず呼んで、所見を聞いておきます。それで病気だというなら、我々もそれなりの処置を考えましょう」

「ほう、では、フランクスさんは下級判事なのですね？」怒れる法律の柱をまじまじと見つめながらウィルソンは言った。「それなら、どんな情報を根拠に令状を発行したのか、フランクスさんに説明していただけるかもしれませんね？」

「いいかね」フランクスは咳き込んで話し始めた。「犯人は家《うち》の窓から忍び込んで、わたしにクロロホルムを嗅がせ、現金を持って逃げたんだ！　それで十分ではないと言うのかね？」

「しかし、もしクロロホルムを嗅がされたと言うなら」ウィルソンが穏やかに返す。「あなたはその人物が、そのようなことをしていたのをご覧になれなかったのではないですか?」

「あのなあ、きみは少しおかしいんじゃないのか? 金がなくなった。何者かがポーチの上から侵入した。グラントは帳簿を操作していた。そして、金庫に金がなかったのを知っていたのはやつだけだった。これ以上何が必要だと言うのかね?」

「ポーチの上に足跡でも残っているんですか?」

「そのとおりだ!」

「それを見せていただけませんか? それから、配達人から金を受け取ったあと、その金を持ってどうしたのかについても、ご説明いただきたい」

「断る!」フランクスは喚《わめ》いた。「わたしは忙しいんだ。それに、この午前中だって、すでにかなりの時間を無駄にしている! わたしの知っている事実だけで有罪判決にできないなら、法廷なんて糞くらえだ。わたしに言えるのはそれだけだ」

「いえいえ、わたしとしても、あなたが有罪判決を勝ち取ることに何の疑いも持っていませんよ」ウィルソンが答える。「もし、それがあなたのお望みでしたら。ただ、ご存知のように、たまたまあの若者はわたしの甥っ子で、わたしとしても、もし彼が潔白なら、有罪宣告など受けるべきではないと心配しているわけでして。もちろん、あなたがどうお感じになっているかはわかりませんが、ご協力には心から感謝いたしますよ」

ほんの数秒、互いのあいだで思惑がぶつかり合ったが、最後にはいつもどおり、ウィルソンの思いのままになった。フランクス氏は知っていることをみな話すことには同意したが、あまり多くのことは判明しなかった。彼は、六時十五分の汽車に乗って来た銀行の運搬人と会い、スーツケースに入った金を受け取った。その後、自分のクラブに赴き、スーツケースをクロークに預けて夕食を取った。食後はブリッジをし、友人の一人と一緒に歩いて帰り、スーツケースとともに十時半ごろ帰宅した。十一時にベッドに入ったが、銀貨はスーツケースから出して自分の洋服箪笥にしまい込んだ。安全性をより懸念した紙幣については、枕の下に押し込んだ。頭を枕に落とした途端に眠り込み、朝の八時過ぎに目を覚ましたが、自分でも情けなくなるほど具合が悪かった。意識がはっきりして最初に気づいたのが、紙幣と銀貨がなくなっていることだった。早急に呼びつけられた医者の所見では、具合の悪さは強いクロロホルムのせいだという。彼は即座に警察を呼び、フランクリン・グラントに対する逮捕状を要求した。会社に到着後、直《ただ》ちに帳簿に向き合い調べてみると、否定しようのない改竄の跡が見つかった。この新たな証拠を手に警察署に乗り込み、そこでウィルソンと遭遇したというわけだ。

「ありがとうございます」話し終えた相手にウィルソンは言った。「銀行の運搬人と会ったとき、周りに誰かいましたか？　スーツケースが手渡されるのを目撃できたような人物は？」

　フランクスは目を見張った。「さあ、どうだろう。いたとは思うが。通常、あの列車からは五、六人の人間が降りて来るからね。グラントはその場にはいなかった。もし、それがあんたの意図するところであれば。あいつには、そこにいる必要なんてなかったんだよ。自分の予定を伝えておいたんだから――ああ、わたしがばかだったんだ」

「そして、あなたの知る限りでは、クラブから家までの帰り道、つけられてもいなかった？」

「ああ。あいつはわたしの家を知っているからね。このわたし自身と同じくらいに」

「ありがとうございます。でも、わたしはあなたのお宅を知りません。拝見させていただいてもよろしいですか?――泥棒がどんなふうに侵入したのか、という意味ですが。何も触ったりはしませんから」

フランクス氏は明らかに、この申し出を好まなかったようだ。しかし最後には嫌々ながらも承諾し、警察署を出るために背を向けた。

「ところで」と、去り行く男にウィルソンは声をかけた。「昇給もなしに四年間も働いて週五ポンドというのは、かなり薄給なのではないですか? それが結構な誘因になるのではないでしょうかね?」

フランクス氏の顔が怒りで黄ばんだ。「従業員には見合うだけの金を払っている。外部からそんな口出しをされるのは不愉快ですな! じゃあ、またあとで、ワトリング」そう言って、彼は行ってしまった。

「フランクス氏の経済状態はどうなんです?」立ち去り際に、ウィルソンはさりげなく尋ねた。

「ええ、結構なものだと思いますよ」警部がさっと顔を上げる。「まさか――おかしなことをお考えではないですよね、彼が自分でなんて――」

「さあ、どうでしょう。でも、金が金庫にないことを知っていたのはわたしの甥一人だというあなたの説明は、明らかに間違っていますよ。フランクス氏もその一人でしたから」

「なるほど。しかし、こんなことを言うのをお許しいただけるなら、その点ではあなたも間違っていると思います。しかし、彼の人格に対する非難は聞いたことがありませんよ」

「そうですか。まあ、もちろん、あなたのほうがよく知っている立場にいらっしゃるわけですから。

ところで、お伺いしようと思っていたのですが――わたしの甥は金をどうするつもりだったんでしょうね？　彼の家はもう捜索済みだと思いますが？」

「ええ。金はそこにはありませんでした。どこかに隠したんでしょう。隠し場所を明かすよう説得することはできなかったんですよね。それができれば少しは――」相手の言葉の含みに気づいて、警部は不意に言い淀んだ。

　ウィルソンが笑い声を上げる。「すべてをフランクス氏の視点で捉えるのはやめたほうがいいですね、ワトリング」そう言って彼は部屋を出て行った。

4

　支配人の家は、化粧漆喰で飾られたごく普通の建物で、小さな柱つきのポーチと両サイドに窓があった。野次馬を寄せつけない業務に当たっている巡査が、一階の右側の窓が強盗に押し入られた寝室の窓だとウィルソンに教えた。「犯人はロープでポーチの屋根に上って、そこから窓に滑り込んだんです。柱に残っている跡が確認できますよ」

「ふむ」その痕跡を見ながらウィルソンは言った。「間違いなくロープの跡だな。身の軽い男に違いない。それに、こっちには足跡のようなものもある。たぶん奴は、足を踏み違えてぶら下がり、この泥跡をつけたんだろう」

「誰もが気づくことではありませんね」砂利が薄くなった小道の端に残る鮮明なテニスシューズの足跡を興味深げに見つめながら、警官は言った。「ゴム底の靴を履いていたなんて、気のきいた奴だ」

「まったく」ノートを取り出し、靴跡のスケッチを始めながら、ウィルソンはさらりと同意した。「わたしがきみの立場なら、こうした証拠が損なわれないように気をつけるだろうね。雨のあとに残されたものだ。昨日の夜、雨が止んだのは何時ごろだったのかな?」

「だいたい二時ごろです」

「それなら何の証明にもならないな。寝室に入ることはできるだろうか?」

巡査は別の警官を見張りのために呼び寄せ、ウィルソンと一緒に寝室に上がった。二人で中を調べる。

「窓の下枠にロープの跡は残っていないな」とウィルソン。「犯人は身を躍らせて中に飛び込んだのに違いない。でも、かなり難しい仕事だ」彼は窓から身を乗り出した。「ポーチからよじ登るなんてことができるだろうか。きみならできたと思うかい?」

「無理でしょうね」巡査はきっぱりと否定した。彼はウィルソンよりも三インチは背が低く、クライミング向きの体型でもない。

「わたしはちょうど六フィートなんだ。奇妙だな、とても。でも、やっぱり犯人はよじ登ったんだよ。窓の横桟にゴム底の跡が残っているから。ほら、あの泥の跡だ。ほんの一部分しか見えないが、明らかに同じ型のものだ。さて、そのあと犯人はどうしたんだっけ?」

「フランクスさんにクロロホルムを嗅がせたんです」巡査は答えた。

「誰かにクロロホルムを嗅がせようとしたことはあるかね、ホーキンズ? 口で言うほど簡単ではないよ。相手は暴れるだろうし、あっと言う間に必要以上の量を嗅がせてしまうこともある。かなりの腕前が必要なんだ。それはともかく、犯人は今の我々と同じようにここにいた――たぶん、ベッドの脇に立って。泥のついた足跡が残っている――ほんのかすかだが、まだ湿っているな。しかし、これは妙だぞ」ウィルソンは、カーペットのその部分を指先でなぞっていた。

「何が妙なんです？」

「ほかの部分は完全に乾いているんだ」

「でも、犯人がやって来たときには雨は止んでいたとおっしゃったじゃないですか？」

「確かに。でも……まあ、いい。先に進んでみよう。犯人はフランクス氏に薬を嗅がせ、枕の下から金を取り出した。ところで、フランクス氏は銀行側のスーツケースに金を入れていたんだろうか？それとも、自分のスーツケースで運んだのかな？」

「自分のスーツケースに入れてです。彼の鞄ならほら、まだベッドの脇にありますよ」

「ふむ。身の軽い、慎重な男だったんだよな？　さて、次は銀貨だ。衣装箪笥から盗まれた。しかし、犯人はどうしてそれが衣装箪笥の中にあると知っていたんだろう？」

「ひょっとしたら、フランクスさんが犯人にそうするつもりだと話していたんじゃないんですか？」

「ひょっとしたらね。あるいは、犯人が道路から見ていたか。ほら、見てごらん。ベッドの上にはこのライトが一つだけだ」ウィルソンはスイッチを入れた。「普通よりもずいぶん明るい。もし、寝支度をするあいだ、この照明をつけたままだったら、道路からも正面の小道からも丸見えだったはずだよ。たとえブラインドを下ろしていたとしてもね。まあ、大して重要なことではないのかもしれないが。衣装箪笥のほうを見てみようか」

「鍵はかけられていなかったようですね」と巡査。

「今はね。でも、施錠されていたはずだ。こじあけられているから。しかし、その痕跡はごくわずかだ。これまで見てきた中でも、最もみごとな仕事の一つだな——しかも、暗闇の中だと言うのに！　もちろん、そんなに複雑な鍵ではないけどね。うーん——」ウィルソンはしばらくのあいだ、部屋の中のものをあれこれと見て回った。

「よし、ここで見るべきものはすべて見たと思う。グラント夫人のところに行ってみるとするよ。ところで、ボーデンで人が数日間、寝泊まりできるような下宿屋やパブの名前を教えてもらえるかな？　そんなに低級ではない場所で」彼はその名前を手帖に書き留め、グラントの家に向かった。途中、友人であり、以前の同僚でもあるロンドン警視庁のブレイキー警部に、長い暗号電報を送るために郵便局に立ち寄った。

ジーン・グラントは明らかにひどく心配している様子だった。しかし健気《けなげ》にも、小さな娘ダイアナに食事を与えるあいだ、小言を言いそうになるのを必死に抑え、父親が帰って来ない理由を新たに作り出そうと頑張っていた。ウィルソンは、フランクリンから聞いた話の要点をそのまま彼女に伝えた。大きな憐みの情が、心配をはるかに凌駕したようだ。「ああ、可哀相なフランク！　どうして、わたしに話してくれなかったのかしら？」彼女は何度もそう繰り返した。ウィルソンは姪っ子を慰めようとし、かなり慎重な言い回しで何とかそれに成功した——今のところ、状況は芳《かんば》しくないが、まだ希望はあると。

「知りたいことが一つだけあるんだ」と彼は言った。「昨夜、フランクはレインコートを着ていただろうか？」

「いいえ。オーバーコートさえ着ていなかったわ。わたしたちが外出したときには、とてもいい天気で暖かかったんですもの。それで風邪をひいたのよ——すっかり濡れてしまって」

「ひどく濡れていたのかい？」

「ええ、可哀相にずぶ濡れだったわ。床中水浸しにしてホールに立っていたんだから。今朝、雑巾で拭き取らなければならなかったくらい」

「ありがとう。それが知りたかったんだ。今度は会社のほうに行って、あれこれ調べてみるよ。ところで、フランクの身長はどのくらいかな？」

「五フィート九インチをちょっと下回るくらいかしら」ジーンは目を丸くして答えた。しかし、ウィルソンは何の説明も返さなかった。

5

青黒い煉瓦造りの陰気な建物だったが、炭鉱会社の事務所に着いた途端、ウィルソンは心地よい興奮が込み上げてくるのを感じた。フランクス氏はやはり自分の執務室に閉じ籠っていて、いつ何どき飛び出して来るかわからなかった。しかし、事務所のいたるところで、ひそひそと事件に関する噂話が交わされていた。立ち止まって耳を傾けてみると、フランクリン・グラントに対する同情が圧倒的に多いのがわかる。彼が支配人からひどい扱いを受けていたことを、会社中が宣言しているというわけだ。一方、フランクスに対しては、あまりいい言葉は聞こえてこない。非常にケチ、人使いが荒い、意地悪で弱い者いじめをする、などは極めて穏やかな表現で、フランクスがクロロホルム事件の被害者になったことを、会社全体が喜んでいるふうに見えた。

ウィルソンは次に、フランクス自身と向き合い、損害を受けた金庫を見せてくれるよう頼んだ。支配人は格段乗り気でもなさそうだったが、帳簿を引っ張り出して来て、自分の出納係の軽犯罪を得意げに追及してからやっと承諾した。

ウィルソンは部屋を見回した。ひどく打ちたたかれたものの、未だ口をあけない金庫が横倒しになっている。ブローパイプは一番外側の鋼《はがね》を貫いていた。しかし、主要なダメージはダイナマイトによるもので、その破壊力は二層目の鋼をめくり上げ鍵穴部分を塞いでいたが、金庫自体に穴をあけるまでには至っていない。

「何か取られたものは?」彼は尋ねた。

「いいや」

「強盗はどうやって侵入したんでしょう?」

「窓からですよ。こじあけられているのがわかりますから」

ウィルソンは窓に近づき留め金を調べた。確かにこじあけられてはいるが、無駄のないきれいな仕事だ。窓をあけて身を乗り出してみる。ウィルソンの目は、足跡らしきものに、はたと留まった。壁際の柔らかい地面と、大きな庇に隠れた部分に残っている。驚きの声を押し殺して窓から外に這い出し、蹲《うずくま》って調べ始める。少し遅れて顔を上げたフランクス氏は、厄介な訪問者が跡かたもなく消えてしまったことを発見して驚いた。

かの訪問者は思う存分足跡を眺め回し、手帖にスケッチまですると、従業員たちがいる事務所に戻った。そこで、この一週間ほど、辺りをぶらついている人間を見かけた者はいないか、忙しく訊いて回った。しばらくは何の成果も得られなかったが、ついに、ほかの従業員よりは注意深いと思われる人物が、ある出来事を思い出してくれた。十日ほど前、背の高い男が近寄って来て、炭鉱で働き口がないか尋ねたのだという。その三、四日後、同じ男が事務所内をぶらついているのを見かけ、出て行くよう警告したことをはっきりと覚えていた。その後、再びその人物を見かけることはなかったらしい。

「背の高い男ですか？」ウィルソンが問う。「どのくらいの身長だったか、わかりますか？」

「あなたと同じくらいですよ」相手の背丈を目測しながら、従業員は答えた。「ひょっとしたら、あと一インチぐらいは高いかもしれませんが」

「その男のことでほかに覚えていることは？」

従業員はじっくりと考え込み、やがてある程度の人物像を描き出した。彼曰《いわ》く、細身でしなやかな手足、三十五歳くらい。髭はきちんとあたり、帽子の下からかなりぼさぼさの金髪がはみ出している。高い鼻、大きな口、灰色の瞳。左目が斜視。手帖にメモを取っていたウィルソンは、最後の項目に興味深げに顔を上げた。

「間違いないですか？　左目ですね？」従業員は間違いないと答えた。かなり目立つ斜視で、見間違えようはないと。

「ありがとうございます」この情報にウィルソンはかなり喜んでいるようだったが、そのあいだもせっせとメモを取り続けていた。しかし少しすると、その話は脇に置き、ホーキンズ巡査から教えられた住所を回り始めた。そして最後には、今までにないほど上機嫌な顔で慌ただしく昼食を取り、警察署へと向かった。

「あなた宛てに暗号電報が届いていますよ」部屋に入って来たウィルソンにワトリング警部が声をかけた。

「ありがとう」ウィルソンは封をあけ、素早く中身に目を通した。その顔に笑みが広がる。

「何かいいニュースでも?」

答えの代わりにウィルソンはポケットから紙きれを取り出し、何やら書き加えると、警部の机の上に置いた。

「アルフレッド・トッド」読み上げる警部の声には当惑が混じっている。「身長六フィート一インチ、灰色の目。左目に強度の斜視……」彼は、アルフレッド・トッドの特徴を網羅したリストを最後まで読み上げた。「最後に目撃されたのはボーデンの〈ジョージ・アンド・ドラゴン・イン〉。二月十五日、金曜日、午前十時――いったい何のことですか、これは?」

「わたしがきみの立場なら、この人物を追うよう、速やかに部下を配置するけどね」ウィルソンは穏やかに答えた。「きみの七千ポンドを持って逃げたのは、この男だよ」

「何ですって!」警部は椅子から飛び上がらんばかりだった。「でも、いったいどうやって――?」

「この男が木曜の夜、事務所に押し入り、金庫を使えない状態にした。それからたぶん、金曜日にはフランクス氏の家までつけて行ったんでしょう――いずれにしても、彼は家に忍び込み、金を盗んで逃走した。調べてみれば、この男が事務所の電話に小細工をしたのもわかると思いますよ」

「これは驚いた。どうして、こんなことがわかったんです? それに、いったいどうやって、これほどぴったり符合する人相書きを手に入れたんですか?」

「ああ、大方は思い出したんだよ」とウィルソン。「残りはこれだ」そう言って、ブレイキーからの電報を軽く叩く。「こいつかもしれないとは思っていたんだ。フランクス氏がもう少し早く押し入りの報告をしてくれたら、これほど面倒なことにはならなかったんだが。しかし実情は残念ながら、我々がトッド氏を捕まえるまでに、金の大方は消えてしまうだろうということだがね」

6

「わたしが参っているのは」と警部は言った。押し入り強盗かつ金庫破りのアルフレッド・トッドがみごと逮捕され、ホーデン刑務所に収監された二、三日あとのことだ。「グラントが犯人ではないと悟ったあなたの素早さなんですよ」

「うん、まあ確かに」とウィルソンは素直に認めた。「そうだったかもしれないね。でも、最初にこの事件について聞いたときから、未熟な初心者がクロロホルムを使うというのは、ちょっとばかり手が込んでいて冷静すぎるんじゃないかと思っていたんだ——瞬間的な閃きだったんだよ。きみたちがみな、金庫破りに関してはグラントは無関係だと賛成してくれたからね。それが新たな考えを閃かせた。

きみたちは口を揃えて、金庫が故障中だと知っているのはグラント一人だと力説した。しかし、あのときわたしが指摘したように、それは事実ではない。もちろんフランクスが知っていたし、金庫を壊したのがグラントでないなら、ほかにもう一人、知っている人間がいたはずだ——そう、押し入った犯人自身だよ。金庫をあけるのに失敗した強盗は、それを使用できないほど叩き壊すことにした。ひょっとしたらその人物は、金がもっと安全性の低い場所にしまわれることを期待したんじゃないかと閃いたんだ。あとで調べてみたら、まさにそのとおりだった。真剣に金庫をあけようとした形跡は見られない。ただ、わざと使えなくしようとした狡猾な試みの跡があるばかりだった。

そこで、もしその押し入り犯が金を盗んだ当人でもあるなら、その人物は間違いなく、フランクスが受け取った金をどうするかを知るために、彼のあとをつけたはずだ。金を受け取ったとき、あるいは、その金を家に持ち帰ったとき、周りをうろついていた人間に気づかなかったかとフランクスに確かめてみたが、成果はなかった。それで、一流の押し入り犯の痕跡を探しに、彼の家まで出向いて行ったわけだ。そのときにはもう、トッドに目星をつけていたんだがね。犯罪捜査課の人間なら誰でも知っているように、彼はクロロホルムを常用する数少ない押し入り強盗の一人だから。しかも、彼が収監中でないこともわかっていた。

フランクスの家の調査からいくつかのことがわかった。第一――侵入の仕方も衣装箪笥の鍵のこじあけ方も、超一流の腕前だったこと――素人《しろうと》なんかによるものではなくてね。第二――ポーチの屋根から窓の下枠までの距離は、わたしの身長でも一苦労しそうなほどあったこと――しかも、わたしの背丈はグラントより三インチは高い。まあ、この点はあまり力説できなかったけどね。人というのは、追い込まれるととんでもないことをしたりするものだから。しかし、ポーチの脇と窓の下枠に、ゴム底の足跡も発見していた。これは、訪問者が雨のあとに訪れたことを示していた。犯人は雨に打たれてはいなかった。少なくとも、長い時間は。なぜなら、部屋の中に靴底から落ちた泥は残っているのに、犯人の身体から滴り落ちた水の形跡は何もなかったからだ。一方、雨はかなり激しいものだった。フランクリン・グラントはコートもなしに、雨が降っているあいだ中、外にいて、帰宅したときにはずぶ濡れだった。従って、深夜二時、あるいはそれ以降に、あの寝室に忍び込んだのがグラントであるはずはない。またしても、目星をつけたプロの可能性が浮上する。

それで、トッドの人相と現在の所在について問い合わせる電報をロンドン警視庁あてに打ち、さらなるヒントが得られないかと会社のほうに向かったんだ。そこでは、ついていたんだろうね。ブローパイプを使うトッドのやり口と非常によく似た仕事の跡を発見できたし、庇が雨から守ってくれた柔らかい地面の上にほとんど同じ型の足跡を見つけもした。そして何よりも、トッドと同じ斜視を持つ人間が、少し前に近所をうろついていたことを覚えていた従業員を発見できたんだから。その男が近所にいたとなれば、付近に滞在していた可能性が高い。それで、考えられそうな場所を探し回り、ついに〈ジョージ・アンド・ドラゴン〉で彼の形跡を発見したというわけさ。金曜の朝には、表向きは引き払っていたけれどね。そして、きみの署の人間が残りの調査をしてくれた」

「そもそも、あなたが介入してくれなければ、ほとんど何もできなかったと思いますよ」警部は、トッドが捕えられたときに漏らした言葉を思い出しながら溜息をついた。曰く、警察の犬がうろついていなければ、ここの警察署のしみったれた連中に捕まることなどなかったんだと。「でも、あなただって、甥御さんが少しは怪しく思えたことを認めるでしょう?」

「ああ、もちろんだとも」ウィルソンは心から同意した。「あの愚かな若者が禁固刑を受けなかったことは、極めて幸運だった。あいつにも、そう言ってやったんだがね。実際、結局は一番いい結果に収まったのかもしれない。あいつは一生分に足りるくらい肝を冷やしただろうし、今は、ボーデンから来た人物が彼の立場にひどく同情して、仕事を提供してくれたしね。地道にやらない理由はないと思うよ」

「まったくのところ、終わりよければすべてよし、ということですね。会社を除いて、ということになりますが。トッドが捕まる前に手放してしまった金は、もう二度と戻って来ないわけですから」

「あの会社に同情の涙を流す気などさらさらないね」とウィルソン。「フランクス氏のような人間を雇って、従業員を好きなように酷使する自由を与えている会社なんて、自分で何とかしていけばいいんだ——わたしの手助けなど期待しないで」

オックスフォードのミステリー

1

オックスフォード大学、セント・フィリップス・カレッジの特別研究員、マシュー・キングドンは非常に落ち着かず、哲学学会のための論文の準備に集中することができなかった。『人間関係は適応するものであるか？』というのがその魅力的な題材で、彼自身、その回答を編み出すのを大いに楽しみにしていたし、最大のライバルであるセント・ジュードのマグスレイ博士をまごつかせるのも心待ちにしていた。しかし、いくら頑張ってみても、じっくり考えることができず、筆を進めることもできない。頭の中では意味のない思考がぐちゃぐちゃに絡まり合い、そこに、哲学的な黙想とは馴染みのないものが絶えず侵入してくる。彼は、殺人事件から心を引き離すことができないでいたのだ。

当然と言えば当然のことだろう！　キングドンが遭遇したような出来事は、世間とあまり交流のない大学の特別研究員の生活にはめったに起こらないことなのだから。カレッジ内、いや、ひょっとしたら大学全体の中でも、大いに人気のある学部生モーリス・オースティンが殺害され、その仲間の学生の一人が殺人罪に問われて逮捕されたのだ。しかも、彼らは二人ともキングドンが担当する学生で、彼自身が死体を発見し、容疑をかけられている学生にとって不利となる証拠を差し出すことになってしまった。キングドンがこれ以上はないほど、非哲学的な気分に陥ってしまったのも無理はない。さらに気が重いことに、論文を印刷業者に渡す日が翌日に迫っていた。

事件はこんなふうにして起こった。二日前、キングドンは友人のローレンスと歩いて夕食に出かけ、その夜をともに過ごした。ローレンスはトリニティ・カレッジの教員で、オックスフォードから数マイル離れたオールド・マーストンの村に住んでいる。翌朝、二人はそれぞれのカレッジで講義をするため、一緒に歩いてオックスフォードに向かった。朝早くに出発し、マーストン船着き場を通ってオックスフォードまで続くチャーウェル川沿いに、遠回りをするコースを選んでいた。道中、キングドンが論文で提唱するつもりでいた議論について、二人は大いに意見を戦わせていた。船着き場から半マイルほど進んだところで、キングドンは、水面に飛び出した木に引っ掛かっているボートに気がついた。竿《さお》は見当たらないが、パドルが船底に転がっている。彼の目を引いたのは、ボートの中に置かれた衣服で、ブレザーに彼のカレッジのエンブレムが入っていた。「うちのカレッジの人間が、早朝からひと泳ぎしているようだな」ローレンスにブレザーを指し示しながら、彼は言った。「持ち主の姿が見えないのは妙だが」

二人は川の上流、下流を見渡したが、泳いでいる人間の姿は見えない。「おかしなことが起こっていなければいいんだが」

「ひょっとしたら、持ち主がわかるんじゃないか」とローレンス。「衣服をちょっと調べてみよう」

キングドンはボートに乗り込み、ブレザーを取り上げた。「モーリス・オースティンだ」

「あの優等生かい？」ローレンスが問う。

「ああ、わたしの担当では一番優秀な学生だ――一人を除いてだが。わたしが知っている中で、唯一彼より優れているのは、彼の友人のラジ・ラッセルだけだ。インド人の血が半分入った学生だよ」

「ボートはここまで流れて来たみたいだな。きみの学生はもっと上流で、着るものもなく震えているのかもしれない。それにしても、姿が見えないのはおかしい。とにかく、もう少し探してみたほうがいいだろう」

心配になった二人の哲学者は、上流、下流と探し回ったが、何も見つからない。ついに、船着き場に戻って助けを呼んだ。船着き場からの応援者に捜索の続行を依頼し、二人はさらなる協力者を得るため、そして、オースティンの所在を確認するためにオックスフォードへと急いだ。と、突然、その二人の目に、流れの端の茂みに引っ掛かり漂っている白い物体の存在が飛び込んできた。「あれは何だ?」二人は同時に叫んだ。

オースティンの死体だった。学者たちは二人とも、上向いた若きスポーツマンの顔をすぐに認識し、目を見張ってあんぐりと口をあけた。金色の髪が泥や落ち葉にまみれ、膨れ上がった顔が紫色になっている。「溺れた人間の顔があんなふうになるとはな」ローレンスがつぶやいた。

二人がかりでオースティンの身体を岸に引きずり上げる。ローレンスは、ボートが見つかった辺りをまだ調べている船着き場からの応援者を呼びに走って行った。すぐに、数人の人々が周囲に集まって来た。ローレンスが警察とカレッジの責任者に電話連絡を入れるためにマーストンに戻っているあいだ、キングドンが死体のそばに留まっていた。

警察が医者を伴って到着すると、事態はキングドンの手から離れた。死体を手早く調べたマーティン医師が、今回のケースは溺死ではないと宣言する。被害者は、首に巻きつけられた細い紐によって絞め殺されており、その跡がまだはっきりと残っている。従って、この悲劇は単なるボートの事故ではなく、明らかに冷血な殺人事件だった。

キングドンがボートの見つかった場所に警察を案内すると、巡査部長はすぐさま死んだ若者の衣服を掻き集め始めた。その下に何か光るものが見える。「おや、これは何だろう?」巡査部長はそう言って、小さな金色のチャームをつまみ上げた。それをキングドンに手渡す。「男が腕時計の鎖につける飾りのようなものですな。重要な手掛かりになるかもしれない」

「ああ、このチャームなら知っていますよ」キングドンは答えた。「ラッセルという学生のものですね――気の毒なオースティンの大親友です。おっしゃるとおり、彼はいつも自分の鎖にこれをつけていました」

「ふむ!」と巡査部長。その声に含まれる疑惑に気づいて、キングドンは背筋にぞっとするものを感じた。チャームを返すと、巡査部長は丁寧にそれを包み、しまい込んだ。「そのラッセルという若者について、もう少し詳しく教えていただけますか」

「オースティンの親友です」キングドンの答えに、巡査部長はまたしても唸り声を上げた。

警察の手早い調査のあと、キングドンは遺体とともにオックスフォードに戻った。警察署からは巡査部長が同行し、ラッセルについてあれこれと門衛に質問を始めた。ラッセルは昨日の午後、オースティンと一緒に川に出かけ、夜遅く、一人で戻って来たらしい。門衛によると、そのときのラッセルの様子は奇妙で、具合が悪そうだった。そんな状態のラッセルを見たことはないが、酔っ払っているのかもしれないと思ったそうだ。そのラッセルは今どこにいるのかという問いに、門衛は彼の階を担当している用務員を呼びにやったあと、早い時間に自室で朝食を取り、一人で出かけたことを報告した。用務員もまた、ラッセルの様子を奇妙だと感じ、若者を動揺させるようなことがきっと何かあったのだろうと思っていたそうだ。巡査部長に問われて、用務員はさらに情報を提供した。昨日の午後、昼食の食器を下げにラッセルの部屋に行ったところ、オースティンが一緒にいた。仲の良い二人のことなので、これは特に珍しいことではない。しかし、いつもと違ったのは、彼が中に入った途端、二人は急に話を止め、まるで口論でもしていたかのように気まずそうな様子を見せたということだ。二人が口喧嘩をしている場面など、一度も見たことはなかった。彼らの話の内容を何か聞いただろうか？　聞き取れたのはほんの数語だった。「そんなことを知られるくらいなら死んだほうがましだ」ひどく動揺したふうのオースティンの言葉。「ぼくも知りたくはなかった」というラッセルの答え。オースティンは窓辺に近づき、用務員が部屋から出て行くまで、無言で外を眺めていた。そして、そのあとすぐ、二人で川に出かけて行った。だから、二人が深刻な口論をしていたことなどあり得ないと、その男は言った。

そうした詳細を引き出し、未だ行方が知れないラッセルの捜索を開始させた巡査部長は自らマーストンに戻り、訊き取り調査を再開した。キングドンがあとで聞いたところによると、マーストン船着き場で一緒にボートに乗っているオースティンとラッセルが目撃されていたことを、彼は突き止めていた。二人は宿屋でパンとチーズとビールの夕食を取った。オースティンが帰る前にひと泳ぎすると言っていたのを聞いていた人物がおり、それに対してラッセルは、水が冷たすぎると答えていたそうだ。二人は午後九時ごろ宿屋を出たが、その後、彼らの姿を見た者はいない。

それがちょうど、昼食前にラッセルがカレッジに戻って来たときの状況だった。彼は門衛から、警察が自分についてあれこれ訊いていたことを知る。彼は驚くふうでもなく、何を尋ねるでもなしに、まっすぐ自分の部屋に向かって行った。そしてそこで、忙《せわ》しげに自分の衣服や書類を調べている巡査部長の姿を発見したのだ。ラッセルが戻って来たと聞いて、急いで彼の部屋に駆けつけたキングドンは、ちょうど巡査部長が彼のボディチェックをしているところに飛び込んだ。その様子は、巡査部長の疑いがどんな類のものなのかを如実に示すものだった。キングドンには彼の生徒が倒れ込む寸前なのが見て取れた。巡査部長が振り向いて言う。「何とかラッセル君を説得してもらえませんかね、キングドンさん。この件に関して、もし彼が無実なら、知っていることをすべてわたしたちに話すことが彼の義務なんだと」

「もちろん何か知っているなら、彼はあなたに話しますよ」とキングドン。「何をお知りになりたいんです?」

巡査部長はすべてが知りたいのだと答えた。とりわけ、いつ、どんな状況で、昨日、オースティンと別れたのかについて。しかし、キングドンがひどく驚いたことに、ラッセルはいかなる質問にも頑として答えようとはしなかった。「わかってください、キングドン先生」とラッセルは言った。「ぼくは何も話したくないんです。もちろん、ぼくはモーリスを殺してなどいません。巡査部長は、ぼくがやったと信じているようですが。でも、何も話すつもりはないんです。すみませんが、そういうことです」

キングドンはひどく面喰《めんくら》い、何とか若者を説き伏せようとしたが、相手の心を動かすことはできなかった。黙っていれば自分に対する疑惑を招くだけだと説得した。彼の潔白を信じているし、本当のことを話しさえすれば、何も恐れる必要はないのだと。しかし、その努力も相手の心を動かすことはなかった。ラッセルは何の情報も与えようとしない。巡査部長はひどく腹を立てて脅しにかかったが、これも成果なし。ついには、何も話さないなら逮捕することになるとさえほのめかし始めた。それでも、ラッセルの態度は変わらなかった。非常に申し訳ないが、話すことは何もない。そう答えるばかりだった。

この学生を好ましく思っていたキングドンは、彼の態度にひどく心を痛めた。ラッセルが自分の友人を殺害したなど信じられなかった。しかし、その彼がどうして堅く口を閉ざしているのか、説明できない。疑いが晴れたわけではないと警告は残したものの、逮捕するという脅しは実行することなく巡査部長が立ち去ると、キングドンはラッセルに弁護士を雇うよう熱心に勧めた。若者は礼儀正しく断るばかりで、何とか秘密を打ち明けさせようとする再度の試みも失敗に終わった。キングドンはそれでも、自分の弁護士を呼ぶと言い張った。しかし、その弁護士が到着してみても、なすべきことは何もない、一人になりたいと、ラッセルは話をすることさえ拒んだ。

翌日、オースティンの死体に対する審問検死が行われた。キングドンが行ってみると、小さな法廷は人で溢れていた。当然のことながら、この事件は街に大きな衝撃をもたらしていたのだ。世論一般は総じてラッセルを大いに疑っていた。しかし、カレッジ内には、まったく反対の意見を持つ人々もいた。ラッセルは物静かな青年で、彼の狭い交友関係の中では好かれていた。しかし、自分のカレッジでもよく知られておらず、外部ともなれば、知らない人間がほとんどだった。一方、モーリス・オースティンは有名で、みんなから好かれていた。クリケットの名選手で学生クラブの会長。しかし、それを鼻にかけることもなく、自分の人気を利用することもなしに、人々との交友を楽しんでいたからだ。

ラッセル本人が証人席にいるにもかかわらず、キングドンはボートと死体の発見についての証言の中で、死亡した若者の衣服の下からラッセルのチャームを見つけたことを報告しなければならなかった。ラッセルは、死体が発見された日の前日、オースティンとともに川に出かけ、マーストン船着き場で一緒に夕食を取ったことを話した。船着き場の少し下流でボートを降り、彼は一人で長い散歩に出かけた。チャームはボートから離れるときに落としたのだと思う。彼もオースティンも泳ぐことはしなかった。しかし、自分が散歩に出かけたあとで、オースティンは泳ぐつもりでいるのだろうとは思っていた。二人は親しい友人同士で、別れたときにも仲違《たが》いなどしていなかった。どうして一人で長い散歩に出かけ、夜遅くカレッジに戻って来たのかという問いに、夕方一人で散歩に出かけることはよくあったたし、その件については数人の友人が証言できるだろうと彼は答えた。疲れ切って、ひどく具合が悪そうな様子で帰って来たという証言に対しては、確かに気分が悪かったことは認めたが、動揺するような出来事があったことは否定した。ただ散歩で疲れ切り、ふらふらしていただけだと。ラッセルの証言は、我が身の潔白と、自分が殺したと疑われている友人に対する深い友情を切々と訴えることで終了した。彼が席に着くときには、法廷のあちらこちらから、様々な共感を交えたつぶやきが漏れた。

審問検死は公式な証言で終了した。しかし、そのとき、法廷に集まった人々の中から一人の男が立ち上がり、聞いてもらいたいことがあると宣言した。男はニュー・マーストンの労働者、ジェイムズ・メイソンと名乗り、正式に宣誓をした。彼は犯罪があった夜、ボートが発見された場所からさほど離れていない、自分の割り当て場所で仕事をしていた。男を二人乗せたボートが川を下って来るのを目撃している。一人は〝黒人〟で、たった今証言をした人物であると十分に認識できる。彼が説明するもう一人の人物の容貌は、明らかにモーリス・オースティンであることを示していた。恐らく、二人からは自分の姿は見えなかったはずだと男は言う。あいだに生け垣があり、男はその隙間からボートを見ていたからだ。少しして、男は自分の道具類をまとめ、家に向かって歩き始めた。ボートの横を通り過ぎたとき、中には一人の男しかいなかった――金髪の男だ。水泳の準備のためだろう、男は服を脱いでいるところだった。メイソンは、ボートが繫がれていたのとは反対側の川岸の野原を横切っていた。対岸の百ヤードくらい先に、ボートに近づいて来る第二の男の姿を認めた。証人はラジ・ラッセルだったと主張する。当然のことながら、男は何の疑いも持たず、この出来事についてはそれ以上考えることもなしに帰宅した。死体の発見を報じる新聞記事を見て初めて、自分が重大なことを目撃していたのかもしれないことに思い至った。それで、証言をするつもりで法廷にやって来たのだという。

話し方や頭の回転がゆっくりとした証人の話を書き留めるのは、さほど難しいことでない。しかし、メイソンの話は非常に単純で、審問により新たな点がひとつ明らかになったのみだ。男が見たというボートに近づいてきた人物は、オースティンからは見えなかっただろうということ。なぜなら、両者のあいだにはかなり密な茂みが存在し、ボートはちょうどその茂みの真下――発見された場所から三十ヤードほど上流――に繫がれていたからだ。メイソンは、ボートの中にいた人物も、近づいて来た人物も、はっきりと確認することはできなかった。しかし、どちらの場合も同じ人間だったと自信を持って言い切っている。もし、それがラッセルでないのなら、体格や肌色を含め、非常によく似た人物ということになる。ラッセルは、そのときのことを思い起こして、ボートから立ち去ったあとは戻っていないと主張した。

目撃した人物に対するメイソンの記憶をよりはっきりさせた厳しい審問ののち、検死官はこれまでの申し立てを略説した。かなり慎重な態度ではあるが、ラッセルに対して疑惑を持つ方向に傾いている。陪審員たちは協議するための時間を取ったのち、モーリス・オースティンはセント・フィリップス・カレッジの学部生、ラジ・ラッセルの手によって殺害されたという評決を下した。数分のうちに、新聞の売り子たちが結果を叫びながら、街の通りを走り回った。ラッセルが監房へと移送される直前、キングドンは彼と言葉を交わすことができた。教え子は改めて無実を主張し、自分を信じてくれと懇願した。

その夜の談話室では、三学年生のみならず、四学年の学生たちのあいだでも、殺人事件が唯一の話題だった。学部生たちの中には、ラッセルの無罪を信じる、少数ではあるが有力なグループが存在した。学監たちの多くは、それとは反対の見方をしていた。未だ自分の教え子の潔白を堅く信じているキングドンは、談話室の中でただ一人、自分と意見を同じくする者を発見した。皮肉っぽい数学教授で、常に少数派につく人物と見なされているため、誰も彼の態度に驚く者はいなかった。しかし二人は、強力な応援を得ることになる。少しのあいだ談話室を覗き込んでいたカレッジの学長が、二人とまったく同じ考えであることがわかったのだ。共通の同情心によって引き合わされた三人は、事件について話し合いながら談話室を出た。

「あの可哀相な学生のために何かすべきだと思うんですよ」キングドンは言った。「彼を弁護するために、という意味ですが。彼には確か、生存している親族はいなかったはずですから」学長はしばし、考え込んで立ち止まった。そして、キングドンに向き直った。「たぶん、ラッセルについて知っているのは、学内でわたし一人だと思う――あの気の毒なオースティンが何も知らないのであれば。そして、それを話すべきかどうか、わからないでいるんだ。わたしの部屋に来てくれるかな。きみたちに説明しよう。その上で、事実を公表すべきかどうかを決めるとしよう」

　あちらこちらに本が並ぶ心地よい書斎に落ち着くと、学長は神妙な面持ちで話し始めた。「もちろんこれは、きみたちに絶対の信頼を置いて話すことなんだよ。わたしが聞かされたときと同じように。ラッセルと気の毒なオースティンは異母兄弟なんだ。いいや、最後まで聞いてくれ。ラジ・ラッセルは、マシュー・オースティン氏の最初の〝夫人〟――インド人女性とのあいだに産まれた子だ。わたしが知る限りでは、それは、そのう……つまり……正式な結婚ではなかった。ラジ・ラッセルは、マシュー氏とオースティン嬢の結婚の直前に産まれた。マシュー氏と彼の……そのう……最初の奥方が別れたとき、彼は子供の面倒を見ることを約束した。最初の奥方はその後、間もなく亡くなった。モーリス・オースティンは彼の正式な結婚から産まれた唯一の子供だ。年長の少年はラジ・ラッセルと呼ばれ、その素性は本人にさえも明かされなかった。今でも知らないんじゃないかな――もっとも、確かなことはわからないがね。父親によってインドの優秀な学校に送られ、やがて地元の大学に進んだ。三年前、そのマシュー氏がわたしに会いに来たんだ。彼はもちろん、その当時には完全にインドを離れていた。息子のモーリスがちょうど、奨学金を得てここでの生活を始めたころだった。マシュー氏は、互いの血のつながりを知らぬまま、二人の息子に友人となる機会を与えるという物好きなことを思いついたんだ。わたしにこれまでの経緯を説明し、ラッセルを学生として受け入れ、監督してくれないかと頼んだんだよ。最終的にはわたしも同意した――趣味がいいとは思えなかったが、所詮、わたしがどうこう言う問題ではないからね。ラッセルはインドから呼び寄せられ、同じ時期を異母兄弟と過ごすためにここに移って来た。マシュー氏自身が姿を現し、ラッセルをモーリス・オースティンに自分の秘蔵っ子として紹介した――インドでの古い友人の息子だと言って。そして、きみたちも知ってのとおり、二人は堅い友情で結ばれた。わたしとしては、かなり驚いたのだがね。なぜって、彼らはまったく違うタイプの人間だから。

　オースティン嬢はその前に亡くなっており、マシュー氏もその一年後に死んだ。彼は生前、自分の秘蔵っ子にいくらかの金を用意していた。インドで死んだ謎のラッセル先輩から預かった金を渡しているのだと息子には信じさせて。しかし、モーリス・オースティンはもちろん、ある年齢になれば莫大な遺産を受け取ることになる。あの若者は、ラッセルと比べるとはるかに裕福になるはずだったんだ。さて、これでわたしの深刻な立場を理解してもらえたかな。もし、わたしがこの事実を公《おおやけ》にすれば、世間の人々は間違いなくラッセルに対していわれなき反感を持ち、つまらない家族内紛争のせいにしようとするだろう。一方、こうした秘密を自分の内にだけに留めておく権利が自分にあるのかも心もとない。きみたちは、どう思うね？」

　答えたのは、数学教授のウィントリンガムだった。「少なくとも、今のところは黙っていたほうがいいですね、学長。アドバイスできることがまだありますから。この事件には、目に見えている以上のものが隠れている。可能な限り優秀な探偵を雇って、その人物に全権を委ねたほうがいい」

「きみはどう思う、キングドン？」学長が尋ねた。

「賛成です。あなたが話した内容は、専門家の意見を絶対に必要としますよ。誰か、心当たりのある人物はいるのかい、ウィントリンガム？」

「子供のころ知っていた人物ならいるけどね。きみも聞いたことがあると思う。数年前に思いがけず引退するまでは犯罪捜査課の警視だった人物さ。今は、超難事件だけを扱う私設の調査機関を立ち上げている。彼が自分で仕事を選りすぐるのさ。でもこの事件なら、わたしが頼めば引き受けてくれると思う。名前はウィルソン」

「ウィルソン氏のことなら、わたしも聞いたことがあるよ」学長が言った。「きみはどうだね、キングドン？」

「わたしには専門外ですね」キングドンは素直に認めた。「でも、いい人物なら、彼に頼んでみましょう。経費はわたしも持ちますから」

「ラッセル自身はどうだろう？　彼はどう思うかな？」

「あの若者のことはわかりませんね」キングドンは当惑顔だ。「弁護士でさえ、きっぱりと拒絶していますから。この件に関しては、何もするつもりはないと言っているんです。もちろん、それがそもそも、警察の疑惑を招いたところなんですよ」

「そして、その点こそが」と、ウィントリンガムは目を輝かせた。「わたしをますます駆り立てる部分だ。警察なんかのせいで、自分の考えを曲げることには慣れていないんでね」

2

話は決まり、翌日、三人の中で最も手の空《す》いていたキングドンが、かの有名な探偵と会うために街に出かけて行った。ウィントリンガムが入れた長距離電話のおかげで、探偵はすでに、この事件に対して同情的な関心を抱いていた。キングドンは、チャリングクロスにあるウィルソンの事務所で彼に会った。美しいセント・ジェイムズ公園が見下ろせる快適な部屋だ。彼はひと目で探偵に好感を持った。二人はそれぞれ座り心地のいい肘掛椅子に腰を下ろした。ウィルソンは自分のパイプに莨《たばこ》を詰め、キングドンには煙草入れを差し出して、話を聞く態勢を整えた。事件についての新聞記事ならすでに読んでいると彼は説明した。しかし、内容が不十分なので、キングドンの口から事件の全容について聞きたい。すべての事実を確認した上でないと、事件を引き受けるかどうかは決められないからと。

キングドンは説明を始め、ウィルソンは多くの質問でその話を遮った。放置されたボートの中にあったオースティンの衣服の下から、ラッセルの時計鎖のチャームが発見された経緯《いきさつ》に話が及ぶと、ウィルソンは二つの疑問点を上げた。

「衣服はどのように置かれていたのですか？ウィルソンは尋ねた。「たたまれていたのですか？　それとも、ひと塊《かたま》りに脱ぎ捨てられていたのですか？」

「脱ぎ捨てられていました。人が泳ぐ前に服を脱ぐと自然にそうなるような感じで。ブレザーはほかの衣服の上に乗せられていたのではなく、脇に置かれていました」

「チャームはブレザーの下にあった。チャームの上にブレザーが置かれたからそうなったんでしょうか？　それとも、ブレザーが先に置かれ、そのあとでチャームがその下に転がり込んだのでしょうか？」

キングドンは状況を思い起こした。「転がり込んだ可能性はありますね。ブレザーはボートの腰かけ梁の上に置かれていましたから、チャームがその下に落ちたということは考えられます」

「その点の重要性についてはおわかりになりますか？」キングドンは首を振った。

「結構。もし、ブレザーがそのチャームの上に置かれたのなら、ラッセルはボートから離れる前、なおかつ、オースティンが服を脱ぐ前に、チャームを落としたということになります。それなら、格別問題にはならない。チャームが落ちていた場所には何の意味もなくなりますから。チャームがそこに落ちたのは、ブレザーが置かれる前の場合も、あとの場合も考えられる。あとから、というほうがあり得そうなことですね。そこにあることを気づかれないように」

「それではラッセルにとって不利になってしまいます」

「そうなると確かに不利ですね。もう一点。チャームや、それを鎖に留めておくリングは捻じれていたり、それに近いような損傷を受けていましたか?」

「リングは捻じあけられたようになっていました。チャーム自体はまったく無傷です」

「ラッセルはその後も時計や鎖を身につけていたのでしょうか?」

わからないというキングドンの答えに、ウィルソンはあとで調べてみる必要があると言った。相手がすでに、この事件を引き受けたような口調で話していることに気づいて、キングドンは嬉しくなった。探偵は、少なくとも関心を持ってくれている。

ウィルソンが次に口を挟んだのは、キングドンが死体を発見した件《くだり》を話しているときだった。「その川の近辺のことはよくご存知なんですよね? 三つの場所について思い描いていただきたいんです——死体を発見した場所、ボートを発見した場所、そして、証人のメイソンが最後にボートを見たと言っている場所。ボートや死体は簡単に、メイソンが見たと言っている場所からあなたが発見した場所まで、流れて来ることができたでしょうか?」

キングドンは再び考え込んだ。「ええ、極めて簡単です」

「では、当面は、メイソンがボートの上で服を脱いでいるオースティンを見かけた場所が殺人現場だと考えておいていいでしょう。ラッセルがボートを離れたと言っているのはその場所ですか?」

「ええ、その場所です」

「メイソンが二度目にボートを見たとき、中には一人きりしかいなかったのだから、ラッセルは確かにその場を離れている。しかし、本人は否定しているにもかかわらず、メイソンはラッセルに似た人物がボートのほうに戻って来たと言っている。ボートは茂みの下に繋がれていたんですよね？」

「メイソンはそう言っています。ただ、わたしが見たときには、もっと下流に流れていましたけれど」

「でも、茂みのことはご存知ですね？　ボートから、川沿いの小道を近づいて来る人間が見えないほど、その茂みは高く生い茂っているんですね？」

「確かに」

「あるいは、ボートから数フィート離れた岸辺に立つ人物を覆い隠すほど？」

「ええ」

「では、そのラジ・ラッセルについてですが、どういう感じの人物ですか？　あなたのお気に入りの学生ということですが？」

「非常に優秀な学生ですよ。彼については常に快く思っていましたし、とても気立てのいい正直な若者だと思っていました。物静かで、あまり人とうち解けないタイプです。でも、彼のことをよく知っている人間からは、とても好かれています。気質的には研究者タイプですね——このまま続ければ、哲学の分野で必ず成功する男です」

「外見的にはインド人風ですか、英国人風ですか？」

「どちらかと言えば英国人風でしょうね。確かに色黒で、インド人の血が混じっていることはすぐにわかりますが」

「メイソンは少し離れたところから見ただけで〝黒人〟だと言っています。あなたの感覚からすると、それは自然なことですか？」

「もちろんわたしは、彼のことをそんなふうに表現したりはしません。でも、メイソンのような人間の言葉なら驚くこともありませんが」

「では、離れた場所から見てもはっきりとわかるほど、彼の肌の色は黒いのでしょうか？」

キングドンは再び考え込んだ。「さあ、どうでしょう。そんなことはないと思いますが。でも、確かなことはわかりません。距離にもよるでしょうね」

「自分で確かめてみる必要がありますね」とウィルソン。

「明日、警察の法廷手続きがあります」キングドンは言った。「そのときに彼の姿を見ることができますよ。単なる形式上の収監だと思いますが」

「では、若者の身元についてですが」ウィルソンは話題を転じた。「知っていることはすべて話していただけたんですよね？　お宅の学長は、ラッセルもオースティンも自分たちの関係についてまったく知らないままだと信じていらっしゃる？」

「そのようです。ただ、情報がどんなふうに漏れていくかは、誰にもわからないことですが」

「二人は親しい友人同士だった。どの程度、親しかったんでしょう？」

「非常に親しかったですよ。たいていカレッジで一緒に昼食を取っていましたし、よく二人で出歩いていました。わたしは両方の個人的な指導を担当していますから、彼らがいかに親しいか、目にすることができたんです」

「それなら、ラッセルにオースティンを殺すことができたなど、あなたには到底思えないのでしょうね？」

「絶対にあり得ませんよ。二人について知っていることから考えれば」

「ありがとうございました、キングドンさん。これですべてだと思います。この件はお引き受けしますよ。明日、警察の法廷手続きに間に合うようにオックスフォードに伺います。駅でお会いすることはできますか？」

「もちろんです。十一時に着く汽車がありますし、開廷は十一時半です。二人でまっすぐ向かいましょう。カレッジではわたしのところにお泊まりになりますか？　お引き受けいただいて本当に感謝しています」

　ウィルソンはこの招待を受け入れた。キングドンは好人物だったし、ラッセルと死亡した学生について知るためには、カレッジ内に滞在するのが一番いい方法だろう。キングドンはその夜、申し出が受け入れられたことを非常に喜び、事件を扱うウィルソンの手際にいたく感銘を受けてオックスフォードに戻った。

　翌朝、キングドンは駅でウィルソンと落ち合い、二人で警察裁判所に向かった。手続きは実に形式的なもので、ほんの数分で終了した。警察が、決定的な事実を説明するための証拠をまだ探しているため、ラッセルは一週間拘留されることになった。しかし、あっと言う間の手続きでも、告発された人物を観察する時間は十分にあった。ウィルソンは、十分と思える位置から相手を観察するため、被告人からできるだけ離れた位置に陣取った。目はかなりいいほうだが、これだけ離れてしまうと、ラッセルが純血の英国人でないことなどわからなくなる。〝黒人〟などという表現はちらりとも浮かんでこないだろう。法廷を出るとき、彼はキングドンに当面の予定について話した。「殺人が行われた場所を見ておきたいんです。それから、メイソンにも会いたい。しかし、まず第一に、ラッセルの時計と鎖のことを調べ出してもらえますか？　わたしが警察に聞くと、この事件に関わっていることがわかってしまう。あなたが巡査部長に尋ねるなら、難なく聞き出せると思います」

キングドンは法廷の中に戻って行った。再び姿を現した彼から、時計も鎖もまだ見つかっていないことが判明した。「でも」とキングドンが言い足す。「もっと前に考えなければならなかったことを思い出したんです。巡査部長と話しているとき、ラッセルのコートの様子が瞼の裏に甦《よみがえ》りました。左の折襟のボタンホールが裂けていたんです。まるで、何かを捻じり取ったみたいに。彼はチョッキを着ない男です。時計はいつも、外側の胸ポケットに入れていました」

「それは妙ですね」とウィルソン。「その点と、チャームの捻じれたリング。あなたのご友人が真実をすべて話していないことが、そこからわかります。時計と鎖が捻じり取られ、チャームがボートの中に落ちた過程で、諍《いさか》いがあったことは間違いありません」

キングドンとしては、そんなふうには考えたくなかったが、どうしようもなかった。「彼が殺したと思っている、ということではありませんよね？」

「ラッセルにとっては間違いなく不利になるだろうということを言っているだけですよ」それが返って来た答えだった。「わたしとしては、まだどんな結論も思い描いていません。さあ、仕事に取りかかりましょう」

3

二人はタクシーでニュー・マーストンに向かった。メイソンが滞在している家で尋ねると、野原で仕事中の彼を見つけられるだろうということだった。その人物を見つけ出したときは、ちょうど昼の休憩中で、事件について喜んで話してくれた。

「目撃した男がラッセルだと確信していらっしゃるそうですね」

ウィルソンの問いに、メイソンは間違いないと答えた。

「どちらの場合も？」

「どちらも同じ男だったと言わなかったかい？」

「わたしが驚いたのは」とウィルソンは続けた。「その男が、あなたの言葉によれば〝黒人〟だったと、あなたがお思いになったことなんですよ。その人物からどのくらい離れたところにいらっしゃったんですか？」

「最初のときは、この原っぱの幅くらいかな」メイソンは六十ヤードほどの距離を指し示した。

「それで、二度目のときは？」

「もっと近くからだよ、旦那。たぶん、二十ヤードくらい」

「それでも、最初に見たときから〝黒人〟だとわかったんですね？」

「あのなあ、旦那。あんた、何が言いたいんだ？　おれは〝黒人〟だったと言わなかったかい？　それにやつは正真正銘の〝黒人〟なんじゃないのかい？　それ以上、何が訊きたいんだよ？」

「ああ、大して重要なことではないですよ」ウィルソンが答える。「ただ、あなたもわたしと同じように、恐ろしく遠目がきくのに違いないと思っただけです。ほら、あそこに女の子が見えるでしょう？　あの娘のブラウスの色が見えますか？」

「おれには白のように見えるがな」

「違いますね。淡い黄色です。わたしほど目がいいわけではないんですね」

「あのなあ、何を言いたいのかはっきりしてくれよ。おれだって、誰にも悪いことはしたくないんだから。いったい何が知りたいんだ？」

「あなたが〝黒人〟だと思ったのは、最初に男を見たときなのか、二度目に見たときだけなのか、ということです」

　メイソンは頭を掻いた。「そんなふうに言われると、二度目のときも〝黒人〟だったかどうか自信がないな。でも、そのときは、はっきりとそう思ったんだ。それが何か問題なのかい？」

「違う人間を見ていたとしたらどうです？」

「まさか！　あれは同じ男だった。似たような服を着ていたし、それに――」

「どんな服装をしていたんです？」

「黒っぽいグレーのスーツさ。でも、それだけじゃない。最初に見たとき、そいつはボートの中に座っていた。見ているうちに立ち上がったんだが、その身のこなし方が気になったんだ。何て言えばいいのかな。動物みたいとでも言うか、そんな感じさ。それから、二度目に見たとき。やつはボートに向かって歩き出す前、川辺近くに寝転がっていた。そして、最初のときとまったく同じ様子で立ち上がったんだ。おれが同じ人間だと思ったのは、そういう理由からだよ」

「法廷では触れませんでしたね」

「訊かれなかったからね。でも、そんな具合なんだ」

「わかりました。最後に見たとき、その男はボートからどのくらいのところにいたんでしょう」

「ちょうど、ボートが繋がれていた茂みや木立の陰に回り込むところだった。人から見られたくないみたいに、やけにこそこそした様子だったよ」

「その人物は、あなたのことを見ていたんでしょうか?」

「そうは思えないな、旦那。おれはじっと立ち止まって、パイプに莨《たばこ》を詰めていた。やつがことさらこっちを見ようとしなければ、茂みに隠れて見えなかったと思うよ」

「ここまでのところは上々だ」メイソンのもとを離れると、ウィルソンは言った。「今度は現場を見てみましょう」ボートが発見された場所はちらりと見ただけで、メイソンが二度目に見たというボートが繋がれていた場所に、彼はそそくさと向かった。岸の上のその場所は、小さな茂みや木々で丸く囲まれている。川面に傾《かし》いだ木がボートを繋ぐのに格好の枝を提供し、土の土手がより深い川底に向かって急激に落ち込んでいた。もしここにボートが繋がれていたなら、間違いなく岸辺に打ち寄せられていたことだろう。岸側の水深がほんの数インチなのに対し、ボートの反対側では、人の背が立たないくらいの深さがある。茂みは水際まで生い茂り、ボートの上に覆いかぶさっていたはずだ。それなら、ウィルソンが確かめたとおり、もし人がボートに向かって数フィート下流から泳いで来たり、流れを横切ろうとしていた場合、その茂みでボートの半分は見えなかったかもしれない。しかし、数ヤード上流の対岸からなら、ボートの全体がはっきりと見えたはずだ。そして、キングドンの説明によれば、ボートに一人残っていたオースティンが水泳のために服を脱いでいたのをメイソンが目撃したのは、まさにその場所だった。

「さあ、今度は少しばかり汚い仕事になりますよ」現場を調べ終えたウィルソンは言った。「単なる賭けに過ぎませんが、やってみる価値はあります。鋤《すき》を貸してくれそうな家は近所にありますか？」

キングドンは近くに農家があることを知っていて、すぐに鋤と幅広のスコップを借りて戻って来た。

「茂み付近の土を掘り起こしてみましょう」ウィルソンが促す。

二人は少しずつ、ボートが繋がれていた辺りの土手に沿って、柔らかな土を掘り返していった。かなりの時間、土を掘り起こしてはより分ける作業を繰り返していたが、古い空き缶がいくつか出てきただけで何の成果もなし。やがて、万年筆の先が出てきた。「我々が調べている人物とはおよそ無関係のようですね」とウィルソン。しかしついに、その忍耐が報われるときが来た。スコップ一杯の土の中から、キングドンがやっと時計と鎖を発見したのだ。「あなたが探していたのはこれですか？」彼はそう尋ねた。

「ええ。見つかるとは思っていませんでしたが。それに、この発見で大きな進展が期待できるわけでもありませんしね。争いがあり、時計と鎖がラッセルのコートからむしり取られたのは間違いありません。チャームは引き剝がされてボートの中に落ちたが、時計と鎖は川の中に落ちた。そんなところだと思いますよ。時計を見せていただけますか。

九時四十五分で止まっている。その時刻に水中に落ちたんでしょう。数分のずれはあるでしょうが、それで争いの時間も確定できます。メイソンが二度目に件《くだん》の男の姿を見たのは何時でしたか？　ボートに向かっている男の姿、という意味ですが」

「九時半前だと言っていました。分単位まではっきりしないそうですが」

「あなたが死体を発見した場所に戻ってみましょう」

ウィルソンはその場で、ゆうに一分間は考え込んでいた。「死体はどんなふうに横たわっていたんですか？」その問いに、キングドンは当時の状況を説明した。「死体を発見したとき、付近に足跡は残っていましたか？　あるいは、あなたたちが来る前に何者かが存在していた形跡は？」

キングドンは驚いて相手の顔を見つめた。「残念ですが、そこまでは見ていませんでした」「ひょっとしたら、警察が発見しているかもしれません。もしそうだとしたら、我々にとっては非常に重要な事実です。たぶん、警察は見つけていると思いますよ。ここで誰かが足型の石膏を取っているようですから」彼はそう言いながら、石膏のかけらを拾い上げた。「残念ながら、今では何の形跡も残っていません。警察が適切な仕事をしていることを期待するばかりです。さて、ラッセルとオースティンが夕食を取ったという、船着き場の宿屋に連れて行っていただけますか？」

ウィルソンはそこで、二人の若者に食事を出した宿屋の主人とその娘にあれこれと尋ねた。それが終わると、キングドンを伴って近隣の家々を訪ね回る。ウィルソンはどこでも同じことを尋ねた。学部生のどちらか、あるいは彼らに非常によく似た人物を、事件があった夜、マーストン付近で見かけただろうか？　そして、もし見かけていないなら、近所に目撃した人がいないか訊いてみてくれないだろうか？　こちらが望む情報を提供してくれた人には報奨金を出すと。最初の問いに対しては、誰もが否定的な答えを返した。しかし、二つ目の問いには、みなが訊いてみることを約束してくれた。ウィルソンとキングドンは夕食の時間に間に合うように、オックスフォードに歩いて戻った。犯罪現場でなすべきことはすべて終わっていた。

ウィルソンはその夜、大食堂のハイテーブル（主賓用食卓）で夕食を取った。自分が関わっている仕事については明かさず、単にキングドンの友人であるふりをして、自分の身分については何も語らなかった。キングドンの熱心な擁護的態度の影響で、ラッセルの潔白を信じる人々がいることがわかった。しかし、偏狭な古代史講師のアスピナルは、ラッセルが疑わしいと強く主張した。こうした混血人は、たいていいつでも不道徳なものだと言って。民俗学教授はこの意見には反対したが、ラッセルが犯人だとする考えは同じだった。

大食堂を出たあと、キングドンはウィルソンを門衛のところに連れて行った。殺人事件の直近に、カレッジ外部からラッセルを訪ねてきた人物がいなかったかとウィルソンが問う。門衛に思い当たる節《ふし》はなかったが、ほかの使用人たちに訊いてみると請け負ってくれた。その結果、新たな情報が明るみに出た。ラッセルの部屋の階を受け持つ用務員つきの小間使いの話だ。事件前の午前一時ごろ、担当の食器室にいた彼は、ラッセルの部屋から漏れる話し声を聞いた。声の主の一方はラッセル自身。もう一方は、男でも女でもあり得そうな、奇妙に甲高い声だった。彼にはわからない外国語だったので、一言も理解することはできなかった。しかし、ラッセルと訪問者が言い争っていることだけは明らかだった。彼自身は、その訪問者が訪ねて来るところも、立ち去るところも見ていない。ウィルソンは門衛のところに戻り、事件前日の朝、奇妙に甲高い声をしたインド人あるいはほかの外国人が、カレッジ内にいたという報告を受けていないかを尋ねた。望んでいた答えはすぐに返ってきた。副門衛の一人――その日初めて職務についた新入りが、昼少し前、甲高い声をしたインド人にラジ・ラッセルの部屋の場所を説明したというのだ。どんな男だったかという問いに返ってきた答えは、たいていのインド人に当てはまりそうな表現だった。その副門衛からも、ほかのスタッフからも、その訪問者が立ち去る姿を見たという証言は得られなかった。しかし、門衛小屋に入るときに、ウィルソンはすでにそこに下げられていた部屋割と名前の一覧表をちらりと覗き込んでいた。

「手掛かりが見つかりそうになってきましたね」小屋を出ながらウィルソンは言った。「今度は、事件前日にオースティンとラッセルを訪ねた声の高いインド人を見つけなければなりません。その人物は何者か？　そこが問題ですね。あなたに何か心当たりは？」

「まったく見当がつきません」

「学長のところに案内していただけませんか？」

学長の部屋で紹介の儀式が終了するやいなや、ウィルソンは尋ねたかった質問を切り出した。「あなたはラッセルの経歴についてご存知です。ラッセルやオースティンと繋がりのあった若いインド人について、お心当たりはありませんか？」学長は頭を振った。「つまり」とウィルソンが続ける。「マシュー氏にほかに子供はいなかったか、という意味ですが？」

「聞いたことはありませんね。どうしてそんなことを？」

ウィルソンはさらに、亡くなったオースティンの金を引き継ぐ人物を知っているかどうかを尋ねた。

「あいつだ」という答えが返ってきた。「たまたま知っているだけなのですがね。遺産は、モーリス・オースティンが二十一歳になると、そっくり彼に引き渡されることになっていました。しかし、その前に死んでしまった場合、次に権利を持つ親族が受け継ぐことになります」さらなる質問で、若者が遺産を相続できる歳になるまで、あと数カ月残っていたことが判明した。「次の相続人は誰ですか？」ウィルソンは重ねて尋ねた。

「従兄弟、だと思いますよ。気の毒なラッセルは、ご存知のように庶出の子ですからね。従兄弟というのは、インディアン医療サービスのブライアン・ヘンドリー博士です。今はインドにいるはずですが」

「どういう人物ですか？」

「中年で――あるアジア特有の病気については、非常に権威のある人物です」

「さらに近い血筋の人間は存在しないのですね？」

「そうだと思います。どうしてそんなことをお訊きになるんです？」

「もしほかにも存在するなら、いろんなことが考えられるからですよ」ウィルソンの様子は不安げだ。

「一家の弁護士はどなたなんでしょう？」最後に彼はそう尋ねた。

「リンカンズ・イン（英国の法曹団体）のヒースト・アンド・トランブルという事務所です。老ヒーストはマシュー氏の大親友だった人物ですが、今はもう亡くなっています」

「では、そこが次に訪問すべき場所だ。次の汽車は何時に出ますか？」

4

オックスフォードを離れる前、ウィルソンはラジ・ラッセルの学友の一人から、彼の最新の写真を手に入れた。ロンドンに着くと、まっすぐヒースト及びトランブル氏の事務所に向かい、年かさの弁護士と長時間、話し込んだ。そこから今度は〈デイリー・コーリア〉紙の事務所に赴き、編集者と二人で部屋に閉じ籠る。そして最後に、オックスフォードから電話で約束を取りつけておいたかつての同僚、ブレイキー警部に会うため、ロンドン警視庁を訪ねた。

翌朝、キングドンと顔を合わせてみると、哲学者は極度の興奮状態で〈デイリー・コーリア〉を振り回していた。「これをご覧になりましたか?」キングドンは喘いでいる。紙面の中央に二枚の写真が並んでいた。一枚はラジ・ラッセルの写真で、〝被疑者〟と称されている。かたやもう一枚は、ラッセルと非常によく似ているが、肌の色がもっと濃いインド人の写真で、〝警察が捜索中〟と書かれていた。二枚の写真の下に数行の印字。〝オックスフォード・ミステリー〟は今や、人違いであったと広く思われている。疑惑を持たれているのは第二の人物で、殺人現場にいたことが証明され、国外逃亡が懸念されている。〈コーリア〉の読者はよく目を光らせ、犯人の足取りを見つけた際には、速やかにロンドン警視庁に報告されたし。

ウィルソンは微笑みながら新聞を受け取った。「ええ。実際のところ、仕掛け人はこのわたしでしてね」

「で、で、でも――」仰天したキングドンは言葉につかえている。「もう一人の男の存在なんて、どうやって見つけ出したんです? その人物の風貌をあなたが知っていたなんて、わたしは知りませんでしたよ」

「わたしだって知りませんでした」とウィルソン。「厳密に言えば、今だってわかりません。〝合成人間〟と呼んだほうがいいのかもしれませんね――ヒースト氏とトランブル氏の協力で作り上げたんですから。でも、警察署にご同行いただいて、一緒に収監人と会ってもらえれば、この人物と最も関わりの深い人間がどんな反応を示すか、お見せできると思いますよ」

キングドンは驚いたものの、素直にオックスフォード警察署に同行した。ウィルソンはそこで、ロンドン警視庁の権威をちらつかせ、殺人現場で見つかった足跡の石膏鋳型を見せてくれるよう頼んだ。

「どうしておわかりになったんです？」担当の巡査部長は驚いて尋ねた。

「わたしに知られたくなければ、石膏のかけらを残したままにしておくべきではないね」

巡査部長は笑い声を上げ、証拠物件を差し出した。死体が発見された場所で、警察は数種類の足跡を見つけていたのだ。そのうちのいくつかは、キングドンとローレンスのものと判明した。あるいは、巡査部長とウィルソンが用心して調べておいた二人の靴のサイズと少なくとも一致していた。ほかのものは明らかにもっと小さく、巡査部長が言うには、ラジ・ラッセルが履いていた靴と符合する。

「では、もう一人の男の靴跡についてはどうなんです？」

「その場所にほかの人間の足跡は残っていなかったんですよ」巡査部長は答えた。

「そうではなく、ボートに近づいて来た男のことを言っているんだよ。ボートが繋がれていた茂みの陰に立っていた男のことだ」

「しかし、それはラッセルのことでしょう。そこから、彼のはっきりとした足跡は見つかっていなくて……」巡査部長は不意に口をつぐんだ。「どうして彼が茂みの陰に立っていたことがわかったんです？」

「想像しただけだよ。裏づけてくれて、ありがとう。どんな足跡を手に入れているのか、見せてくれたまえ」

巡査部長はかなり渋々と四つの鋳型を差し出した――三つは左足のもので、その内の一つはほかに比べ、かなりはっきりしている。もう一つは、これもくっきりと残った右足のものだ。ウィルソンは、鮮明に写し取られた二つの鋳型を選び出した。「ほら、これだ。茂みの陰に立っていた人物のものだよ」

「ほかのものは、茂みに向かう小道の柔らかい地面から採取したものなんです」巡査部長が説明する。

「いくらか役に立ちそうなのはこれだけでして」

「これで十分だよ」ウィルソンは答えた。「ひと目でラッセルのものではないとわかる」

「でも、同じサイズですよ」巡査部長は食い下がった。

「確かに。でも、同じ靴ではない。左の踵の欠けた部分を見てごらん。それに、鋲の並び方がまったく違う」

「不鮮明な鋳型ですからねえ」

「違う靴なのは極めて明白だよ」

警察署の外に出ると、ウィルソンはしばし考え込んだ。「ラッセルに会う前に、まずはマーストンを当たってみましょう。あの口の重い若者に会う前に、できるだけ完璧な証拠固めをしておきたい。マーストンに行くのに、鉄道を使う以外の方法はありますか?」

キングドンは三つの方法を挙げた――第一、大学公園を横切る方法。第二、ニュー・マーストンを通る方法。そして第三が、数マイル上流の船着き場を経由する方法。「ニュー・マーストンを通って行ってみましょう」ウィルソンは言った。「いいですか」メソポタミア――二つの川のあいだを走り、橋を通ってニュー・マーストンに続いている小道――を進みながら、彼は言葉を続けた。「もし、殺人者がラッセルとオースティンの両方の部屋を訪ねていたなら、その晩の二人の予定を知り、単独で彼らの目的地に出向いて行ったというのも、十分に考えられることです。いずれにしろ、ラッセルの容疑を晴らしてくれる犯人の足跡に、何とか到達できるかもしれません」

忍耐強い訊き込み調査の末に、ウィルソンはやっと望む情報を手に入れた。ニュー・マーストンの小屋に住む女性が、ウィルソンの描く犯人像と合致する人間を目撃していたのだ。その男は、オックスフォードから続く小道をやって来て、オールド・マーストンの方向に折れて行った。九時まで十分に余裕のある時刻で、オースティンとラッセルがまだ、宿屋で夕食を取っているころ合いだった。その女性はもちろん事件について聞いていたが、自分が目撃した人物とその事件の関係については夢にも思っていなかった。しかし、改めて問われると、確認のために自分の亭主を呼んで来た。そして、その配偶者も同じように、見知らぬ人物が通り過ぎた時間と、その人物が〝黒人〟であったことを、はっきりと証言した。

「また〝黒人〟ですよ、キングドン」とウィルソン。「あの小道は小屋からゆうに五十ヤードは離れたところで曲がっている。我々が探している人物は、ラッセルよりもかなり色黒のようですね」

「しかし、見た目はラッセルにそっくり」キングドンは首を捻っている。「いったい誰なんでしょう?」

「まあ、可能性としてはいろいろ考えられますね。ひょっとしたら、ラッセルも今ごろは話す気になっているかもしれない。その未知なる人物がオックスフォードのどこに滞在していたのかを調べるのはあとにして、ラッセルを訪ねてみましょう」

二人は街に戻った。ウィルソンはまっすぐニュー・ロードの刑務所に足を運び、囚人に会わせてくれるよう頼んだ。しばらく待たされたあと、やっとラッセルが連れて来られ、キングドンはウィルソンを、事件に関心を持っている友人だと紹介した。

「あの件については何も話したくありません」ラッセルはそう言うばかりだ。若者は明らかに眠っていないらしく、すっかり行き詰まった様子をしている。

「これを見てもらいたいだけなんですよ、ラッセルさん」〈コーリア〉紙を手渡しながら、ウィルソンは言った。紙面を見つめたラッセルは、狐につままれたような顔で相手を見上げた。

「でも……」やっと、声を絞り出す。「両方ともぼくの写真ですよ――そちらは、かなり印刷が悪いようですが」そう言って彼は、肌の色が濃いほうの写真を指し示した。

「厳密に言えば」そう話し出すウィルソンの顔を、キングドンはまじまじと見つめていた。「きみの言うとおりだよ。こちらの写真は技術的に色を濃くしているんだ。しかし、ラッセルさん」ウィルソンの声はにわかに厳しくなった。「きみの兄弟の顔写真としては十分に用を足すのではないかな?」

「ぼくの兄弟ですって!」

「殺人事件の前にきみとオースティンの部屋を訪ねた人物、きみたちが夕食を取っているあいだにマーストンに歩いて行った人物、茂みの陰に隠れてきみがオースティンの元を離れるのを見ていた人物――きみにもわかっているはずだよ」その言葉に、若者は掌で両目を覆い、脅えと驚きが入り混じった呻きを上げた。「黙っていても何の役にも立たないんだ。無用な苦境に自分を追い込むだけなんだよ。きみが罪をかぶったところで兄弟を助けることはできない。さあ、腰を下ろして。落ち着いて話し合おうじゃないか」ウィルソンが椅子を押しやると、ラッセルはそこに崩れ落ち、両手で頭を覆った。長い沈黙が落ちる。「警察は逮捕したんですか――チャンドラを?」若者はやっとつぶやいた。

「わたしが知る限りではまだだ。でも、それは、さほど重要な問題ではない」ウィルソンは言い切った。「きみと同じように、我々にも彼がモーリス・オースティンを殺したことはわかっている。きみがどんなに頑張っても、彼のために自分を犠牲にすることなどできないんだ。それに――」と、ウィルソンは険しい目を若者に向けた。「きみの父親の名誉を守ることもできない」

「父親のためではありません」ラッセルは消え入るような声で言い返した。「モーリスの名誉のためだったんです」

「しかし、モーリスは死んでしまった」ウィルソンは声を和らげた。「きみが何を言っても、彼が傷つくことはない。法廷で小出しに真実を明かすより、わたしに話してくれないだろうか？」再び長い沈黙。

「何をお知りになりたいんです？」やっとラッセルは答えた。

「何の書類だったのかな？」ウィルソンが尋ねる。「オースティンが死ぬ前の日、チャンドラがきみたちの部屋を訪ねて見せた書類は？」

「出生証明書でした――彼とぼくの」ラッセルの声はひどく低い。「そして、ぼくの母親の結婚証明書の写し」

「双子のきみたちが、実際にはマシュー氏の嫡出の子供たちだということを示す？」

「それ以上に悪いことを示していましたよ」

「うん、そうだね。マシュー氏やほかの誰もが思っていたのとは違って、きみのお母さんはきみを産んだ直後に亡くなったのではなく、マシュー氏の再婚のあとも生きていたことを」ウィルソンはキングドンに向かってつけ加えた。「その事実については、ヒースト・アンド・トランブルが所有する書類から発見していたんです。そしてその情報が、わたしを正しい方向に導いてくれました。つまり――」と彼は、事実をまとめ上げた。「私生児だったのは、きみの友人のモーリス・オースティンのほうだった。そして、きみたちのうちの一人が法律上の相続人だった――でも、それは、どちらだったんだろう？」

「チャンドラのほうです」ラッセルは答えた。「そこが問題だったんですよ。もし、それがぼくなら、どこかに姿を消していただけです――何も言わず、モーリスも何も知らずにすんだ。でも、チャンドラだった――そして、彼はぼくに協力を望んだ――モーリスと争うために。どうしていいかわからなかった……ぼくは彼に、消えてしまえと言ったんです」

「これまで、この件については何も知らなかったのかな？」

「考えも及びませんでした」ラッセルは素直に答えた。どうやら、すっかり諦めて、すべてを話すことにしたらしい。「自分の父親が誰なのかさえも知らなかったんです。最初は、チャンドラが嘘をついているのだと思いました。それで――ひどく腹を立てて、彼を追い払ったんです。でも、チャンドラが行ってしまうと、自分のやり方がひどくまずかったことに気がつきました。彼はみんなに喋りまくるでしょうし、裁判だの何だのと騒ぎ立てることでしょう。それほどまずいことはありません。それに、モーリスのところにだって押しかけて行くかもしれませんでした。それで、彼のあとを追いかけたんです――彼が泊まっているホテルまで。そして、この件についてはもう一度考えてみる必要があると言いました。モーリスとも話し合って、どうするのが一番いいのかを考えてみると。父親が遺言で、遺産はモーリスに与えると言っているんです。どう転がっても、チャンドラの手に金が入ることはないと説明しました。でも、彼は笑って、モーリスなら簡単に自分たちに金を分け与えるだろうと言いました。ぼくたちが口を閉ざしておくことの見返りとして」

「それでは、あなたたち兄弟はオースティンを脅迫するつもりだったんですか？」

「ええ……そういうことになるのだと思います。どうすればいいのかわかりませんでした――ただ、よく考える時間が必要だと思っていました。それでやっと、次の日まで待ってくれるようチャンドラを説き伏せたんです――モーリスと話し合ってみるまではと。彼はその日出かけていて、オックスフォードにはいませんでした。次の日、夕食から戻って来たあとで会おうと、チャンドラと約束しました」

「オースティンとどこに行くのか、彼には話したのかな？」ウィルソンは尋ねた。

「はい。思ってもみなかったんです……」この情報の一片がどんな結論に結びつくのか、ラッセルが十分に理解していることは明らかだった。

「外出から戻って来たモーリスに、ぼくは話をしなければなりませんでした。彼は……とても怒っていたし、驚いてもいたんだと思います。もちろん、彼にとってはとんでもない話だったことでしょう。最初、彼はチャンドラを監禁したがりました……その後、望むだけの金を与えて事実をもみ消し、チャンドラにはどこかに消えてもらおうと言い出したんです。ぼくには賢い方法だとは思えませんでした。それより、三人で話し合ったほうがいいと思いました。

そのあとぼくは、あなたに会いに行く用事があったんですよ、先生」ラッセルは哀れっぽい視線をキングドンに向けた。「ぼくが部屋を出ているあいだに、モーリスは突然考えを変えました。ぼくの立場に気づき、まともな方向に考えを修正してくれたんです。あなたもご存知のように、何かに腹を立てたときの彼は、いつもそんな調子でしたからね。彼はチャンドラに手紙を書いていたんです。チャンドラのしたことは少しも気にしていない。もし、そうしたいなら、事実をふれ回っても構わない。自分はそのことにも、彼に対しても、まったく関与するつもりはないと。二人で川に出かけたとき、モーリスはその手紙のことを教えてくれました。そして、ぼくがチャンドラに会ったときにも、同じ態度を取るべきだと言ってくれたんです。それは、本当に――モーリスらしいやり方でした。でも、チャンドラが怒り狂うだろうことはわかっていました。それで、彼との約束を果たすために、早々にその場を立ち去ったんです」

「でも、きみは途中で戻って来たんだね？」ウィルソンが尋ねる。

「はい。偶然振り返ってみると、誰かが隠れているのが見えたものですから——モーリスが泳いでいる場所のすぐ近くの茂みの陰に。ぼくには、その人物がモーリスの服を盗もうとしているように見えました。それで引き返したんです。戻ってみると、彼はボートの中にいて、ぼくは……」ラッセルは言葉に詰まり、話を終えることができなかった。

「自分の兄弟がオースティンを絞め殺しているのを見た」ウィルソンが穏やかな声で言葉を継いだ。

ラッセルが頷く。「きみはチャンドラに飛びかかり、彼はオースティンの身体を放した。きみたち二人はボートの上で揉み合い、時計と鎖がむしり取られた。チャンドラはきみから手を放し、逃げ去った。きみはオースティンが浮いているところまでボートを漕いで行った——しかし、彼はすでにこと切れていた。それから、きみはどうしたんだね？」

「信じられませんでした……」ラッセルが言葉を絞り出す。「チャンドラは気がおかしくなっていたんだと思います。ぼくは、彼のあとを追いかけました」

「でも、見つけることはできなかった。できる限りの場所を探して、カレッジに戻って来た。次の日も探し続けた。それでも、チャンドラの姿はどこにもなく、カレッジに戻ってみると、警察が自分を探していることが判明した。きみは沈黙を守った。一部は、自分の兄弟をかばうため——」

「言いたくなかったんです——モーリスのことは」

「それに、自分の話を信じてくれる人間など誰もいないと思ったから。でも、考えてみてごらん」ウィルソンは部屋を横切り、若者の肩に手を置いた。「キングドン先生は、こんな話を聞く前からきみを信じていたんだよ。それに、幸運なことに、わたしたちはあらゆる場面で、きみへの信頼を強めていくことができた。さあ、できるだけ早く、ここからきみを出せるようにしよう。きみの立派な態度に敬意を表させてもらうよ」

「チャンドラ……もし、チャンドラが捕まったら……」二人の友人が部屋を出るとき、ラッセルが呟いていたのは兄弟への懸念だけだった。

「可哀相に」十字路に出てきたウィルソンは言った。「すぐに立ち直るにはショックが大きすぎたんだろう。あんなならず者を自分で何とかしようとしたなんて、こんな不幸なことはない。おや、いったい何事だろう?」彼は鼻先に突きつけられた夕刊を買い取った。〝殺人の容疑者、自殺〟そんな活字が躍っている。〝逮捕を逃れ、海峡船から海に飛び込む〟

「チャンドラ・オースティンだ」紙面をちらりと見やってウィルソンは言った。「ふむ、これが彼の最期というわけか」

「うまく絞首刑を逃れたというわけですね」キングドンは憮然として答えた。

「まあ」とウィルソンは混ぜっ返した。「莫大な遺産を引き継ぐ哀れな学生を、妬む必要があるとは思わないけどね」

キャムデン・タウンの火事

1

「あなた向けの騒ぎのようですね」

焼け落ちた家の周りに張られた非常線をくぐってそばに寄って来たジェネラル保険会社のグリフィス氏に、ロンドン消防隊の隊員が声をかけた。男がもの問いたげな視線を向けてくる。

「放火ですかね?」グリフィス氏は囁いた。「そんなところじゃないかという気がしていたんですよ。だから、こんなに慌てて駆けつけて来たんです。三月二十四日に起こる火災には注意するよう常々言われていましたから。ゴールドスタインさんの仕事があまりうまくいっていないという話も何度か聞いていましたし。あなたも怪しいと思いますか?」

「まあ、怪しいでしょうね」消防隊員は答えた。「もちろん、まだはっきりしたことは言えませんが。そのうち正式な報告が出ますよ。ただ、少しばかり状況がおかしいということは、断言できますけどね。一つには、少なくとも二カ所から火が出ている。第二には、何か手を加えなければ、ここまでひどく焼けることはないということです。ほとんどが木綿のような安っぽい布地ばかりなんですから。

もちろん、非常に燃えやすくはあるが、ここの焼け具合ときたら燃料店や染料店並みだ。たぶん、灯油でも振り撒いているんじゃないですか。そもそもの出火の原因はまた別の問題ですが――近所の住人の話だと、お宅のお客のゴールドスタインさんは留守だそうですね」

「まったく！　厄介なことだ」不在中の店主の気持ちなどまったくお構いなしにグリフィス氏は言った。「留守にしている人間が、自分の家を焼き払うなんてことはあり得ませんな。報告書はいつごろでき上がるんですか？」

「ああ、すぐにできますよ」消防隊員が答える。「今のところ、現場はまだかなり熱を持っていましてね。でも、雨になりそうですから、それで熱が取れるでしょう。おや！　どうしたんだろう？」焼け焦げた建物の向こう端から、深刻な顔つきの消防隊員が二、三人、何事かを話し合いながら出て来た。見ていると、その内の一人が向きを変え、非常線の警備に当たっている巡査部長に近づいて行った。巡査部長は即座に、その消防隊員とともに建物の中に戻って行く。もう一人の隊員が二人のもとに近づいて来た。

「何があったんだ？」グリフィス氏と話をしていた消防隊員が尋ねた。

「死体が見つかった」簡潔な答えが戻ってくる。「ベッドで焼け死んだようだ」

「何てことだ！」二人は暗黙の了解のうちに会話を打ち切り、建物の中に入って行った。巡査部長と消防隊員の一人が立ったまま、残骸の中に埋もれたようになっている丸こげの遺体を調べていた。

「可哀相に、女性の遺体ですよ」巡査部長が言った。「ベッドの中で焼け死んだらしい。ほら、ベッドの横木の一部がある。こっちは焼け焦げた毛布だ」

「ではきっとホリス夫人でしょう」巡査が横から口を挟んだ。「ゴールドスタインさんのところの料理人です。でも、夫婦で週末の休暇に出かけていたと思うのですが。ホリスがその予定だと話していましたから」

「で、ゴールドスタインさんのほうは？」

「ああ、彼なら二日前に出かけていいます。確か、火曜日までは戻らないはずです」

「それなら」と巡査部長。「ホリスの死体もここにあるんじゃないのかな？　もっとよく調べてみよう」

「その必要はないようですよ」通りのほうを見ていた巡査が答えた。「ほら、そのホリスです。非常線をくぐろうとしている」

「ああ！」素早く非常線のほうに移動しながら巡査部長は声を上げた。「気の毒に！」

通りにたどり着いた一行が向き合ったのは、ひどく取り乱した小男だった。火事の知らせを聞いたとき、ロバート・ホリスはベッドの中にいたのだろう。髭を剃ることも、いつもの身繕いも終えぬまま、駆けつけて来たのに違いない。ネクタイはひん曲がり、チョッキのボタンも半分は外れている。

彼は、必死の形相で巡査部長の制服につかみかかった。

「巡査部長！　わたしはたった今、聞いて――妻が――」

あれこれ言葉を繕っても仕方がない。巡査部長はいきなり本題に入った。「非常に申し上げにくいのですが、ホリスさん、この建物の中で焼死した方がいらっしゃるようです。もし、奥さんがここに――」

「ああ！」小男は悲痛な呻き声を漏らした。巡査部長がしっかりと支えなければ、その場に倒れていたことだろう。巡査部長の合図で、巡査はブランデーの小瓶を取り出した。「落ち着いて。これをちょっと飲んで下さい、ホリスさん」

ホリスは弱々しくその小瓶を押しのけた。ショックで頭が朦朧《もうろう》としているようだ。「わかっていれば！」男が呻く。「彼女のそばを離れなかったのに！　ああ、どうして一緒にいてやらなかったんだろう？　わたしが妻を殺したようなものだ！……彼女に会うことはできますか、巡査部長？」ホリスは不意に尋ねた。

「中に入っても仕方ありませんよ、ホリスさん」上出来とは言えない思いやりから巡査部長はそう答えた。「消防隊員以外には安全ではありませんから。警察署に担架を取りにやらせています。奥さんが中から運び出されたらすぐにお会いになれますよ。これをちょっとすすって、静かに座っていたほうがいい」巡査部長は煉瓦の山を指し示した。ホリスは素直に小瓶からブランデーをすすり、腰を下ろした。両手で頭を覆い、銃で撃たれたウサギのように、かすかなすすり泣きの声を上げている。人々はいたたまれない気持ちで無言のまま、男を取り巻いていた。

やがて、ホリスは頭を上げた。「どうして――何が原因で火が起こったんです？」

「その点はまだわからないんですよ」巡査部長は答えた。「あなたが少しでもヒントを与えてくれなければ」

「わたしには見当もつきません」ホリスが呟《つぶや》く。「オージャーさんが今朝やって来て、家が焼け落ちたと知らせてくれるまで、何も知らなかったんですから」

「では、ホリス夫人はどうしてここに一人でいることになったんですか？」

「彼女は具合が悪かったんですよ」ホリスは悲しげに答えた。「ゴールドスタインさんが週末の休暇をくれたものですから、わたしたちは、コナート・ストリートにある妹の婚家、ハバック夫人の家で過ごすことになっていたんです。昨夜、その家ではわたしたちのためにパーティが開かれていました――カードとか音楽とか、そんな類《たぐい》のものです。家内は夕食のときに少し気分が悪くなり、横にならなければなりませんでした。少しすれば良くなるだろうと思っていたのですが、そうはいきませんでした。最終的に、彼女は家に帰ると言い出しました。家内はいつもそうだったんです」ここに至って、ホリスはすすり泣きの発作のようなものに襲われた。「具合が悪くなると、家以外の場所では我慢ができなくなるんです。それで、わたしは家内を家に連れ帰り、彼女のために火を起こしてお茶を入れ、寒くないよう毛布で包み込みました。わたしは彼女と一緒にいたかったのですが、家内は聞き入れませんでした――妹の家に戻るべきだ。せっかくのパーティを台なしにしないでくれ。朝までには良くなっているから、と言って」

「それで、あなたは戻られたんですね？　何時ごろでしたか？」

「十時十五分前くらいだったと思います」ホリスは答えた。「わかっていたら、決して二度と家から出たりしなかったのに。でも、彼女は大丈夫だと言ったんです。眩暈《めまい》の発作のようなもので、よく眠ればすぐに治るからと」彼は再び、両手の中に顔を埋《うず》めた。

「なるほど」と巡査部長。「では、あなたとしては火事の原因に心当たりはないのですね。火のそばに紙を置きっ放しにもしていませんね？」ホリスは悲しげに頭を振った。「いいえ。どうして火が出たかなど見当もつきません。もし、家内が何らかの理由でベッドから起き出して、火のつきそうなものを置きでもしない限り」

「わかりました。あなたがご存知の範囲で、建物の中に灯油のようなものはありますか？」

「ええ、よく知っています。ゴールドスタインさんは、ランプとか石油ストーブなんかが好きで、店の奥に大量の灯油を置いていました。この前の水曜日に、新たに一樽仕入れていました」

「季節勘定日（英国では三月二十五日、六月二十四日、九月二十九日、十二月二十五日。一年の四分の一を区切る日として、支払い日などとされる）の三日前ですよ」グリフィス氏の囁きに巡査部長が頷く。

「と言うことは、予備が少なくなっていたのでしょうか？」

「いいえ。まだ十分にありました」質問の意図に深く注意を払わない人のように、ホリスは反射的に答えた。

「ふむ。ゴールドスタインさんは今、留守にしているんですよね？　彼の居場所をご存知ありませんか？」というのが、次なる質問だった。

「サウスエンドのどこかだったと思います。住所は残していません。火曜日には戻る予定でしたから」ホリスはそう答えたが、突然、目でも覚めたようなそぶりを見せた。「どうしてだ？　おかしいな。わたしはてっきり――」

しかし、ちょうどそのとき、担架を持った警察の外科医が到着して、会話は中断された。聞き手の二人は外科医に注意を移し、混乱の中、ホリスが言いかけた言葉はそのまま聞き流された。そして、それ以上追及されることもなく、ホリスは仮死体置き場まで妻の亡きがらにつき従って行くことになった。

巡査部長は、まだ火災現場の跡を調べている消防隊員のもとに戻って尋ねた。「放火だと思うかい？」

「そのようですね」消防隊員はそう答え、すでにグリフィス氏に説明していた根拠を繰り返した。

「この混乱した現場の熱がもう少し取れれば、報告書を出しますよ。明日までには大丈夫だと思います」

「ふむ。もし灯油が使われていたなら殺人事件になる。あの気の毒な夫人の亡きがらが出て来たとなれば。署に戻って、警部に報告したほうがいいな。あなたにもご足労をお願いすることになりますよ」巡査部長はグリフィス氏に向かってそうつけ加えた。「この場所は現在、一般人に対しては立ち入り禁止になっているはずですから。消防隊の見解についてはあなたも入手するんでしょうが、気の毒な夫人の死については何の関心もないんじゃないですか？　彼女があなたのところで保険に入っていたのでもなければ」

「ええ、うちには加入していません。もし、保険をかけていたなら、ほかの会社の仕事でしょう」グリフィス氏は、背を向けながらそう答えた。

「ところで」と巡査部長がさらに問う。「ゴールドスタインは、あなたのところでどのくらいの保険に入っているんですか？」

「五千ポンドです。我々としては、この不景気に失いたくはない金額ですね」

「そしてあなたには、彼が苦境に陥っていたと信じる理由がある？」

「特にはないですよ。金に困っているという噂がこの辺りで流れているという警告は受けていましたし、確かにこのところ、彼から保険料を徴収するのに苦労はしていました。しかし、このまま続けていくのに問題点があったわけではありません。そうしたことについては、我々よりもこの辺りの警察の方のほうが詳しいんじゃないんですか」

「それは、どうも。我々としては、ゴールドスタインがどこにいようが、彼と連絡を取らなければならないんです。ホリスが居場所を知っていればよかったんだがなあ」

2

同じ日の午後、ベッツ警部は警察署の私室で、夕刊紙曰く〝キャムデン・タウンの悲劇〟に関する書類の山に目を通し、故人の取り乱した夫から事情聴取を試みていた。消防隊からの報告書が届いたばかりで、出火原因に関しては、不審火である疑いはほとんどないと結論づけられていた。当然、この報告書は報道機関には公表されていないが、いつものごとく、警察はこの結論に満足していないという趣旨の噂が広がり始めていた。そのいくつかはロバート・ホリスの耳にも届いていたようで、彼の胸を破らんばかりの悲しみを、妻の死という事実を徹底的に調べさせようとする、少し滑稽ではあるが決して見苦しくはない決意に変容させていた。「彼女は、世の夫が持ち得る最高の配偶者でした」彼は繰り返しそう訴えた。「それに、彼女に恨みを持つような人間もいません」しかし、彼が警察に提供できる情報はそれだけだった。妻を家に連れ帰ったときも、再び家を離れるときも、彼は誰も見ていなかった。火の粉が飛びそうな場所に、燃えやすいものを置いたりもしなかったと断言している。

「ゴールドスタインさんの居場所がわからないというのは残念ですね」警部は溜息をついた。「行き先を聞いていないのは確かですか？」

「サウスエンドとしか聞いていません」ホリスが答える。「火曜日には帰って来る予定だったんです。でも、彼だって新聞を読むんじゃないですか？　そしたら、自分で戻って来るでしょう――もし、サウスエンドにいるんだとしても」

「もし、ですって？　どういう意味です？　確かな情報ではないんですか？」

「彼は自分で、週末中そこにいると言っていたんですけどね」ホリスの声は疑わしげだ。「でも、そうだと知らなければ、昨夜、キャムデン・ロードで彼を見かけたと誓うところですよ」

「キャムデン・ロードで？」警部はさっと視線を上げた。「いつのことです？」

「ちょうど、妻をベッドに入れて、家から出たときです。もちろん暗かったですから、よくは見えませんでしたけれど。でも、わたしがゴールドスタインさんだと思った人物は、あの狭い脇道の一つ――ウェルベック・ガーデンズだったと思いますが――から出て来て、通りの左右を何度か見回したあと、足早に立ち去ったんです。とても追いつけないほどの早さでしたよ。でも、そのとき、近所にこれほどゴールドスタインさんにそっくりな人間がいるなんて不思議なものだと思ったのを覚えています」

「〝通りの左右を見回していた〟と言うのですね？」警部が尋ねる。「どんな具合にです？　誰かを探していたという感じですか？」

「ええ、まあ」ホリスは考え込んだ。「でも、どちらかと言えば、そこにいないはずの人間を探しているという感じでしたけれどね、おわかりいただけるといいんですが。誰もいないのに、あたかも人で溢れてでもいるかのように」

「う、うーむ」警部は首を捻った。しかし、そのときは、その点を追及する時間はなかった。ドアをノックする音が響き、当のゴールドスタイン氏が到着したと巡査が告げたからだ。まさかのタイミングで、焼け落ちた布地店の店主が現れた幸運に感謝しながら、警部はその人物に中に入るよう命じた。

景気のいい時期のモリス・ゴールドスタイン氏なら、小柄ではあるが、口達者で小洒落たユダヤ人だったのだろう。三十五歳から四十歳くらい。しかし、焦りと脅えがその外見を損なっているのか、息を切らせて警部の私室に飛び込んで来たのは、かなり身なりの乱れた涙目の小男だった。

「な、何があったんです？」普段はしっかりと抑え込んでいる舌もつれも露わに、男は喘いだ。「いったい、どういうことなんですか？」と、不意にホリスの姿に目を留めると、苛立たし気な、そして不運なことには荒々しい声で相手を怒鳴りつけた。「おまえはいったい何をしていたんだ、ホリス？」

「心外ですな！」激怒した夫は顔を真っ赤にして言い返した。「あなたこそ何をしてらしたんですか、ゴールドスタインさん？　あなたの家から火が出て、わたしの妻が焼け死んだんですよ！　昨夜、キャムデン・ロードで何をしていたんです？」

ゴールドスタイン氏はあんぐりと口をあけ、顔色を不健康な黄色に変えた。「何を言っているんだ！　わたしはこの近所にはいなかった！　嘘つきめ！」彼は喘いだ。

「いましたとも！　わたしに見つかったんで、慌てて裏道に引っ込んだんだ！」胆《はら》を決めたホリスは、怒れる小型犬のように相手を睨みつけて言い返した。「どういうことだったのか、ご説明願いたいですね！」

「まあまあ、そのくらいにして」警部が割って入った。「わたしがここで確認しますから。さて、ゴールドスタインさん、わたしはあなたを昨夜焼け落ちた建物の持ち主だと理解しておりますが、よろしいでしょうか？」

「え――ええ」噛みつかれるのを警戒でもするかのように、ゴールドスタイン氏はロバート・ホリスに目を据えたまま、どもりがちに答えた。

「火が出たとき、あなたは現場にはおられなかった？」

「え、ええ――。家の付近にはいませんでした」

「どこにいらしたんです?」

「サウスエンドです。ちょうど戻って来たところで。新聞でニュースを見たんですよ」

「お友だちとご一緒だったんですか?」

「え、ええ――」

「住所を教えていただけますか?」

ゴールドスタイン氏は素直に教えた。「で、でも――」どうにも乾いてしまうのか、しきりに唇を舐めながら彼はつけ加えた。「昨日の晩はそこにはいませんでしたが」

「おや! それでは、どこにいらしたんでしょう?」

「わ、わたしは――、午後遅く、散歩に出かけたんです。それから映画を見に行って、真夜中まで戻りませんでした」ホリスが部屋の隅から鼻を鳴らした。小さくはあるが聞き違えようのない音だった。

警部がじろりと睨みつける。

「結構。ありがとうございました。お話は伺っておきましょう。ところで、ゴールドスタインさん、こちらの男性が昨夜十時ごろ、キャムデン・ロードであなたを見かけたと言っているのですが。そこにはいらっしゃらなかったということですね?」

「もちろん、いませんでしたよ。サウスエンドにいたとお話ししたじゃないですか。わ、わたしは――ロンドンにはいなかったんです」

「では、火事がどうして起こったかについても、心当たりはない」

「まったくありません。あの家は無人で、しっかりと鍵がかかっていたはずです」

「なるほど。では、ゴールドスタインさん、今のところあなたに伺いたいことは以上です。でも、遠出はしないでください。必ず、もう一度、お話を伺う必要が出てくると思いますから。では、ホリスさん、また少しお話をお聞きしましょう」そこで警部は、まだ震えている布地屋は脇に置いて、ホリス自身を満足させるためにも、キャムデン・ロードでの不可思議な遭遇について、彼に繰り返させた。「あえて言うなら、ぎょっとした男の顔でしたよ」長時間、存在を忘れられていたあいだに、彼は思い出していたのだろう。「それに、あえて言うなら、見え透いた嘘です。これほど老け込む前のゴールドスタインさんと言葉を交わしていたとしても、少しも驚きませんね。この状況をロンドン警視庁に知らせたほうがいいと思いますよ」

3

「やあ!」コルドナル・ストリートに張られた非常線の外で、グリフィス氏は、友人であり同業者でもあるシティ・アンド・リージョナル保険会社のエドワード・マリー氏に出会い、声をかけた。「きみの仕事もこの事件に関わっているのかい?」

「ああ」と相手が答える。「亡くなった夫人の保険を扱っていたからね。そんなに大した額ではないし、わたしが知る限り、手続きにまったく問題はない。でも、きみがこの事件を調べていると聞いて、来てみようと思ったんだ——うちの会社は他社に比べると、払う必要のない保険金を支払うことにあまり注意していないようだから。放火だと証明しようとしているんだろう?」

「まさしく」グリフィスは答えた。「うまく行きそうだとも思っているよ」満足感を隠しきれない様子で彼はつけ加えた。「今朝、あの建物の持ち主のゴールドスタインが逮捕されたのは聞いているだろう？」

「ああ。経済的な危機から抜け出すために、あんなことをしたんだろう、違うかい？」

「うん。ただ、ほかにも理由はある。聞き取り調査をしていたうちの会社の人間が、それ以上に深い事情があることを突き止めたんだ――少なくとも、世間の噂が本当ならね」

「的中率はだいたい二パーセントくらいだな」マリー氏が物知り顔で言った。「今度はどんな噂なんだい？」

「あのゴールドスタインが若い女とつき合っていて、相手を妊娠させたそうなんだ。それで、その女が、金を絞り取ろうと彼を締めつけているらしい。よくある話さ。まあ、いずれにしてもわたしは、モリス・ゴールドスタイン氏に支払われる保険金を、何とか喰い止めようとしているんだよ」

「なるほど。わたしとしては、きみの幸運を祈るべきなんだろうね。ただ、正直なところ、別の証拠を見つけ出してくれたらありがたいんだが」

「どうしてだい？　きみはゴールドスタインの友だちなのかい？」

「まさか。でも、わからないかい？　もし、きみたちがゴールドスタインに有利になるようなことを見つければ、我々にとってはちょっとばかり不都合なんだよ」

「きみたちにとって？」

「いかにも。もし、ゴールドスタインがあの女性を焼死させたとなれば、我が社は事故と同等の保険金を支払わなければならなくなる。我々両社にとって、唯一損失を免れるチャンスは自殺だった場合さ――彼女が自分で火をつけた場合。きみの会社の人間が、同じ見解を取ってくれることを望みたいね」

「自殺とは嫌な考えだな」二人とも強欲ではあったが、相手ほど薄情ではないグリフィスは、小さく身震いをした。「と言っても、あまりありそうにはないな。いいや、マリー、我々はそれぞれの考え方にこだわることにしよう。でも、中で焼け跡を突き回している犯罪捜査課の人間がいるんだ。彼がどう考えているか、訊いてみるといい。わたしは、その人物が中から出て来たときに何か教えてくれるんじゃないかと思って、ここでぶらぶらしているんだよ。自分たちがどんな状況にいるのか、わたしたちだって知りたいよな」

二人の専門家は、警察の警備が解かれるまで、辛抱強くじっと待っていた。やがて、四十歳前後の、細身でよく動き回る男の姿が垣間見えた。一般人とは異なる鋭く知的な顔立ちに、落ち着いた灰色の目が輝いている。グリフィス氏は相棒に、その人物を犯罪捜査課のウィルソン警視だと紹介し、何か新しい発見はあったかと尋ねた。「こちらのマリーさんは、放火か自殺という判断を期待しているのですが」とつけ加える。

「おや、おや。あなたは、気の毒なご婦人をそんなひどい方法で自殺させたいのですね」ウィルソンは答えた。「しかし、わたしには検視官に先んじる権利はありませんよ――ことに、自殺に関しては」

「どうやら、何も漏らす気はなさそうだな」ウィルソンのことを以前から知っているグリフィスは、内心そう思った。「放火についてはどうです？」彼は声に出して尋ねた。

「ふむ、近所中がそんなふうに言っているようですね。わたしとしては、どんな程度の秘密も漏らせないんですよ」ウィルソンは微笑みながら言った。「たとえ、放火の疑いがあったとしても。明日、死因審問が予定されていますから、そのときに全部わかりますよ。それでは」

「たとえ、きみのお高くとまった友人に言えるのがそれだけだったとしても」マリーは立ち去りながら文句を言った。「わたしはそれにすがりつくぞ。傍聴のために午前中の半分を費やすだけの価値があるなら」加えて彼は、自分がウィルソンに与えた印象が決してよいものではないことも確信していた。

「思いやりのない悪鬼どもがこぞって」と、午前中のロンドン警視庁で、ブレイキー警部と議論をしていたウィルソンは言った。「わたしに保険会社を薦めるんだ。この仕事では、ごく普通の人間としての感情を脇に置いておかなければならないのかもしれない。しかし、少なくとも我々は、座っていくら絞り出せるかの計算なんかはしていない。グリフィスは比較的無害だ。でも、もう一人のほうは、気の毒な婦人の夫に何とか保険金を支払わなくてもすむ口実を、わたしの口から引き出すことだけを望んでいた」

「それで、何か教えてやったんですか?」

「いいや。いずれにしろ、与えてやれる情報があったわけではないからね。焼け跡が不思議と何も語ろうとしないんだ」

「では、放火ではないんですか?」

「いいや、放火だと思うよ。消防隊の人間はそうだと確信している。何と言っても、彼らの専門分野だからね。それに、自分でも、火が数カ所から出ていることは確認できたし。わたしがしようとしているのはそういうことではなくて、誰の仕業なのかを示す証拠を手に入れることなんだ。でも、何もつかめていない。もし、これがもともと何であったのかが判明できなければね」ウィルソンはそう言って、ポケットから煤けて黒くなった二、三の金属片を取り出した。

「コートの金ボタンか何かみたいですね」とブレイキー。「それがどうしたんです?　コートは見つかったんですか？」

「いいや、焼けてしまっている。実際、最初に火が出た場所と思われる場所の一つで焼けていた。少なくとも、わたしがこのボタンを見つけたのはその場所だった。もちろん、こんなことは何の役にも立たないのかもしれないが」

「では、ゴールドスタインの仕業だとは思っていないんですか？」

「いいや、それはあり得る――〝あり得る〟以上だ。しかし、少なくとも、それなりの機会があったはずなんだ。それがまだ、まったくつかめていない。ベッツは優秀な人物だが、刑事というよりはブルドッグのようなやつだからな。あの小柄なユダヤ人を心底脅えさせてしまったらしい」

「でも、状況証拠としてはかなり強力ですよ」とブレイキー。「ベッツが、シェンシンガーとかいう女との関係を突き止めた今となっては特に」

「そうだね。でも、もう少し詳しく調べてみたいな」

4

同じ朝、マイケル・プレンダーガスト医師は、ある事務弁護士の訪問を受けて非常に驚いていた。プレンダーガストは、最近ハーレイ・ストリートに看板を掲げた〝新進気鋭の〟若い医者だ。〝名を上げる〟という感覚が、有名になった暁には無為に対する代償なのだろうかと思い始めたところだ。訪問者のほうは、明らかに二流以下の弁護士といった風貌。怪しげな金融関係の訴訟で、かろうじて法に引っ掛からない程度の仕事をしている被告側関係者を連想させるような人物で、ハーレイ・ストリートをたびたび訪れるようなタイプには見えなかった。しかし医者は、訪問者の用件を知ってさらに驚いた。どうやら、このみすぼらしい紳士は、自分のためではなく、モリス・ゴールドスタインという友人のためにやって来たらしいのだ。その人物は現在、殺人と放火の罪で裁判を受けるべく収監されている。そして、この弁護士に、世界でたった一人の友人と言えるプレンダーガスト医師に、巻き込まれてしまった状況から救い出してくれるよう、至急頼み込んでくれと懇願したのだと言う。少しのあいだ、マイケルにはゴールドスタインという人物が思い出せなかった。が、突然、ある雪の夜の出来事が脳裏に甦った。ロンドンに出てきたばかりの浮かれた医学生だったころのこと。当時の医学生たちがことさら楽しんでいたような、ばかげた喧嘩騒ぎに加わったあとのことだ。打ちのめされ、半分酒も残ったままの無意識状態で、ノース・ロンドンのある家の玄関先に置き去りにされていた。ここで彼は、いささか古臭い感覚の持ち主であるユダヤ系市民に発見されたのだ。その人物は、彼を家に運び入れただけでなく、暖を取らせ食事を与え、傷の手当てのために医者まで呼んでくれた。さらに、肺炎の酷い症状が完全に消えるまでの三、四日間、彼を家に置いて看病をしてくれたのだ。そのとき、モリス・ゴールドスタイン氏が命を救ってくれたのだと言っても決して大げさではない。少なくとも、今、この状況で、マイケルに便宜を図ってくれるよう要求できるだけのことを、彼はしてくれたのだ。弁護士がほのめかしたように、もし彼に友人もなく、経済的にも苦しい状況で、無実であるにもかかわらずかなり信憑性の高い証拠で告発されているのであれば、なおさらのこと。マイケルが感じているほどには雇い主の無実を信じていないらしい、ろくでもない弁護士を選んでしまったのでは、その人物から義務以上のものは見込めない。そういうわけで、まずは救済の手始めとして、プレンダーガストはものの数分のうちに、弁護士と一緒にタクシーでブリクストン刑務所に向かっていた。

「ゴールドスタインと話をするあいだ、看守がそばにいるはずです」弁護士が言う。「でも、連中はさほど聞いてはいませんから」刑務所のシステムについて、自分でももっと知っていればよかったとマイケルは思った。

様々な手続きを踏んだ末にやっと会えたユダヤ人は、痛々しいほど惨めに脅えきった小男だった。そして、こんなにも早い到着を延々と感謝する相手の言葉を遮り、問題の核心に切り込むのにも、ずいぶん時間がかかった。マイケルが知ったところによると、ゴールドスタイン氏にとっては彼が唯一の頼りであり、考えられるただ一人の救済者だった。惨めなゴールドスタイン氏は一人ぼっちで、友人もなく、経済的破綻と同様、瞬く間に彼を刑務所へと送り込んだ残忍で非情な陰謀の犠牲者だった。この危機的状況を考えれば、相手につかみかかり、慄くばかりの身体に勇気のいくばくかでも注ぎ込んでやりたい誘惑に負けそうになる。それでも何とか自分を抑え、もっと詳しい話をしてくれるよう繰り返し頼み込んだ。その結果、読者がすでに知っているような状況を次第に理解していくことになった。

「うーむ」マイケルは少しのあいだ考え込んだ。「では、警察があなたに不利な状況としてつかんだ事実というのは、こういうことですね。あなたは経済的に難しい状況に陥っていた――季節勘定日に勘定を払うことができなかった。さらに、あなたはそのシェンシンガーという女性の要求を恐れていた」ゴールドスタインは指摘のたびに惨めったらしく頷いた。「家にまだ予備があるのに、灯油の大きな樽を買い込んでいた」

「まだあるなんて知らなかったんですよ」ゴールドスタインが口を挟んだ。「頼まれたときに注文するんです。自分で行って、在庫を調べるなんてことはしません」

「あなたは週末、家を空けていた。あるいは、空けるつもりでいた。だから、もし、ホリス夫人の具合が悪くならなければ、あなたの家には誰もいないはずだった。その後、あなたはサウスエンドに出かけた。しかし、火事が起こる少し前、家の近所に潜んでいたのを目撃されたことになっている。そしてそれは、あなたがサウスエンドにいるのを誰も目撃できない時間でもあった……。うーん、確かに不利な状況が揃っているな。でも、どれも決定的だとは思えない。結局、あなたがやったなんて、誰にも〝証明〟できないんですから。ぼくのアドバイスとしてはゴールドスタインさん、あなた自身がしてきた話を主張し続けることですね。ひょっとしたら、サウスエンドの映画館であなたを見たことを思い出してくれる人物が現れるかもしれないんですから」

「ああ、でも、そんなことは誰にもできないんですよ！」ゴールドスタインが絶望的な声を上げた。

「えっ、どういう意味です？」

「そんなところにはいなかったからですよ、プレンダーガストさん」ゴールドスタインは、聞き取れないほど小さな声で囁いた。「わたしはとんでもないばかだったんだ。警察から最初に尋ねられたときには、告発されることになるなんて思いもしなかったんです。あとになってひどく驚いて、どうすればいいのかわからなくなったんですよ。でも、これからあなたにお話しします。わたしはサウスエンドにはいませんでした。ロンドンにいたんです。あの夜、キャムデン・ロードでホリスが見たのは、このわたしです」

「でも、あなたは否定したんじゃ――」

「ええ、否定しました。でも、それは嘘だったんです。少しのあいだだけ、わたしの話を聞いてください、プレンダーガストさん。どうしてこんなことになったのか、お話ししますから。あの日の午後、わたしはサウスエンドにいました。そこに、ミリアム・シェンシンガーという女から電報が届いたんです。非常に深刻な事態が発生したので、すぐに会いに来いという内容でした。それでわたしは、九時半ちょうどに、ウェルベック通りにある彼女の住まいでその女と会わなければならなかったのです。ミリアム・シェンシンガーのことなら、わたしにはよくわかっているんです、先生。必要がないなら一ペニーだって払わない女なんですよ。そんな女が電報を送って寄こしたんです。事態が深刻なのは間違いありません。放っておこうなんて思いもしませんでしたよ。何が起こったのか確かめなければなりませんでした。ひょっとしたら、彼女の夫にわたしたちのことがばれたのかもしれません。もしそうなら、わたしはそいつに殺されてしまうでしょう。それで、大急ぎでロンドンに戻り、彼女の家に出向いて行ったわけです。でも、家の中は真っ暗で、何の返事もありませんでした。あまり長い時間うろついているのは見られたくはありませんでした――怪しまれない程度の時間だけ待って……引き返し、サウスエンドに戻りました。ホリスがわたしを見たのは、そのときでしょう」

「それで、こんな大事なことをずっと黙っていたんですか？ 嘘までついて？」いかに世間知らずのマイケルとは言え、この話で事態が好転するとは思えなかった。

「ええ。でも、尋ねられたときには、ミリアム・シェンシンガーとのことは、誰にも知られてはならないと思ってしまったんです。今となってはもちろん、警察もみんな知っていますよ――そしてわたしは、絞首刑に処せられるんです。でも、先生、誓って言いますが、わたしは何もしていません――本当です――誓って、今お話ししたことは、すべて本当のことなんです！」

「その電報はどこにありますか？」マイケルは尋ねた。すべての事実を確認するまでは、ゴールドスタインの話を信じるか否かを考えても意味はない。しかし、布地屋は絶望的な顔で両手を上げた。

「焼いてしまいました。中身を読んでしまったあとは、そんな手紙を残しておいたりはしませんから。でも、内容なら覚えていますよ――全部、この頭の中に残っています！　こう書いてありました。『ゴールドスタイン　サウスエンド　ヴィラス通り二十二。今夜九時半、必ずウェルベックに来られたし。災厄の前兆あり。ミリアム』余計に金を払ってまで、災厄云々なんていう言葉をつけ足したんです。深刻な事態なのだと思いました」ゴールドスタインは溜息をついた。

「相手の住所はなかったんですか？」

「ええ。でも、彼女の勤め先があるハイ・ホルボーンの郵便局に差し出されていました。少なくとも、彼女に怪我はないのだと思いました」そう言ってゴールドスタインは、不安げにマイケルの顔を伺った。「あなたは――いいや、あなたはわたしを信じてなどいないんでしょう！　でも誓って――もう一度誓いますが、これはみんな本当の話なんです！　家に火などつけていません。そこに行ってさえいないんです。あなたが信じてくれないなら、ロンドン警視庁のウィルソンとかいう男が信じてくれる可能性がどれほどあると言うんです？」今にも泣き出しそうな勢いだった。

「ウィルソンですって！」マイケルは藁にもすがる思いでその言葉に飛びついた。「彼のことなら知っていますよ！　あの人が担当している事件で、一度手伝ったことがあるんです。無実の人間に罪を着せるなんて絶対にしない人です。あなたのお話が本当にすべて真実なら、あなたにできる最善のことは、それをウィルソン自身に話すことです――お望みなら、わたしが話してもいいですよ。彼なら、その話を最大限に活かしてくれるでしょう。それが、あなたにとって一番いいことです」

ゴールドスタインはひどく驚いたようで、思い切ってそうしてみることを躊躇《ためら》っている。しかし最後には、今話したことはすべて真実で、この事件に関しては完全に潔白であることを単につけ加えただけで、ウィルソンに知らせることを承諾した。

「ところで」立ち去ろうとしたマイケルは、ふと思い出した。「シェンシンガー夫人はあの夜、どこにいたんです？　あなたが彼女に会えなかったときのことですが？」

「さあ、わかりません」小柄なユダヤ人はぼそりと答えた。「わたしは彼女に会おうとしましたが、あの女は家にいなかった。周りに気づかれるのが嫌なので、あまり大騒ぎはしたくなかったんです。あとでもう一度行ってみるつもりでしたが、逮捕されてしまいました」

それでも、彼女はどこかにいたはずだ。マイケルはそう思った。そして、あんなにも強引に取り付けた約束を自ら破った理由も、それなりにあるはずだ。ひょっとしたら彼女が、この問題すべてを解決する鍵を握っているのかもしれない。いずれにしても、当たってみる価値はある。ゴールドスタインから女の住所を訊き出したマイケルは、ウィルソンを訪ねる前に、彼女の家に寄って事情を聞いてみようと心を決めた。

しかし、結果はひどく失望するものだった。会った瞬間からシェンシンガー夫人のことは好きになれなかった——赤毛で赤ら顔、がっしりとした大柄な体格のユダヤ人で、明らかに情緒不安定。彼女なら、モリス・ゴールドスタインをふた口で食べてしまえることだろう。一瞬、あの小男の趣味を疑ってしまったほどだ。加えて、この女にどう対処したらいいかも見当がつかない。女は、マイケルが現れた瞬間から敵意を丸出しにして、いつ粉挽き棒か何かで頭を殴りつけてきてもおかしくない状況だった。しかし、彼女がやっとマイケルの用向きについて話をすることを承諾したとき、その攻撃的な態度よりずっと深刻だと判明したのは、彼女が電報のことなどまったく知らないと言い張ったことだ。一週間以上、モリス・ゴールドスタインには会っていないし、噂も聞いていない。あんな男の顔など見たくもないし、話もしたくない。心の狭い臆病者で、その上、恐ろしいほどのケチ。男に対する嫌悪感がその知人全員にまで広がっていることを、彼女は隠そうともしなかった。電報など送っていないと言い張る女からは、これ以上何も引き出せそうにない。マイケルが引き上げざるを得なくなるまで、彼女は頑として同じ態度を貫き通した。立ち去り際、彼はもう一人の訪問者が玄関口に佇んでいるのに気がついた。髪が薄くなり始めた小男で、その顔にはどこか見覚えがあるような気がした。

ウィルソンの居場所を探すあいだ、マイケルはがっくりと気落ちしていた。これまでにしてきたことと言えば、ゴールドスタイン弁護のための最後の砦を破壊しただけのように思われた。どれほど愚かな犯罪者が、いかに昔の貸しがあるとは言え、殺人の罪を隠すためにハーレイ・ストリートの医者を利用するのが便利だなどと考えるだろう。そんなことは思いもしなかったからこそ、女を訪ねることまでしたわけだし、あの小男に対する疑いも持たなかったのだ。そうでなければ、間違いなくゴールドスタインが犯人だと思ったことだろう。電報という弁護のための証拠が崩れてしまったあとでは、なおさらのことだ。ロンドン警視庁の自室にいたウィルソンをやっと見つけたマイケルは、そのような話を相手に伝えた。

「まあ、いずれにしろ、その点についてはこちらで調べることができるよ」そう言ってウィルソンは机の上の小さな呼び鈴を鳴らし、姿を現した部下に短い指示をいくつか与えた。「少し待っていてもらえるかな、マイケル？　きみの信じられないほど愚かな恩人が、ほかにも作り話を披露していないか考えてみよう。頼むから、ちょっと静かにしていてくれたまえ。考えたいんだ」

マイケルは言われるまま静かに座っていた。ウィルソンは半分目を閉じ、両手の指先を互いに押しつけ合っている。物思いに耽っているというよりは、居眠りの真似でもしているようだ。しかし一時間後、使いに出した部下が戻って来て、紙を一枚机の上に置くと、さっと目を上げた。

「よし、これで一つ解決だ。電報は送られていたんだよ、マイケル。三時四十五分にハイ・ホルボーンから」

「でも、シェンシンガー夫人によってではない。では、誰から送られたんです？」

「M・スミスから」とウィルソン。「我々にとっては、さほどありがたい情報とは言えないな。郵便局の人間は、M・スミスは女性だと断言しているがね。さて、そろそろこのゲームに参加する時間のようだ」彼はさっと立ち上がると、ポケットに数枚の紙を押し込んだ。

「ゴールドスタインが犯人だと思っているんですか？」マイケルが尋ねる。

「いいや。しかし、わたしにそう思ってもらいたがっている人間がいるようだね」

「誰なんです？」

「真犯人さ」

「でも、その男は誰なんですか？　あるいは、女かもしれませんが」

「実際、そこが問題なんだよな。確かなことはわからない。それに、もう気づいているとは思うが、きみに感づかせることがわたしの仕事ではないしね。しかし」マイケルが顔をうつむけるのを見て、ウィルソンは言い足した。「もし、お望みなら、これからわたしがしようとしていることについてなら教えてやってもいい。きみが提供してくれた情報には心から感謝しているからね。そのお礼に、ある手掛かりの追跡調査に連れて行ってあげるよ。もし、きみがそうしたければの話だが」もちろん、マイケルは喜んで同意した。数分のうちに、二人は大急ぎでタクシーを北に走らせていた。

「でも、ぼくがどんな情報を提供したっていうんですか？」読んでいた夕刊紙の事件の記事から目を上げて、マイケルは当惑気味に尋ねた。「ぼくはただ、偽の電報について話しただけですよ」

「確かにそうだね。どうしたんだ？」

「もっとすごい情報をお伝えできそうですよ、ほら！」新聞に載った写真を指さしながら、マイケルは興奮気味に答えた。写真の下には〝ロバート・ホリス。容疑者宅の下男〟とある。「ぼくがミリアム・シェンシンガーの家を立ち去るときに、入れ違いに入って来た男です！　どこかで見たことがあると思っていたんだ」

しかし、ウィルソンの表情にさほどの変化は見られなかった。「ふむ、どうしてそれがまずいんだい？　彼らは互いに知り合い同士だ。秘密事でも何でもない。二人が同じ事件に関わっているという事実は別にしても、彼らには互いに訪問し合う理由がいくらでもあったのかもしれない。そこから何も引き出すことはできないよ」つかの間の沈黙。

「ぼくたちはどこに向かっているんですか？」蚊が鳴くような萎んだ声でマイケルは尋ねた。

「ロバート・ホリスの妹、ハバック夫人の家さ」上機嫌な答えが戻ってきた。「ホリス夫人が亡くなった夜、故人の状態について尋ねたいことがいくつかあるんだ」

「精神的な状態についてですか？」マイケルの声には好奇心が滲んでいる。

「あるいは体調的な状態についても。その二つがどれだけ緊密に結びついているかは、きみが常々言っていることなんじゃないかな？」ウィルソンの口調は挑発的だ。

「でも――ホリス夫人がベッドから抜け出して、自分で家に火をつけたとおっしゃりたいんですか？　それからベッドに戻って、おとなしく焼け死ぬのを待っていたと？」マイケルは疑わしそうに尋ねた。

「その結論については、ホリス夫人の保険を扱っている代理店の人間から強力に刷り込まれていてね。可能であることは誰にも否定できない。ほら、着いたよ」キャムデン・タウンにはいくらでもある、うらぶれてはいるがきちんとした通りの一つでウィルソンはタクシーを飛び降り、ハバック夫人の家を探した。玄関の戸をあけたのは、十歳か十一歳くらいの少女で、ハバック夫人は家にいると教えてくれた。ウィルソンとその連れが居間に入ってみると、そこにいたのはハバック夫人だけではなかった。さらに三人の子供たちが遊び回り、小さな暖炉のそばのロッキングチェアには、まだ悲嘆に暮れている彼女の兄の姿もあった。ハバック氏は――存在するならの話だが――まだ仕事から戻っていない。

「さあ、ボブ、悲しんでばかりいないで」居間に入った二人の耳に、ハバック夫人の言葉が聞こえてきた。「そんなことをしていてもメアリーは喜ばないわ。そんなに落ち込まないでって、きっとメアリーが真っ先に言うと思うわ」

「おれにどうしろって言うんだ?」絶望に暮れた顔を上げてホリスは答えた。その表情で、シェンシンガー夫人の家に入って来た人物とは奇妙に違って見えたが、目鼻立ちからして間違いなくマイケルが見かけたのと同じ人間だった。「彼女を殺した悪党を裁く人間が誰もいないというのに、どうしろって言うんだよ? そいつが正当に裁かれるなら、おれの人生の半分をくれてやったっていいんだ」

「絶対にわたしたちで裁いてやるわ、ボブ」妹は相手を宥めるように言った。

「あなたならそうなさるでしょうね」割って入ったウィルソンに、二人はぎょっとしたようだ。「事件の解決に役立ちそうな二、三の質問にも、快くお答えいただけるだろうと思っておりますが」彼は手短に自分とマイケルの身分について説明し、用向きを伝えた。ハバック家の面々は、驚きで微動だにせず目を見張っている。ただ、ロバート・ホリスだけは、最初にちらりと目を向けただけで、またむっつりと黙り込む態度に引きこもってしまった。いかにロンドン警視庁の人間とは言え、自分の復讐の使命を手助けするようなことはできないだろうと信じ切っているかのように。

「ホリス夫人がこの家を出たのは、正確には何時でしたか?」ウィルソンは質問を始めた。

「八時四十五分ごろだったと思います」ハバック夫人が答えた。「ええ、夕食を始めたのが七時十五分ごろでした。メアリーは、ほぼその直後に具合が悪くなったんです。わたしは、彼女が横になれるよう自分のベッドに連れて行きました。彼女もすぐに良くなるだろうと思っていたんです。でも、そうはならなくて、ボブが家に連れ帰りました」

「〝具合が悪い〟というのはどの程度だったんでしょう? ひどく悪かったんですか?」

「いいえ、そうではなかったと思います。最初はちょっと気分が悪い程度だったんです。それが、だんだんひどくなって、めまいのようなものが起こり、動けなくなりました。半分眠っているような状態だったんです」

「それで、あなたが彼女を家に連れ帰ったときには」とウィルソンは質問の矛先をホリスに向けた。「彼女はどんな様子だったんでしょうか?」

「同じような状態でしたよ」ホリスが答える。「ぐったりとして、朦朧とした状態でした――頭でも打ったみたいに。それで、ベッドで寝ているのが一番いいだろうと思ったんです」

「ホリス夫人に夢遊病の気があったという話は聞いたことがありますか? おふた方ともですが?」

二人はきっぱりと否定した。「では、最近のホリス夫人の行動に奇妙な点を感じたことは?」

「まあ、そんなことはありませんわ!」ハバック夫人はこの言葉に明らかにショックを受けているようだ。ホリスのほうは、ただ首を振るばかりだった。

「結構。では、その後、ホリスさんが細君を快適な状態で寝具にくるみ、こちらに戻って来たのは、あなたもご存知のことです。それは何時ごろでしたか、ハバックさん?」ウィルソンはポケットから小さな金属片を取り出し、話をしながら指先で転がしていた。

「ちょうど十時十分でした」ハバック夫人は即座に答えた。「十時半過ぎになるのかしら? それとも、もう戻って来ないのかしら? そう思いながら時計を見ていたので覚えています」

「でも、ホリスさんは戻って来た。その後、パーティはどのくらい続いたんでしょうか?」

「はい、十一時までにはみなさんお帰りになりました」

「それで、そのあとは、こちらの家の方々もみなさんお休みになった?」

「ええ、そうです」厳しい追及に、ハバック夫人はかなり困惑しているようだ。が、そのやり取りは、夫人の末っ子の叫び声で突然中断された。

「ボブ伯父さん! この人、ボブ伯父さんのボタンを持っているよ!」

その叫び声に、ロバート・ホリスははっと物思いから覚め、辺りを見回した。

「伯父さんのお出かけ用コートから取れたボタンだよ!」ウィルソンの手の中の小さな金属片を責めるように指さしながら、子どもは繰り返した。「昨日の夜、着ていたじゃない。この人、どこであのボタンを手に入れたのかな?」

ウィルソンは、蛇でも見るかのような目でボタンを見つめているホリスをじっと観察していた。

「ああ、伯父さんの家でだよ、きっと」彼はやっとそう答えた。「メアリー伯母さんのために火を起こしながら、慌てて別のコートを手に取って、着替えて来たんだ」

「違うよ、ボブ伯父さん！」ほかの子どもの声が割って入る。「戻って来たとき、伯父さん、お出かけ用のコートを着ていたもの。サラ・ダニエルがそのコートのボタンを欲しがっていたのを覚えていないの？　なんだ！　忘れちゃったんだ！」

「いいや、忘れてなどいるものか！　ドアだ、マイケル！」

子どもが話しているあいだにも、ロバート・ホリスの顔は恐ろしいほどの灰色に変わっていった。罵り言葉こそ何とか呑み下したものの、狂人のような目つきで部屋を駆け抜けようとする。ウィルソンは即座に男につかみかかった。しかし、相手は野生の獣のように抗ってくる。一、二分の内には、男と同様あらん限りの力で争い相手を抑えつけたウィルソンが、ホイッスルを取り出して吹き鳴らした。事の展開に肝を抜かれたマイケルは、それでも言われたとおり、外からドアを押す気配を感じウィルソンがどけろと指示を出すまで、背中をドアに押しつけて立っていた。

「ロバート・ホリス」ウィルソンが声を上げたそのとき、外で待機を命じられていたらしい警官が二人、中に飛び込んで来た。「三月二十二日、妻のメアリー・ホリス殺害及びカードナルド通り二十一番地の自宅兼店舗を焼失させることを共謀した罪で逮捕する。なお、あなたの発言はあなたにとって不利な証拠として見なされる可能性があることを警告する」

5

「共謀と言うのは？」帰り路、マイケルは尋ねた。「どうしてなんでしょう？　それに、誰と？」

「きみの赤毛のご友人、ミリアム・シェンシンガーに決まっているじゃないか」ウィルソンが答える。

「電報を送ったのは彼女だよ。少なくとも、ハイ・ホルボーン郵便局からというのが、彼女である可能性とものの見事に合致する。きみがわたしのために地中から掘り起こしてくれた貴重なお宝というのが、そのインチキ電報だったんだ」

「そこからどうやって結論を導き出したのか、見当もつきませんね」

「もし、電報が本当に送られていたなら、モリス・ゴールドスタインが無実だということがはっきりする。さらにそれは、誰か――もちろん、真犯人――が、故意に彼に濡れ衣を着せようとしていることを示している。問題は、その真犯人が誰かということだ。もし、ミリアム・シェンシンガーが電報の送り主なら、彼女が関係者なのは間違いない。しかし彼女には、ゴールドスタインの家を焼き払うことにも、彼を絞首刑にすることにも、明確な動機がない。ゴールドスタインは彼女にとっては金づるだったんだから。

でも、わたし個人としてはすでに、二つの理由からホリスに目をつけていたんだ。第一、彼には犯罪を行う機会があった。もちろんきみも気づいているとおり、彼のアリバイなんて、本当の意味でのアリバイではなかったからね。彼がハバック家を抜け出して、真夜中にカードナルド通りに戻るのを妨げるものなど、何もなかった。第二、彼は妻の保険金を受け取る立場にあった。五百ポンドという金は、これまでもいくらでも殺人の動機になってきたものだよ。そんなわけで、わたしは彼の行動を注意深く観察していた。そして、その彼が、ゴールドスタインに対して不利な証言をするもう一人の主要な人物、シェンシンガー夫人の周辺でしばしば目撃されていることを発見したわけだ。もちろん、そんな事実は重要な証拠にはならないがね。

一方、内務省の病理学者に気の毒なホリス夫人の遺体を調べさせてもいた。単に、本当の自然死だったのか、それとも、殺人を隠すために起こされた火事として調査しなければならないのかを確認するためだったんだが。それが驚いたことに、その医者は、死の直前に致死量には至らないアヘンチンキが投与された形跡が明らかにあると報告してきた。もちろん、わたしは即座に、その薬の投与と気の毒な夫人の急激な体調不調とを結びつけた。それに、彼女の夫以外に、そんな薬を投与できた人物は考えられなかった。もちろんその薬は、彼女を歩けなくさせて、一騒動起こすために与えられたものだ。

　そこにきみが、ゴールドスタインの告白を携えて現れ、新たな証拠の一片をプレゼントしてくれたわけだよ。すなわち、灯油をさらに買い込んだのは、ゴールドスタインではなくホリスだったとね。こんなふうに、ホリスが自分の雇い主に不利になるよう作り上げた証拠が、自分に対して不利なものに転じていった。

　きみをハバック家に連れて行ったとき、わたしは何よりも気をつけていたんだ。ホリスがもう寝てしまったと思われる時間に、再びハバック家を抜け出したことを確信できる証言を、家族の誰かが漏らしてくれないだろうかと。きみも知ってのとおり、わたしは望むものを手に入れた。でも、もしホリスが犯罪の瞬間に慌てることがなければ、事はもっと難しくなっていたかもしれない。もちろん彼がしたのは、二度目に自分の家に戻ったとき、火葬用の燃料を用意するために自分のコートに灯油を撒き散らしたことだよ。燃え尽きるものと思って、彼はあえて中に戻ってコートを回収することはせず、そのままにしておいた。でも、金ボタンのことは忘れていた。それが彼の正体を明かしたというわけさ」

「でも、どうして……？　どうして彼は、自分の妻を殺してゴールドスタインを死刑にしようとしたんでしょう?」マイケルは尋ねた。

「思うに、シェンシンガーという女と駆け落ちでもするつもりだったんじゃないかな。その費用に妻の保険金を当てようとした。ああ、あの赤毛の女は、この事件に大いに関わっているんだよ。モリス・ゴールドスタインを自分の罠にからめ捕り、最後の一銭まで絞り取っていたんだ。そこにホリスが現れ、もっといいプランを提案した。ゴールドスタインに罪を着せることについては、そうだね、ホリスとしては当然、配偶者殺しで自分が捕まりたくはなかっただろうからね。ゴールドスタインに罪を押しつけることができれば、自分の身の安全は確保できる。まったくもって巧妙な筋書きだよ――コートのボタンのことを除けば」

「ぼくに言わせれば悪魔の所業ですよ」マイケルは身を震わせた。「それで、あの女は――最初から最後まで関わっていたと言うんですか？　彼女も逮捕したんですか?」

「ああ、関わっていたんだろうね。すべては、三月二十四日のお告げの祭りに合わせて慎重に企てられたんだと思う。でも、これまでのところ、彼女についてはほとんど何もつかめていないんだ。ホリスがあの女のことも話してくれるといいんだが」

しかし、愛情からなのか、ほかの理由からなのか、ホリスはウィルソンの望みをかなえることを拒み、共犯者を裏切ることなく絞首台の露と消えた。シェンシンガーはウェルバック通りからは姿を消したものの、まだこの辺りいる可能性もある。ひょっとしたらロンドン市内に潜んでいるのかもしれない、中年男を狙う情緒不安定な赤毛のユダヤ人セイレーン（美しい歌声で近くを通過する船を引き寄せ、難破させたという海の精）。そんなことを考えただけで、モリス・ゴールドスタイン氏の背中には、恐怖の冷たい汗が伝い落ちた。

消えた准男爵

1

「じゃあ、まだ彼を見つけていないんだな、ブレイキー！」と、ヘンリー・ウィルソンは言った。ラドレット事件以来、もはや犯罪捜査課の警視ではないが、ロンドン警視庁の仲間内では、いまだ最も歓迎される客だ。彼は、ブレイキー警部の机の上に広げられた新聞を見かけて、立ち止まったところだった。紙面の中央に、行方不明となった准男爵、ユースタス・ペダー卿の写真が大きく取り上げられている。この三年間、これまでの職業的経験を活かして、英国内でも最も名高い私立探偵事務所を運営しているウィルソンは、自分が関わることになったある泥棒の活動についての最新情報を得るため、本庁に立ち寄っていた。そして、求める情報を獲得したあとで、最近の犯罪界の動向についてブレイキー警部とおしゃべりでもしようと署内に残っていたのだ。

「どこの部署が担当しているんだ？」彼は続けた。「そんな写真を載せられたんじゃ、一週間ではなくて、二時間で行方不明者を捜し出さなくてはならないな」

「まったくですよ」困り果てたようにブレイキーが答える。「これだけの髭面ですから、見間違えようがないとお思いでしょう？　ところが、彼を見かけた人間がいないんです。調査が足りないというわけでもない。月曜から四百人近い准男爵に当たっていますが、あなた同様、ペダーに似ている人間なんてほとんどいませんでしてね。こんなおかしな人間がそうそういるとは、あなただって思わないでしょう！」

「そうかな」とウィルソン。「この二十五年間、わたしはずっと、警察で人間の愚かさの深淵を見続けてきたけどね。でも、この紳士はいったいどうしたっていうんだろう？　何だって、こんなおかしな顔をしているんだ？」

　恋にとち狂ったヤギのような、ねっとりとした流し目。行方不明の准男爵の表情ではそれが一際《ひときわ》目立ち、印象をひどく損ねている。

「そう尋ねたのは、あなたが最初ではないですよ」ブレイキーはくすくすと笑いながら答えた。「特別サービスで――オリジナルの写真をお見せしましょう」

　警部は引き出しから取り出した写真を相手に手渡した。

「おやおや！」ウィルソンは口笛を吹いて声を上げた。「このご婦人は誰なんだい？」

「ローズ・ペダー夫人。写真の男がどこからともなく現れて、自分こそが正統な准男爵だと証明するまではトーマス卿だった、ペダー大佐の奥方です。新たに准男爵の肩書きを持った男に乗り換えようとしているみたいに見えませんか？」

「そうだね」ウィルソンは同意した。写真には、壁に囲まれたオランダ庭園で、いかにも妖女タイプという女性とお茶を飲んでいるユースタス・ペダー卿が写っている。もちろん、相手の身体にべったりというわけではないにしても、その手をしっかりと女性に押しつけて。こんな状況であれば、彼の顔に浮かんでいる表情も納得できるというわけだ。「写真に撮られるのに、どうしてこんなポーズを選んだのかな?」

「わかりませんね。実際のところ、ポーズを取っているつもりもなかったんじゃないですか。写真を撮ったのは彼の従者で、ヘイコックという小男です。ユースタス卿の写真はあるかと尋ねると、これを出してきました」

「で、この写真について、ペダー夫人はどう思っているんだろう?」

「さあ。何を思っていたにせよ、彼女は何も言いませんでしたよ。まったく!」ブレイキーは言い放った。「多かれ少なかれ、崇拝者の一人を気にかけるような女ではありませんから」

「美人じゃないか?」

「そういうタイプがお好みであれば。わたしには、そうは思えませんけどね。肉感的すぎますよ、わたしには」ブレイキーは下品な言い方をした。「でも、そういうタイプは大勢います。たぶん、ウィルトシャー州の田舎では、ほかの場所よりは少ないでしょうが」

「なら、どうして彼女はそんなところに嫁に行ったのかな?」

「ああ、爵位のためという噂ですよ。ちやほやされる身分を得るため。その日暮らしの生活に少しばかり疲れたアメリカ人女優だったんです。パリで活動していたんですが。だからと言って、彼女がこの結婚で得たものは、そんなに大きなものではなかったと思いますよ。ペダー大佐は、准男爵だったときでさえ、そんなに遊び回ってはいませんでしたから。一部には、投資がうまく行かなくて、羽振りよく振る舞うだけの金がなかったこともありますが。それに、奥方のほうも、ウィルトシャーの狩猟社会にうまく溶け込めなかった――そのことで、多少の非難もあったようです。とにかく、キャッスル・エイカーズ付近で囁かれているのはそんな話です。あの辺りは噂話で持ち切りなんですよ」

「じゃあ、ユースタス卿はこの国に現れたとき、金銭的価値のあるその土地には乗り込まなかったのかい？　そもそも、どういう人物なんだろう？」

「まあ、存在さえ知られていなかった親戚縁者でしょうかね。よくは知りませんが、そんなところでしょう。土地は大して問題ではないんです。ユースタス卿は、十分に金を持っていますから。いなくなる前に、二十五万ポンドか、そのくらいの金を受け継いでいるんです」

「もし、そうなら、きみが彼を見つけることを大蔵省は喜ばないだろうね」ウィルソンが口を挟んだ。「二十五万ポンドもの金が転がり込むなら、連中にとっては願ってもないことだろうから。さてと、おしゃべりで半日を潰すわけにはいかないな。准男爵が見つかることを祈っているよ。わたしのところに転がり込んだ仕事ではなくて、本当によかった」

2

先見の明と、犯罪捜査における経験に富んだウィルソンなら、その最後の言葉があまりにも軽率だったと気づいて然るべきだった。事務所で彼の帰りを待ち構えていた案件を受け入れるための能力を、自分が申し分なく持ち合わせていることにも。戻って来た彼に、事務員のジェヴォンズが、オリファント氏が若い娘と一緒に会いに来ていることを告げた。事務弁護士のオリファント氏はウィルソンの古くからの友人で、いつも彼が捌《さば》き切れないほどの客を紹介してくれる。彼は、同伴の娘をクリスティーナ・マリンディン嬢だと紹介した。

「ユースタス・ペダー氏の婚約者さんですか」ウィルソンは朗らかに声をかけた。その准男爵に特別な関心はなかったが、ブレイキーの机の上にあった新聞記事を流し読みすることで、ある程度の情報はすでに収集していた。破廉恥な写真を思い出しながら目の前の女性を観察し、ユースタス卿にとっては、こちらの女性とくっついていたほうがよかっただろうにと思っていた。美人ではないが、感じのいい思慮深そうな顔立ちをしている。二十五万ポンドの使い道としても、非常によい伴侶となるだろう。ローズ・ペダーが相手では——誰に訊いても、金をどぶに投げ捨てるようなことになるかもしれない。キャッスル・エイカーズでの婚約者の振る舞いについて、目の前の女性はどのくらい知っているのだろうか？

「そうなんだよ」オリファント氏がウィルソンの物思いを遮った。「我々の望みは、彼を見つけてもらうことなんだ」

「彼を見つけるだって！　でも、オリファント、きみはもう国の半分を捜して回ったんじゃないのか！」

「じゃあ、残りの半分はどうなるんだ？」オリファント氏が鼻を鳴らす。「まったく手つかずじゃないか！　だから、きみに『最初から』やり直してもらいたいんだよ。もし、そのほうがいいなら、現場まで出向いて、そこから手掛かりを追ってもらいたいんだ。きみが心を固めたら、この国から姿を消せる人間なんて存在しないからね」

ウィルソンは、見え見えのお世辞を笑って退けた。

「でも、真面目な話、マリンディン嬢の立場は理解してもらえるはずだよ。婚約者が姿を消したっていうのに、二千人もの警察官にできることと言えば、ばかげた質問で彼女を悩ませることだけなんだから。それに彼女は、自発的な失踪ではないと確信しているんだ」ウィルソンは、確認を求めるように娘に目を向けた。

「そうなんです、ウィルソンさん」よく澄んだ気持ちのいい声だった。「わたしは、ユースタスの身に何か起こったのに違いないと思っています。そうでなければ、連絡をくれるはずですもの。それに、もし、彼に何か起こっているなら――病気で寝込んでいるとか、どこかで死んでしまっているとか――あの人が新聞記事に目を留めることもできないじゃありませんか？　もし、あなたが、キャッスル・エイカーズを出たあとで彼がどこに行ったのか、彼に何が起こったのかを突き止めてくださるなら――わたしは、どうしても知りたいんです」

不意に平静さを失ったかのような話し方に、ウィルソンはしばし対応を躊躇《ためら》った。

「彼がキャッスル・エイカーズを出たのはいつですか？」しばらくして、そう尋ねる。

「四月二十五日、先週の昨日だよ」オリファント氏が代わりに答えた。「お茶の時間に不意に現れて、同日の夕食前には去っている。それが、最後の目撃情報なんだ」

「どこに行くのかは言っていなかったのかな？」

「まったく。そもそも、訪ねて来たのが突然だったんだ」

「でも、可能な状況であれば、わたしに連絡を寄こしたはずなんです」クリスティーナ・マリンディンは、なおも言い張った。「気がきかない人でも、不注意な人でもありませんから。いつでも、ちゃんと連絡をしてくれました」

「先週、ヘイスティングにいたときは別だがね」弁護士はクリスティーナに思い出させるように言った。娘は少し顔を曇らせたが、あとに引こうとはしない。

「彼がそこにいたのは知っていましたわ。わたしが彼に連絡を取ることだってできたんです」

恋人同士の痴話喧嘩と判断したウィルソンは、関心のなさが顔に出るのを禁じ得なかった。確かに感じのいい娘だが、彼女のために不実な恋人を見つけ出すというのは、明らかにブレイキーの仕事だ。どういうわけで、オリファントはこんなことに時間を浪費しているのだろう？　しかし、ウィルソンの表情をたやすく読み取った弁護士は、彼が本心を話せるよう、娘に部屋を出て行かせる方便をすばやく作り上げた。

「実際のところ、ウィルソン」と弁護士は話し始めた。「わたしがクリスティーナのために望むのは、とにかく穏便に解決してほしいということなんだ。きみの以前の同僚たちには失礼だが、彼らのやり方ときたら象の大群のような騒がしさだからな。クリスティーナは孤児で、一人暮らしをしているんだよ。いなくなった愚かな若者と一緒にオーストラリアからやって来たんだ。つねに気さくで、何でも包み隠さず話してくれた。もし、大騒ぎになれば、彼女にとってはひどく厄介なことになる。だから、もし、静かにことを運べるなら、新聞記者なんかがいないところで彼を捕まえてくれると、非常にありがたい。彼女はいい娘だし、好ましく思っている。ペダーという若造については、そうはいかんがね。どうだろう？」

「彼は逃げたんだと思っているのかい？」ウィルソンは、当たり障りのないことを訊いた。

「まあ、わたしにはそう見えるね。新聞に載っていた写真のオリジナルはまだ見ていないんだろう？　ああ、そうだよ——あれは、四月二十五日に撮られた写真だ。彼が最後に目撃されている日に」

「おおっと！」ウィルソンが思わず声を上げる。

「そうなんだ。加えて、わたしが思うには、あの写真は事件の背景をよく示しているんじゃないかな。

確か、ローズ・ペダーのことは少しばかり聞いているんだよな？　つまり、彼女が男に不自由していたのは否定できないということさ。長いこと男日照りでやっていけるタイプでもなさそうだし。彼女が准男爵のすげ替えを企んでいるという大層な噂が本当かどうかは、わからない。ありそうな話ではあるがね。もし、そうだとしても、トム・ペダーが邪魔立てをすることはなかっただろう。いつだって、奥方の望むものは何でも与えてきた男なんだから――ひょっとしたら、自分が妻の望むような配偶者ではないことをすまなく思う気持ちがあったのかもしれない――まあ、そんなことはわからないことだが。とにかく、彼は今でも奥方にぞっこんなんだよ。

まあ、オーストラリアの片田舎からやって来たあの青二才は、キャッスル・エイカーズでローズと知り合い、瞬く間に惚れ込んでしまったんだろう。そのことで、彼を非難するつもりはない。何も、そんなことになったのはあの男が最初というわけではないし、ローズのほうでも猛攻撃をかけたんだろうからね。しかし、信心深く育った生真面目な若造は、情事について軽く考えることはできず、かと言って、諦めることもできなかった。それでユースタスは、神に祈り始め、自分を見つめ直し、友人たちにアドバイスを求めることにしたんだ。わたしがこんなことを知っているのは、実際に一カ月前、彼から相談を受けたからなんだよ。理性ではクリスティーナの存在を理解していながら、心はローズに捕らわれている。どうしたらいいだろうなんて、ばかげたことを。すぐに追い返してやったさ。ああいう自分勝手な連中には我慢がならないんだ。その後、やつはクリスティーナのところに行って、相談したんだと思う。あいつに対しては弱気なところがあったとしても、分別のある娘だ。自分では彼の問題をどうすることもできないと言ってやったらしい。ユースタスは自分で腹を決めなくてはならなくなった。

しかし、どうすることもできなかったようだ。いずれにしても、四月の中ごろ、やつはまたわたしのところにやって来た――わたしのことを、クリスティーナの幸福に関して、いささかなりとも責任を有する人間と見なしているんだろうな――恐ろしく陰鬱な顔で、ぞっとするような決心をぼそぼそと話していったよ。わたしが理解した限りでは、誰にも見つからない場所に引きこもって、神様と相談することにしたとか何とか。それで、あの男がヘイスティングにいるあいだ、クリスティーナに何の連絡がなくても、わたしはそんなに驚かなかったんだ――」

「トラブルでもあったのかと思っていたんだが」ウィルソンが口を挟んだ。

「いや、あいつも実際にクリスティーナに頼んでいたんだよ。しばらくは手紙も寄こさず、会いにも来ないでくれと。彼の神様のご意向にそぐわないことだったんだろうさ」弁護士は馬鹿にしたような口調で言った。「やつに揺さぶりをかけるなら、彼女のほうがずっと上等なことができただろうに。もっとも、女性に最後の一線を越えることを期待するなんて、誰にもできないことだけれどね。そんなこんなで一週間。ところが、それからやつは、クリスティーナに何の連絡もなく、トム・ペダーが夕食のためにマルル・エイカーズに顔を出した。ローズとお茶を飲み、恐らくは彼女と寝て、トム・ペダーが夕食のために帰って来る前に、さっさと姿を消した。それが、やつの最後の消息だ。こんなわけで、見通しはあまり明るくなさそうだな」

「じゃあ、彼がマリンディン嬢を見捨てたと思っているのかい？」ウィルソンは尋ねた。「どこか遠いところで、ペダー夫人からのお呼びを待っているんだと？」

「そんなふうに思えるがね――もし、彼が生きているなら。まあ、確かなことはわからないが。もちろん、事故に遭った可能性もある。あるいは――自殺しかねないほど頑固で、うじうじとしたやつだからなあ。神様に相談に行って、その神様から何の答えも得られなかったら――。いや、あり得ない！　もし、そんなことをするなら、長ったらしい遺書を遺していくはずだ。そこまで自分の命を粗末に扱えるやつじゃないよ。今度姿を現したときには、クリスティーナと話し合うべきだ。自分が死ぬ日のことについては」

「こう言っては何だが」ウィルソンはからかうような口調で言った。「きみはまるで、その紳士が発見されないほうがいい理由を、山ほど提供してくれているみたいだね」オリファント氏は少しばかり気色ばんだ。

「彼のことを避けていないなんて言うつもりはないさ」弁護士は言った。「自分で思っているほど悪いやつではないにしても。腹が立つのは『これ』なんだよ」

彼は財布から、ブレイキーがウィルソンに見せた写真のコピーを取り出すと、軽蔑も露《あら》わに親指を准男爵の顔に突き立てた。

「こいつを見てみろよ！　こんな顔の自分を写真に撮らせることを想像してみろ！　しかし、どんな男であろうと、これがクリスティーナの恋人なんだ。どんな結果に終わろうと、事件を解決してくれるなら、一生恩に着るよ」

弁護士には意外だったのだが、ウィルソンはかなり面白がって彼の依頼を引き受けた。マリンディン嬢やその婚約者の情事に、ひとかけらでも関心があったからではない。たった今聞いた話の中に一点だけ、興味を引かれる部分があったからだ。それで、追及してみるのも悪くないと思っただけのことだ。

「もう一、二点、はっきりさせたいことがあるんだが」と、彼は言った。「このユースタス卿は、キャッスル・エイカーズの人々とはどういう血の繋がりなんだろう?」

「トムの又従兄弟《またいとこ》（親が従兄弟同士）さ。ペダー家の先祖には、一世代だけ子沢山の代があってね。オーストラリアに渡ったユースタスの祖父が兄弟の四番目かそのくらいで、トムの祖父が末っ子だった。残りの兄弟の血筋は途絶え、オーストラリアに渡った家系もそうだろうと、みなが思っていたんだ——ユースタスが去年の秋、法律的に何の問題もない書類を手に現れるまでは。トムは異議申し立てもしなかった。実際のところ、彼には爵位なんか、どうでもよかったんだろう。もちろん、ローズのほうは、そうはいかない。ユースタスが、キャッスル・エイカーズから一家を追い出そうとしなかったのも、そういうわけだったんだろう。自分が結婚したときには、もちろん、出て行ってもらうつもりだったんだろうが」

「それで、奥方のほうは?」ウィルソンは、ブレイキーから得ていた情報を要約して聞かせた。「そのとおりなんだろうか?」

「まあ、そんなところだね。きみも知ってのとおり、彼女はトムよりもかなり若い。二度目の妻で、ヴィクター・ペダーは彼女の実の息子ではないんだ」

「彼の齢《とし》は?」

「ヴィクターかい?　二十六くらいかな——ユースタスと同じくらいさ」

「それなら、ペダー大佐は——嫉妬してもよさそうなものじゃないか?」

「大佐も、彼女にぞっこんだからな。もちろん、他人が確かなことは言えないが」

「ユースタス卿はどこから金を手に入れたんだ?」

「カルヴァン主義者（宗教改革者カルヴァンにちなんで名づけられたプロテスタント主義の一系統。すべての上に存在する神の主権を強調する）だった叔母のウォールロンド嬢から。

彼女がユースタスを育てたんだ。彼がその金を持っていたのも、ほんの数日ということになるが」

「ありがとう。じゃあ、今度は、日付を少し確かめさせてもらえるかな。ユースタス・ペダーが失踪したのが四月二十五日。それでよかったかい？」

「ああ。彼は少なくともディナーの前にはキャッスル・エイカーズを出て、その後、目撃されていない」

「急が報じられたのは——いつだった？」

「四日後の二十九日だ。トムが何かの用でユースタスに会いたいと思って、宿泊先のヘイスティングのホテルに電話を入れるまで、彼が失踪したと考える理由は何もなかった。そのときになって、彼がホテルに戻っていないことがわかったんだ」

「それよりも前に、ユースタス卿がキャッスル・エイカーズを離れたのは——ヘイスティングに向かうために？」

「ちょうど一週間前——十八日だな」

「ありがとう。次に、この破廉恥な写真を撮った従僕だが——どういう人物なんだろう？」

「その男についてはよく知らないな。エドワード・ヘイコックという名前以外は。もともとは、ヴィクター・ペダーの従者だったんだ」

「ヘイコックは、この写真をどうするつもりだったんだろう？」

オリファント氏は肩をすくめた。

「おおかたの想像はつくがね。はっきりしたことはわからないな。わたしの好きなタイプの人間ではないよ。馴れ馴れしくて、調子がいい」

「なるほど。じゃあ、調べてみて、何かわかったら連絡するよ、オリファント。でも、結果については約束できないからな。一日、二日、この写真を借りてもいいだろうか？　それと、この一件を引き受けることになった以上、キャッスル・エイカーズの住人に引き合わせてもらいたいんだが」

「心から感謝するよ、ウィルソン」オリファント氏は言った。「これ以上、時間は取らせない。でも、あと一点だけ。クリスティーナに――何か言ってやれることはあるだろうか？」

ウィルソンの顔が心配そうに曇った。「今の時点では、あるとは思えないな。でも、わたしがきみの立場なら、彼女に期待を持たせるようなことはしないと思う」

「つまり、ユースタスは――死んでいると思っているのかい？」

「そこまではまだ、わからないよ。クリスティーナがまた彼に会える可能性は極めて低いとは思うが。でも、今はまだ、そんなことを彼女に言う必要はない。現段階では推測に過ぎないんだから。気をつけてはみるがね」

オリファント氏が低い声で礼を言って立ち去ると、ウィルソンは事務員を呼んだ。「この一カ月間の天気の報告書がほしいんだ、ジェヴォンズ――特にウィルトシャー州の」

ウィルソンはしばしば報告書を調べていた。

「よし、思ったとおりだ」やがて、そう呟《つぶや》く。「今度はブレイキーと話をしてみるか」彼は電話でロンドン警視庁の警部を捕まえ、マリンディン嬢に代わって今回の事件を調べることになった経緯を手短に説明した。「ところで、そちらは、若い准男爵がヘイスティングで何をしていたのかは、もう調べたのかい？……いいや、わたしが言っているのは、もっと細かい……ああ、もちろん、きみのことだから、わかっていると思うが」

「こっちの仕事が不十分だと思っているんですか？　ええっ？」ブレイキーは電話口に向かってぼやいた。

3

「これは、これは！」ウィルソンは、オリファント氏と二人でキャッスル・エイカーズのテラスに立ち、前方のローズ・ガーデンへと下る広々とした芝生を見渡していた。背後では、大きく尾を広げた孔雀が一羽、間の抜けた鳴き声を上げている。「すばらしい場所だな――手入れが行き届いていないのを別にすれば」

「金の問題だよ、たぶん」オリファント氏が言う。「トム・ペダーにそんな余裕があったことは一度もないから。でも、土地が荒《すさ》んでいくのを見るのは嫌《いや》なんだ。ここを譲り渡そうとしているのも、そういう理由が一部にはあるのかもしれない」

　優雅に両翼を伸ばす初期ジョージアン様式（十八世紀、英国のジョージ一世、ジョージ二世の時代に流行した、直線的で左右対称を基調とするシンプルな建築様式）の屋敷は、青々としたホワイトホースの谷を見下ろす丘陵の上に建っていた。屋敷の南側には日時計のある芝生が広がり、高さ十四フィート、幅二フィートもある巨大なイチイの生け垣に囲まれ、春の午後の暖かい香りに包まれている。背後には、屋敷の側面を回って二人の男が立つテラスへと続く私道が、ぐるりと弧を描いていた。もう一方の側には、地所の北側の境界線となる森の際まで、庭と果樹園が広がる。本当にすばらしい場所だった。ただ、雑草だらけの花壇や手入れの悪い芝生、剝がれ落ちた漆喰と、いたるところに金のなさがはっきりと表れていたが。

「ユースタス卿の新たな財産がここで役立つはずだったんだろうにな」ウィルソンが呟《つぶや》く。「もし彼が死んだら、財産は誰が受け継ぐんだろう?」

「トムじゃないか。彼が一番近い親族だから。ユースタスが遺言を遺していたかどうかは知らないが」

「そうだ!　彼の叔母という人はいつ亡くなったんだろう?」それが次に発せられた質問だった。

「二十日くらいじゃないかな。確かなことは聞いていない」

「あっ!」再び、ウィルソンが声を上げる。「彼女がここの女主人じゃないか?」

ブレイキーが以前表現していたのと寸分違《たが》わぬ人物が、ゆっくりとローズ・ガーデンからの小道を上《のぼ》って来た。確かに、彼女のようなタイプの女性を崇《あが》める男にとっては、ペダー夫人は美人だった。ウィルソンが思うに、その美しさがそうそう長く続かないことは、火を見るよりも明らかだったが。褐色の肌にゴージャスで物憂い雰囲気。大きな口に大きな胸。真実はどうかわからないが、南の血が色濃く感じられた。恐らく、三十三、四歳にもなっていないのだろうが、もはやおしゃれな『鉛筆』のような体型は保たれていない。四十前にはたぶん太り出しているだろう。近づいて来た彼女は、物憂い優雅さで二人に挨拶をした。潤んだ大きな黒い目でウィルソンを上から下まで見回し、夫が外出していることを詫びる。

「でも、お茶の時間まではここにいらしていただけるでしょう?」柔らかな声にはかすかに南部の訛りがあった。彼女がそれを注意深く隠そうとしていることに、ウィルソンは気づいていたが。「主人もそのころには戻って来ますわ。それに今日は、庭でお茶を飲むには最適なお天気ですもの」

「オランダ庭園で、ですか?」ウィルソンは尋ねた。

「あそこでお茶にしたことはしばらくありませんね」相手の趣味の悪さをなじるような気配をかすかに滲ませて、ペダー夫人は答えた。「でも、もちろん、あなたがそうなさりたいなら——」「ユースタス卿が最後に目撃された場所を見ておきたいだけですよ」ウィルソンが答える。「もちろん、そこでお茶を飲む必要はありません。案内していただけませんか？」

ペダー夫人が喜んで同意してくれたので、一行は連れ立って歩き出した。オリファント氏は、キャッスル・エイカーズの女主人が、非武装の男にとっては危険な存在だとでも言わんばかりに、慎み深い距離を保ってついて来る。ウィルソン自身は実際のところ、ローズ・ペダーの分別にかなり深く感心していた。彼女は明らかに最初の数分間で、自分が楽しみを見出す分野ではウィルソンがまったくの役立たずであることを見抜いていたはずだ。しかし、だからと言ってそれが、相手を楽しませたり、案内役を買って出るささやかな努力を妨げることにはならなかった。実にみごとに演じているではないかと、ウィルソンは思っていた。

オランダ庭園はキャッスル・エイカーズの魅力の一つで、本当にすばらしい場所だった。果樹の花に覆われた柔らかな赤い色の壁、背が低く丈夫なハーブの生け垣で区切られた花壇、中央には睡蓮の花が浮かぶ池。オリファント氏はその庭を大いにウィルソンに堪能させるつもりでいたのだが、相手がその庭に、これほど徹底した調査を試みるとは思ってもみなかった。彼はペダー夫人に、ユースタス卿と過ごした最後の日に、若者と一緒に座った場所を示させた——それに対して、夫人は少しばかり不満げに眉を上げげた。それればかりか、花をつけている木々の一本一本や灌木を見て回り、しばし、屋敷のほうを振り返って眺めたりもした。屋敷の上にかかった太陽から、午後の日差しが燦々と降りそそいでいる。そして最後に、自分のノートの一ページを奇妙な印や図形で埋めると、やっと、これで終了だと宣言した。

「ユースタス卿が、花壇の陰に隠れているとでも思ったのかい？」屋敷に戻りながらオリファント氏は尋ねた。「かなり大柄な男なんだが」

「そのとおりなんだろうね」ウィルソンがうるさそうに答える。「でも、確かめてみるのに越したことはないだろう？」

テラスに戻ってみると、若い男が行ったり来たりしていた。失踪した准男爵によく似た顔立ちから、紹介されるよりも前に、ウィルソンにはヴィクター・ペダーだと察しがついた。どうやら自分の継母ほど、感情を隠すのが得意ではないらしい。二人の訪問者のことを、いらぬ厄介者だと考えているのが見え見えだ。ウィルソンが忍耐強く持ちかけて、ゴルフやテニスの話を長々と始めさせるまでは、ずっと不機嫌そうな顔をしていた。この二つのスポーツにかけては、彼の腕はなかなかのものらしい。

「ヴィクターときたら、ボールを追いかけること以外、好きなことがないらしいの」ローズ・ペダーが言う。「ボールを叩いたり突いたりしていない一時間は、無駄に費やされた一時間なのよね？　プレイの腕前と気性の激しさで観客を魅了するんだから、ランラン（スザンヌ・ランラン。一八九九～一九三八。フランスのテニス選手で、一九二〇年のアントワープオリンピックの金メダリスト）の男性版だわ」

「黙れよ！」ヴィクターが歯のあいだから絞り出すような声で言った。からかわれるのは嫌いらしい。彼の継母は立ち上がり、ウィルソンにまだ必要なことがあるかと愛想よく尋ねながら、ヴィクターの耳をつねり上げた。

「よろしければ、従僕のヘイコックと話がしたいのですが」と、ウィルソンは答えた。

「もちろん、構いませんわ。ヴィクターに呼びに行かせましょう――靴下のアイロンがけから手を放せればいいんですけど」とローズ。

「いえいえ、自分で捜しに行きますよ、もし、構わなければの話ですが。執事に尋ねます。屋敷の中も見て回りたいので」ヴィクターが顔をしかめるのに気づいたウィルソンは、面白がりながら言葉を返した。オリファント氏はテラスに残ることになりそうだ。

「彼らのうちの一人は、我々を邪魔者だと思っているようだな」弁護士は内心そう思っていた。

執事はすぐにエドワード・ヘイコックを連れて来た。およそ人好きのしない顔に、こそこそとした小さな目。油断のならない小男だ。ヘイコックを自室に出入りさせたい人間など、この世に存在するだろうか？　しかし、その男がウィルソンの時間を浪費することはなかった。オランダ庭園に連れ出し、セイヨウヒイラギの陰に隠れて破廉恥な写真を撮った正確な場所を示させたにもかかわらず。

「何時ごろのことでしたか？」ウィルソンが尋ねる。

「お茶の時間でした」恐ろしくむっつりとした顔で、ヘイコックは答えた。

「それは、わかっています。実際の時間を尋ねているんです」

ヘイコックは考え込んだ。

「お茶が運ばれたのが四時十五分。その三十分後ですね。だから、四時四十五分です」

「お茶が片づけられる前に？」

「ええ」

「お茶を片づけたのは誰ですか？」

「ローズ。女中の一人ですよ。いや、ちょっと待って。ローズは午後から外出していたはずだ。と言うことは、エセルかな」

「お茶を運んだのも?」

「たぶん」

「ありがとう。ところで、どうして写真を撮ったんです?」

「ああ、ただの遊びですよ。面白いだろうと思ったので」ヘイコックは不安そうにウィルソンを横目で盗み見た。写真の意味については、たっぷりと言い訳を用意しているようだ。しかし、大いにがっかりしたことに、ウィルソンはその話を遮り、テラスへと戻ってしまった。そこでは、お茶と屋敷の主人が彼を待っていた。

「ペダー一族の外見的特徴というのは、見間違えようがありませんでしてな」それが、最初の一言だった。三十歳という年齢の違いにもかかわらず、ペダー大佐は自分の息子よりもずっとユースタス卿に似ていた。若者と同じように、わずかに引っ込んだ口の上に高い鷲鼻が聳え、さらにその上に、これまた同じように眉が飛び出している――実際、ペダー家の男たちはみな、驚いたオウムのような顔をしていた。今、彼のその顔は、五十五歳という年齢よりも老けて見え、唇や目の周りに、やつれて心配そうな表情が漂っている。それがウィルソンに、何かあることを告げていた――失踪した又従兄弟のことかもしれないし、自分の息子の『激しい気性』のことかもしれない。それが何であったとしても――ペダー氏の心を苦しめているのは間違いなさそうだ。彼は、ウィルソンに丁寧すぎるくらいの挨拶をし、捜査の進捗具合はどうかと尋ねた。答えを待つ相手の眼差しが、かなり険しいようにウィルソンは感じた。

「ええ、まあ、一時間では大したこともつかめませんね」そう答える。「一、二点、調べてみたほうがいいことはありましたが、はっきり何かが見つかったとは言えません。お茶のあと、警察署長に話を聞きに行ってみますよ。以前、会ったことがありますから、失踪に関して必要な情報を喜んで提供してくれるでしょう。そのほうが、こちらにお住まいの方々にいらぬ面倒をかけることもないでしょうし」

「面倒だなんて、とんでもない。できることなら何でもいたしますよ」口髭を嚙みながら、大佐はそう請け負った。「何でもわたしにお訊きください」そう言って、じっとウィルソンを見つめる。

「もし、ご存知でしたら、確認したいことが一つだけあります。正確には、二十五日の何時に、ユースタス卿はここを離れたのでしょう?」

「あー――たぶん、六時くらいでしょう。ご存知のとおり、そのとき、わたしはここにはおりませんでね」

「あなたが帰宅されたのは何時だったのですか?」

「七時十五分です。もしかしたら、もう少し早かったかもしれません。正確なところは覚えておりませんな、申し訳ありませんが」

「どのような手段で帰られましたか?」

「街から、自分で車を運転して来ましたよ」

「では、ユースタス卿はどのようにして帰ったのでしょう?」

「彼も車で。自分のツーシーターを運転して」

「ありがとうございました」ウィルソンはしばし考え込んだ。「ところで、ユースタス卿の従僕のヘイコックですが、彼の素姓についてお聞かせいただけますか?」

ペダー大佐はひどく落ち着かない様子だった。まるで、ヘイコックについてというより、自分のことを訊かれたみたいに。それでも彼は、自分が知る限りの、ささやかな情報を提供してくれた。ヘイコックはもともとヴィクターの従僕だった。従軍していたことがあり、その期間は働いていなかった。非常に性格のいい人間で、キャッスル・エイカーズには三年ほど住んでいる。ヘイコックの身のこなしには、どこか堂々たるものが残っているとウィルソンはほのめかしてみたが、大佐の態度に変化はなし。見知らぬ人間と使用人の話などしたくないと思っていることを、その態度は如実に示していた。それでも、ヘイコックに対する大佐の考えは、自分とあまり変わらないはずだという印象をウィルソンは受けた――あんな写真を撮られたあとでは、それも当然のことだろう。しかし、どうしてそんな人間を自分の屋敷に置いておけるのか？　ヘイコックが何か知っているのでなければ難しいはずだ――ユースタス卿とペダー夫人のいかがわしい関係について何か知っていて――それを盾にしているのでもなければ。しかしウィルソンは、その点については保留することにして、大佐を解放した。お茶のテーブルに戻り、三十分ほど、五人で朗らかにおしゃべりをして過ごした。

警察署長に会いに行くために屋敷を出る直前、ウィルソンは二十五日にユースタス卿とペダー夫人にお茶を出した女中と話ができないかと尋ねた。オリファント氏でさえ、この要望には驚いて顔を上げた。しかし、その女中が呼ばれてくると、ウィルソンはお茶を出した時間を中心に、ヘイコックの一連の話を確認しただけだった。

「ここの家の人たちがいつも庭でお茶を飲む時間だったのですか？」と彼は尋ねた。

「さあ、どうでしょう」女中が答える。「いつもと同じ時間でしたけれど」

「では、以前は？　例えば、去年の夏とかは？」

「わかりませんわ。わたしは、ここに来てまだ二週間ですから」

「おや！　では、ローズが外出しているときにはいつも、あなたがお茶を出すのですか？」

「いいえ。あのときだけです」

「それでは、そうするように言われた理由についてはおわかりでしょうか？」

エセルは頰を染め、答えにくそうにしている。

「なぜなら」彼女はやっと話し出した。「ユースタス卿がわたしのことをちょっと見てみたいとおっしゃっていると、ヘイコックさんに言われたからです」

ぽっちゃりとした可愛らしい娘だった。指示の意味は明らかだ。女中との面談に同席していたオリファント氏が、嫌悪の呻き声を上げた。

「まだ、准男爵を見つけてもらいたいと思っているかい？」警察署長の家に向かう道すがら、ウィルソンは尋ねた。「それとも、ボーウィックに会うのはやめにしようか？」

「最悪の結果になったほうが、まだましかもな」オリファント氏は呟《つぶや》いた。

警察署長のメイジャー・ボーウィックは、ペダー家の失踪事件について、なすべき調査はすべて行っており、もう何の心配もしていなかった。それでも、以前、仕事でウィルソンに会ったことのある彼は、国中の警察官がつねにウィルソンに対して抱くのと同じ敬意をもって相手に接した。特に相手が、自分の理論を披露したり、ウィルトシャー警察の仕事に文句を言いに来たりしたのではなく、単にユースタス卿の出奔について正確な時間的経緯を確認しに来ただけだと知ったときには、なおさらだった。

「それでは彼は、三時三十分にモーリスのツーシーターでやって来たのですね」ウィルソンは、すでに集めている情報を要約しながら言った。「門番小屋の門を自分のためにあけさせせて。それから、オランダ庭園でペダー夫人とお茶を飲み、六時十分には、門番にさよならと声をかけて自分の車で立ち去った。向かった先はスウィンドンで、そこの〈ラム・アンド・フラッグ〉のガレージに車を預けた――そして、そこで完全に消息を絶っている。スウィンドンで夕食を取ったり泊まったりした形跡はなし。その記録は残っていないんですよね？」

「ええ。しかし、だからと言って、彼がそうしなかったことの証明にはなりません。スウィンドンからは両方向に向かう列車が何本も出ていますし、旅行者も大勢います。それに我々は、彼がいなくなって一週間も経ってから捜査を始めたんです。不審な旅行客を覚えていないか、人に訊いて回っても意味はないでしょう」ボーウィックはぼやいた。「思い出したりなどしないでしょうから」

「まあ、そうでしょうね。彼は、姿を消すにはもってこいの場所を選んだというわけですね――自分の車を残していくという犠牲を払ったにしても。オランダ庭園でのおしゃべりについて、ペダー夫人は何か言っていましたか？」

「これと言って何も。もちろん、あんな写真が出てきたとなっては、彼と寝たことを白状しなければなりませんでしたが。しかし、何の関心も持っていないという印象でした。そのころにはもう、ユースタス卿など獲得するに当たらないと思っていたのではないでしょうか――少なくとも、彼の居場所については、興味のかけらも持っていないようでした」

「でも、かつては彼をものにしようとしていたんですよね？」

「ええ、そのとおりです！　でも、彼女なら、自分の祖父でも誘惑しそうですけどね」どうやら、メイジャー・ボーウィックはペダー夫人が好きではないらしい。

「そしてペダー大佐は、七時ちょっと過ぎにロンドンから自分の車で戻って来たと言っている。まっすぐに戻って来たんでしょうか？」

「さあ、どうでしょう。そこまでは訊いていません」

「彼の証言を確認していないんですか？」

「確認ですって？　どうして、そんな必要があるんです？」

ウィルソンは、その質問の無邪気さに眉を上げた。「いいですか、署長。一人の男が姿を消しているんです。記憶喪失や事故というケースは考えにくい。これだけ大騒ぎをして捜しているんですから、もしそうなら、とっくに見つかっているはずです。自発的に姿を消したか、連れ去られたのかのどちらかでしょう。そして、もし、強制的にという可能性があり、ユースタス・ペダーがすでに死んでいるかもしれないなら、爵位と二十五万ポンドを手に入れる人間を調査しなければなりません。ところで、そのとき、ヴィクター・ペダーはどこにいたんですか？」

「ああ、彼もどこかに出かけていましたよ。コッツウォールド丘陵で釣りでもしていたんでしょう。でも、お気づきなんですか？　あなたは、トム・ペダーを殺人の罪で告発しているんですよ！　わたしは、二十年も彼を知っているんです！」

「どんな殺人者でも、二十年、誰かの知り合いですよ」ウィルソンは答えた。「わたしは彼を告発しているわけではありません。告発などということ自体していない。わたしはただ、いくつかの基本的な調査について言っているだけです。しかし、これ以上、あなたの時間を無駄にするつもりはありませんよ、メイジャー。ヘイスティングに行ってみます――もし、ユースタス卿が泊まっていたホテルを教えていただけるなら」

「ロイヤル・パレスですが」ウィルソンはその名前に口笛を吹いた。とても、神様と親しく交わるために行くような場所には思えない。「でも、無駄足になりますよ。わたしも自分の足で行ってみましたが、みな、彼は戻って来なかったと言っていますから」

「ええ、でも、ちょっと調べてみますよ」ウィルソンが動じたふうもなく答える。メイジャー・ボーウィックは憤慨するかに見えたが、やがて笑い出した。

「どうにも、ご自分流の方法で仕事を進めなければならないようですね――相変わらず。ほかにお訊きになりたいことはありませんか？」

「いいえ、ありがとうございます――ただ、キャッスル・エイカーズの地所内に白亜坑（チョークを採取するための坑道）はありませんか？」

「白亜坑ですって！　この辺りにはありませんよ。チョークが必要なんですか？」

「いや。チョークの産出地ですから、あるかなと思っただけです。砂堀場とか、採石場とか、そんなものでもいいのですが」

「うーん、残念ですが、どちらもありませんね。キャッスル・エイカーズには」

「確かにあいつになら、花壇よりも白亜坑のほうがずっとお似合いだな」帰り道、ウィルソンを不思議そうに見つめながら、オリファント氏は言った。

「うん、そうだね」ウィルソンが答える。「でも、その穴が存在しないなら、彼がそこにいるわけもないよな」

4

その二、三日あとの夕食後、ウィルソンはオリファント氏の家を訪ねた。そこでは、その家の主人がクリスティーナ・マリンディンと一緒に、やきもきしながら彼の到着を待っていた——彼女は、ウィルソンから電報を受け取ったオリファント氏によって呼び出されていたのだ。この数日間で、クリスティーナの心配は著しく膨れ上がっていたようだ。捜索をウィルソンの手に委ねたことで、一層、事態が深刻に見えてきたのかもしれない。しかし、部屋に入って来て、アームチェアに座るクリスティーナに目を向けたウィルソンの表情が、いくらか彼女を安心させた。それでも彼は、なかなかニュースを伝えようとはせず、彼女の横の椅子に座り、婚約者についての話をさせるばかりだった。すぐに、ユースタス卿の習慣や態度について、あれこれ説明をしている自分に彼女は気づいた。

「彼は、テニスが得意ですか？」ウィルソンが何気なく尋ねる。

「まあ、まさか！」心配にもかかわらず、クリスティーナは微笑《ほほえ》んだ。「彼ったら、話にならないくらいのへたくそで、自分でもそれはわかっているんです。本当に、ものすごくへたなんですよ。もちろん、練習をしなければ、上手にはならないんですけど。自分のへたなプレイを恥ずかしがって、避けられる理由がある限り、決してやろうとはしませんでした。英国に来てからは、彼がプレイをしているところなんて一度も見ていません」

「ブリッジはやるんでしょうか？」

「ゲーム自体は『できます』」かなり戸惑った様子でクリスティーナは答えた。「でも、そんなにたびたびやるとは思えません。お金を賭けることをよく思っていなかったんです。でも、お金を賭けなければ楽しめない人たちのほうが多いでしょう？」

「そうですね」ウィルソンが答える。「もう一つだけ、お伺いしたいことがあります、クリスティーナさん。かなり辛い質問だと思いますが、もし差し支えなければ、お答えいただきたいんです。あの写真のことは別として、ユースタス卿の愛情が――移ろいやすいと思われたことはありますか？　もしくは、移ろいやすいタイプだと？　意味がおわかりですか？」

「いいえ」クリスティーナは返事をするのに、すべての力を掻き集めているようだ。「いいえ。もちろん、おっしゃっていることの意味はわかります――わたしには、そんなふうには思えません。もし、彼がそういう人なら、あんなに気に病んだりはしなかったと思いますもの――ペダー夫人のことですけど。そうじゃありません？　人がよく口にするのはわかっています――そのう――若い女性たちは簡単に騙されるって。でも、どこかその辺でユースタスと出会って、そのまま婚約したとか、そんな話ではないんです。わたしたちは、かなり前からの知り合いです。それなら、相手が何をして、何をしないかなんて、わかるようになるじゃありませんか……ウィルソンさん！」彼女は急に不安に陥ったかのように、一瞬、言葉を止めた。「ユースタスがわたしを『捨てた』とおっしゃりたいんですか？」

「いいえ、マリンディンさん」ウィルソンが答える。「彼があなたのもとを去ったなんて思っていませんよ」その言葉に、クリスティーナの顔は一瞬明るくなったが、ウィルソンの表情は沈んだままだ。

「それで――あの人はまだ見つからないんですか？」

「最善を尽くしますよ」ウィルソンはそう請け負った。非常に柔らかい目で彼女を見ていたが、不意に話題を変える。

「彼に遺産を残した女性が亡くなったのは、いつだったかな？」今度はオリファント氏に尋ねた。

「二十日――やつが失踪する五日前だよ」

「でも、遺書の内容がそんなに早く伝えられるかな。かなり早いんじゃないか？」

「ああ、彼は以前から知っていたんです」クリスティーナが口を挟んだ。「少し前から。ヘイスティングに行く前から、もうお金を受け取ったみたいな口調でしたもの。オリファントさんから、亡くなったのが二十日だと聞いて、本当にびっくりしたんです。何かの間違いじゃないかと思ったくらい」

「間違いなどではありませんでしたよ」オリファントが言う。

「よくわかった、ありがとう」納得したようにウィルソンは答え、さらに二、三、言い足してから席を立った。

「キャッスル・エイカーズの女中のことは話さなかったんだな」玄関まで彼を送りに出たオリファント氏が言った。

「思慮深い選択だったと思うよ。余計な苦痛を与える必要はないから」

「確かに」とウィルソン。「加えて、ロイヤル・パレス・ホテルでの出来事についても」

「おいおい！　やめてくれよ！　あの悪党が！　ひょっとして、やつがそこに戻ったことも確認できなかったんじゃないのか？　ローズのもとを去ったあとのことだが」

「うん、そうなんだ。その点、ホテルの記録ははっきりしていてね。彼は十八日の夜、夕食のあとに到着した。二十五日の朝、ホテルを出て、戻って来なかった。その宿帳には、極めて注目に値する情報が残っていてね。彼は、宿代を払っていなかったんだよ」

「ほ、ほうー！　ずいぶん無茶なことをしたもんだな？」とオリファント氏。「ところで、きみが喜ぶかどうかはわからないが、トム・ペダーに関するきみの小言が実を結んだようだよ」

「わたしの小言？」

「ああ。ボーウィック署長は、仕事に身を入れていないときみに言われて、少しばかり動揺していたんだな。特に、二十年来の知り合いだという理由で、トムを調査から除外していたと思われるのを恐れていた。それで彼は調査を始めたんだ。結果、ひどくうろたえているというわけさ。あの日、ランチからディナーまでのあいだ、トムにはこれと言ったアリバイがないようなんだ。その朝、ロンドンに戻って来た彼は、自分のクラブに行った——三週間ほど、友人たちとスペインに行っていたんだよ——そこで身づくろいをして昼食を取った。でも、そのあと彼が何をしていたのかは誰も知らない。つまり、もしユースタスの身に何か起こったということに『なってしまう』なら、あのボーウィックは面倒なことに、何らかの釈明をしなければならなくなるというわけさ。そのせいで今ごろは、眠ることもできなくなっているんじゃないかな」

「そもそも、地元の人間を警察署長なんかにするべきではないんだよな」ウィルソンの答えは同情的だった。「犯罪に関してだけは、他人の領域への侵害も合法的に認められているんだから。じゃあ、おやすみ、オリファント。ウィルトシャーへ行ってみるよ」

「えっ？　夜のこんな時間にか？」

ウィルソンは笑い声を上げた。「まさか。暗いランタン持参で獲物を探しになんか行かないよ。でも、謎の鍵はあそこにあるような気がする。だから、その場に行ってみたいんだ」

「で、それが何なのかは教えてくれないわけだ？」

「わかったら、すぐに連絡するよ、オリファント。でも、わたしの心に引っかかっているのは、きみの法律的な感覚で言う証拠ではないんだ。まあ、いずれにしろ、現時点で話すことではないな」

ウィルソンは実際、暗いランタンで獲物を求めになど行かなかった。しかし、次善の策として、明るい日中《ひなか》に自分の足で捜し回った。翌日早朝、屋敷からかなり離れたキャッスル・エイカーズの広い土地を、一人の紳士がひっそりと歩き回っている姿が目撃されたはずだ。その紳士が何を捜しているのかは不明だ。見えなくなった鍵ではなさそうだし、ほかの類似物でもなさそうだ。ステッキで地面を突いているわけではなく、地表を綿密に観察しているわけでもないのだから。その代わり、茂みのことごとくを覗き込み、木立の中に分け入って行った。かなり大きいが、隠されているもの。それが、彼の求めているものだった。

一時間も探し回っているうちに、屋敷にかなり近い位置まで来ていた。建物の中ではすでに人々が目を覚まし、日々の活動を始めている。一番手前の離れ屋から百ヤードほど離れたところで、古い井戸らしきものに行き当たった。井戸そのものは木の覆《おお》いで蓋がされ、外そうとしても、ぴくりとも動かない。

「『そいつ』はあきませんよ、旦那」小屋から出て来てそばに立ち、ウィルソンの行動を訝しげに見ていた男が声をかけた。「釘で留めてありますから」

ウィルソンは、調査のために敷地内を歩き回る許可を与えたペダー大佐の書きつけを取り出し、相手の警戒心を和らげた。そして、蓋を釘で打ちつけておくのはいいことだともちかける。こうした古い井戸は、ちゃんと蓋がされていないと非常に危険だからと。

「まったくですよ、旦那」男が答える。「うちの坊主が一番いいペンキ入れをその井戸に放り込んで、引っ叩いてやったのが、ついこのあいだのことなんです。もちろん、ペンキ入れなんてどうでもいいことで、問題は、それがうちの倅《せがれ》だったかもしれないということなんですよ。蓋をしてしまうのが一番です。同感ですよ、旦那」

「では、かなり前から蓋がされていたわけではないのですね？」ウィルソンは尋ねた。「いつ、蓋をしたんです？」

「そうだな、そうさせたのはユースタスの旦那で、あの人がここに来た最後の日かな」男が答える。「いずれにしても、実際に蓋をしたのは次の日になってからのことだが。あの人のところのヘイコックがやって来て言ったんだ。この井戸は危ないから、すぐに釘を打ちつけて蓋をするように、ユースタスの旦那が言っているって。その点、あの旦那には感謝しなければならないよな。噂話で聞くように、あの人が何をしようがしまいが、うちの息子の命を救ってくれたのは確かなんだから」

「ペンキ入れを落としたのは、だいぶ前のことですか？」ウィルソンがさらに問う。

「いいや。二、三日前かな――うん、月曜日だ。うちのかみさんが珍しく洗濯に手間取っているときに、古いペンキ入れのことで煩わせたもんだから、ものすごい剣幕で怒られたんだ。それが月曜日だった――で、井戸に蓋をしたのが金曜日」

「ペンキ入れを取り出すために、井戸の中には下りなかったのですか？　水に浸《つか》ったあとでは、役に立たないのかもしれませんが」

「水？　水なんかないよ。もう何年も枯れたままだから。それに、ペンキ入れのために命を危険に晒すなんて、旦那もわかっていないな」男はばかにするように言った。「巻き上げ機はとっくの昔になくなっている。ロープを引っかける場所もない。底に落ちて、脚を折るのが落ちさ――たかだか、あんなペンキ入れのために。ああ、これはどうもご親切に、旦那……。まあ、楽しいおしゃべりでしたよ、本当に」男は立ったまま、手の中のチップと、道路に向かって急ぎ足で立ち去るウィルソンの姿を交互に見つめた。「何もかも、忌々《いまいま》しいペンキ入れのおかげっていうわけか。一回五十ペンスなら、いつだって喜んで放り込んでやるさ」

5

「しかし、それではあまりに酷《ひど》い！」メイジャー・ボーウィックは苦悩も露《あら》わに、テーブルの向かいに座るウィルソンを悲しい目で見つめた。「あ、あなたは――本当に確信しておられるんですか？」

「犯罪現場を見ていない人間と同じほどにはね」とウィルソン。「要点をおさらいしてみましょうか？」

「いやいや！」ウィルソンがメモ帳を再度取り出すと、メイジャー・ボーウィックは縮み上がった。

「いずれにしても、メイジャー署長、推測で誰かを逮捕してほしいと頼んでいるわけではありませんよ。ただ、検証してくれと言っているだけです。わたしの考えが間違っていたとしても、せいぜい勇み足だったと言われる程度のことです。しかし、もし、わたしの推測が正しかった場合は、迅速な行動が必要になります。わたしは単に、予防措置を提案しているだけですよ」

「でも、そんな調査はできませんよ。彼の――ペダー大佐の許可がなければ」メイジャーが訴える。「彼の土地なんですから」

「何とかして許可を取りつけてください」ウィルソンの口調には苛立ちが交じっている。「何の害もありませんよ――彼も、きっと許可してくれるでしょう。それから、警察の担当医を連れて行ったほうがいい。わたしの推測どおりなら、医者が必要になりますから」

メイジャーは肩をすくめたものの、素直に従った。井戸を調べてもいいというペダー大佐の許可が下りる。ウィルソン、メイジャー・ボーウィック、警察の担当医からなる小隊は、それぞれにロープや巻き上げ機、担架を抱えて、オリファント氏の狭苦しい車でキャッスル・エイカーズの門に乗り入れた。

「きみも一緒に来たほうがいいよ、オリファント」ウィルソンが言う。「マリンディン嬢の代理人なんだから。楽しい経験になるとは約束できないがね」

「大佐はどこにいるんだ?」メイジャー・ボーウィックが執事に尋ねた。

「大変申し訳ないのですが、旦那様には外出の用向きがありまして。でも、ヴィクター様がみな様をお連れいたします」

メイジャー・ボーウィックが象ほども大きな溜息をつき、オリファント氏は鋭い視線をウィルソンに向けた。

この訪問に、あからさまな不機嫌顔をしたヴィクター・ペダーが、その朝、ウィルソンが調べた井戸へと一行を案内した。到着するなり、彼はそそくさとその場を離れようとする。しかし、ウィルソンに促された警察署長が、作業のあいだ、ヴィクターをその場に引き留めた。警官が二人がかりで井戸の蓋を外し、即座に巻き上げ装置を設置する。井戸の中に下りる用意はすぐに整った。

「静かにですよ」ウィルソンが指示を出す。「何か見つかっても、できるだけ動かさないでください」

人の姿が、ゆっくりと井戸の深みへと消えていった。

「発見しました!」永遠にも感じられる時間が過ぎ、やっと井戸の中からくぐもった声が聞こえてきた。「ここにいます」

「何ということだ！」メイジャー・ボーウィックが呻《うめ》く。

「触らないように！」ウィルソンの鋭い声が響いた。「すぐに、道具一式を下します。彼の身体の上に何かありますか？　よく見てください」

「いいえ」返事が戻ってくる。「ペンキ入れとブラシがそばに落ちていますが、身体の上には何もありません。でも、一度は上にあったようですね。コートの表面にペンキが飛び散っていますから」

「よく確かめてください」ウィルソンがさらに声をかける。「彼がどんなふうに横たわっているのか。あとから証言をする必要がありますからね。よし、下げてください。担架の用意はできていますか？　ペダーさん、身元確認の準備をお願いできますか？」

膨れ上がり、無残な姿と化した死体がゆっくりと地表に現れたとき、一行はただ呆然と立ち尽くしていた。頬髭以外に見分けがつかず、背中に付着した青いペンキのせいで余計グロテスクに見える。

「お身内ですか、ペダーさん？」死体が無事担架に移され、医者がその横に屈み込んだところで、ウィルソンが尋ねた。

「た、たぶん――」真っ白な顔で、がたがたと歯を鳴らしながら、ヴィクター・ペダーは答えた。誰でも気分が悪くなって当然だと、オリファント氏は思っていた。医者が腰を上げる。

「少しばかり奇妙なのですが――」そう話し始めた医者をウィルソンが遮った。

「彼を逃がすな！」こそこそとその場から離れようとしていたヴィクター・ペダーに素早く警官が駆け寄り、相手を取り押さえた。ウィルソンがメイジャー・ボーウィックに頷きかける。

「ヴィクター・ペダー」警察署長としては惨めなほど震える声で、ボーウィックは宣言した。「ユースタス・ペダーの殺害に関与した罪で逮捕します！　あなたの証言はあなたに対し、不利な証拠として採用されることを警告します」

「嘘だ！」若者は大声で喚《わめ》いた。「そんなのは嘘っぱちだ――ぼくはその場にいなかったんだからな！　みんな、おまえたちのでっち上げだ、このヒキガエルが！」避ける間もなく、彼はウィルソンの顔に唾を吐きかけた。

「屋敷に戻って、共犯者を捕らえましょう」ウィルソンに動じた様子はない。「女性のほうはどうかわかりませんが――急げばヘイコックを捕まえて話を聞けるでしょう。これがいったい、どういうことなのか」

屋敷の中から興奮した様子の巡査が駆け出して来て、しきりにメイジャー・ボーウィックに合図を寄こしている。署長は、ウィルソンとともに巡査に近づいて行った。

「す、すぐに――署に戻ってください、署長！」巡査は息を切らしている。「ペダー大佐がいるんです。たった今、出頭してきました――ユースタス卿を殺害したと言って」

「何だって！」メイジャーの視線は、逮捕者からウィルソン、そしてまた逮捕者へと飛び回った。

「ウィルソンさん！　何てことにわたしを巻き込んでくれたんです？　今度はいったい、どうしたらいいんですか？」

「ああ、大佐の身柄も確保するつもりだったんですよ」ウィルソンは答えた。「では、もう一人の逮捕者のもとに急ぎましょうか。目下のところ、ペダー大佐にとっては牢屋の中ほどほっとできる場所はないでしょう。騎士的な精神の持ち主ですからね――もちろん、そんな必要はないのですが。わたしが最初にキャッスル・エイカーズを訪ねたときから、真相に疑惑を持っていたのかもしれません」

「どういう意味です？　彼は殺《や》っていないんですか？」

「もちろんですよ、署長。スペインにいたんですから。あなたがご自分でおっしゃったんですよ」

「いいや、いませんでしたよ。二十五日の朝には、戻って来ていたんですから」

「ユースタス・ペダー卿が、すでに一週間、あの井戸の中にいるときにね。あなたのところの医者に訊いてみるといい。彼が死んでからどのくらい経っているのか。それに、彼の衣服に飛び散っていたペンキですが、あれは、二十二日に井戸に投げ込まれたものです。キャッスル・エイカーズで、ユースタス卿の身内が彼のふりを演じた三日前のことです。さあ、メイジャー、もう出発したほうがいいんじゃないですか？　お訊きになりたいことは、すべて説明しますから――ただ、ここはそのための場所とは思えません」

「例の従僕を捕らえています、署長」警察署に戻ると、警官の一人が報告した。「しかし、ペダー夫人は亡くなりました」

「『亡くなった』だって？」

「毒を呑んだんです」もう一人の警官が言い加える。「我々がヘイコックを捕らえる物音を聞いたんでしょう。前々から準備をしていたんだと思います」

背後でひっと息を呑む音が聞こえ、どさりという音が続いた。逮捕者が気を失って倒れていた。

6

「犯罪者というのは、犯行の日付を変えたがるものなんだよ」とウィルソンは説明した。「自分たちの証言の筋を通すために。ロンドン警視庁で最初に写真を見たとき、何か変だなと感じたんだ。そのときは、さほど気にも留めなかった。でも、オリファント、きみから二度目に写真を見せてもらったとき、また同じことを感じた。つまり、その写真は、それが撮られたとされている時間に撮られたものではない、ということさ。キャッスル・エイカーズでひどく変わった採光方法を取っているか、信じられないほど遅い時間にお茶を出しているか、でもなければ。ヘイコックの証言から、その写真が実際に撮られたのはもっと前だったということがわかった。正確には、四月の初旬だな。そして、破棄された本物の写真と入れ替えられたんだ。それがなければ、彼らの計略もうまくいっただろうに」

「光の具合がおかしかった、ということかい？」オリファントが口を挟む。「太陽の位置が高すぎるとか、影が短すぎるとか、そんな意味に取ったんだが――」ウィルソンが頷く。「しかし、三週間という時間で、きみが気づくほど大きな違いが生じるとは、思ってもみなかったな」

「ウィレット氏（ウィリアム・ウィレット。一八五六〜一九一五。英国の建築学者で日光節約運動を推進し、サマータイム導入の提言をした）のことをお忘れかい？」ウィルソンは答えた。「我々は四月中旬に生活時間を切り替える。つまり、四月二十五日のお茶の時間は、四月三日のお茶の時間より、二時間近く明るい時間だということさ。この点は確信していたから、キャッスル・エイカーズに行ったときに、実際に光と影の具合を調べてみたんだ。決め手になったのは、スモモの花の散り具合だったけどね。庭の壁を覆って咲き誇る様子は見ものだったはずで、わたしたちが訪ねたときにも、まだ一つ、二つ、花の名残が残っていた。でも、写真の中の花は、開きかけてさえいなかったんだ。それは、信じられないことだよ。

そう、あの写真は偽物《にせもの》だった。しかし、ヘイコックもペダー夫人も本物だと言い張った。そんな事実を知る由もなかったんだろうね。だから、彼らは嘘をついた。そして、その嘘はたぶん、ユースタス卿の失踪日時――死亡日時と言ったほうがよさそうだが――を、実際よりも遅く見せかけるためだ。そのときにはまだ、そんなことをする理由については、何の確信にも至っていなかったんだが。単に、失踪者がその手がかりで人々を煙に巻こうとしているんだろうと思っていた。

しかし、その写真が偽物なら、二十五日にはまだ誰かがキャッスル・エイカーズにいて、ペダー夫人とお茶を飲んでいたことになる。共犯者だったとはとても思えない女中が、その点を証明してくれた。偶然知ったことなんだが、彼女はあの屋敷に来たばかりで、ユースタス卿との面識は一度もなかった。そして、唯一あの日に限ってお茶の給仕をしている。ヘイコックのみだらな思いつきで、でっち上げられた口実によって。彼女の証言は、明らかに第三の共犯者――ユースタス卿に化けた人間――の存在を示していた。問題は、それが誰なのかということだ。考えられるのはペダー父子だろう。二人とも、偽の頬髭をつければ簡単にユースタス卿として通りそうなほど、彼によく似ているからな。一番あり得そうなのはペダー大佐だ。又従兄弟の死によって最も早く利益を得るのは彼だからね。それに、キャッスル・エイカーズで会ったとき、あの男はひどく不安そうだった。特に、わたしの従僕に対する疑惑を心配していたし。しかし、メイジャー・ボーウィックの調査によって、彼は二十五日の朝まで、申し分のない証人たちと一緒に英国を出ていたことが証明された。そういうわけで、わたしは確信していたんだ。ユースタス卿は二十五日以前――それも、二十日以前に死亡していたはずだと。

となると、残るはヴィクターだ。彼の証言など、調べればまったくアリバイにならないことがわかるだろう。ここで、あれほどきみを混乱させることになった、ヘイスティングでのわたしの調査の出番になる。二十五日にユースタス卿を装った人間が、ロイヤル・パレスでも彼のふりをしていたのは間違いなさそうだ――実際には、ユースタス卿がヘイスティングに行ったことなど一度もないんだけどね。これは、そこにいたあいだのユースタス卿の振る舞いが、普段の彼とはまったく違うことから確認された――カード遊びをしたり、女中をベッドに誘い込んだり。自分の形跡を消そうと決めた男が派手に遊び回る一方で、突然、テニスのすばらしい才能を発揮することもありそうにない。ヴィクターならテニスの名手なんだけどね。

ヴィクターであろうとなかろうと、その人物はたぶん、ユースタス卿がキャッスル・エイカーズを訪ねていた四月十八日に彼を殺害したはずだ。夕食後、ユースタス卿は屋敷を出て――完全に姿を消した。ヴィクター・ペダーが彼と一緒に家を出て、少しのあいだ不在だったことは突き止めてある。ヘイコックも同様だ。それで、死体は敷地内のどこかにあるはずだと思って、キャッスル・エイカーズに戻ったんだ。ただ一つの目的は、死体を発見すること――ことはうまく運び、ペンキ入れというラッキーな証拠も見つかった。それによって、死体が二十二日以前からそこにあったことが決定的になったんだ」

「まだ、よくわからないな」オリファント氏が口を挟んだ。「何だって、彼らは日にちを変えたかったんだろう？　それに、どうして井戸を塞いだりしたんだ？　死体を見つけられたくなかったのかな？　死体が見つからなければ、金を手に入れることもできないだろうに」

「見つけられたくなかったんだよ」ウィルソンは答えた。「死亡した日を確定することができなくなるほど腐敗が進むまでは」オリファント氏は小さく身震いをした。「失踪からすぐに発見されたのでは、彼らの目論見が明らかになってしまう。まあ、医者は苦労しただろうけどね――もし、ペンキの件がなければ。日付けを遅らせることについては、ユースタス卿が死んだときに叔母からの遺産を受け取っていないことが判明すれば、彼らの計画が完全にひっくり返ってしまうからさ。叔母の死を報じる電報がオーストラリアから届いたとき、彼らには自分たちの計画がすべて無駄だったように見えたんだ。ユースタス卿の足跡《そくせき》を掻き回すために企てたヴィクター・ペダーの変装も、空しい結果に終わりかねない。そこへ、もともとの殺人の目撃者で、それをネタに犯人の二人を脅迫していたヘイコックが介入する。第二の出現と失踪を考え出したのも彼だ。誤った方向に向けられた才能のせいで、雇い主の二人も身を滅ぼしたというわけだ」

「じゃあ、そもそも彼は金のために殺されたというわけかい？　ローズの誘惑を拒絶したからではなく？」

「ああ、それも間違いなさそうだね。もし、彼が拒絶などしなければ、ペダー夫人は何事もなく称号と金を楽しめたんだから。ヘイコックが証言したように、彼は結局、マリンディン嬢に誠実であることを選んだ。ただし、自分の命と引き換えに。拒絶されたペダー夫人の怒りが、彼の命を危険に晒すほど強烈だったことは、我々にも想像できる。だから彼は、キャッスル・エイカーズを去ることにした――そしてペダー夫人は、つねに自分の身内である若者を憎悪し、彼女に盲目的な献身を捧げるヴィクターを説き伏せたんだ。自分のためにユースタスを殺してくれと。もちろん、主導者は彼女のほうだった。哀れなヴィクターは、その手先――しかし、いい大人にとって、妖女の存在など何の言い訳にもならない」

「それなら、トムはどうして殺人を自白したんだろう？」

「ああ、オリファント。大佐もまた、息子と同じように彼女に夢中だったのさ。結果として取った行動は、ずっと立派なものだったけどね。彼はもともと、ヘイコックに対する妻の態度から、何か変だと思っていた。徐々に真相が見えてきた彼は、井戸の調査が行われた朝、否定を求めて妻に詰め寄った。彼女がわざわざ否定したとは思えないがね。いずれにしろ、彼は妻の罪を確信した。それで、彼女を救うために自ら出頭したんだ。罪を被ることに成功するかに思えたが、自分のアリバイには気づいていなかった。まったく、間の抜けた話だ！」

「何とまあ！」オリファント氏が嘆く。「それにしても、とんでもない女だ！」

訳者あとがき

本書は、一九二八年にコール夫妻によって発表された『Superintendent Wilson's Holiday』の全訳です。

作者のG・D・H（ジョージ・ダグラス・ハワード）と妻のマーガレットは、ともに学者としても高名で、ミステリ作品以外にも多くの著作を残しています。夫ジョージは、経済学、政治学、社会学を専門とするオックスフォード大学の教授で、若いころから社会主義運動に参加していました。妻マーガレットもケンブリッジ大学卒業後、労働研究所に勤めた期間があり、労働問題には詳しかったようです。こうした背景が、本書に収められている短編のいくつかにも反映されているように思います。ちなみに、マーガレットは、法廷ミステリの名作とされる『十二人の評決』の作者、レイモンド・ポストゲートの姉にも当たる人物です。

ミステリ作品のデビューとしては、一九二三年にジョージが単独で発表した『The Brooklyn Murders（「ブルクリン家の惨事」邦訳：新潮文庫　一九六〇年）』ですが、一九二八年発表の『Death of a Millionaire（「百万長者の死」邦訳：創元推理文庫一一九　一九五九年など）』以降は、夫婦合作としての発表になっています。

上記二作はともに、ヘンリー・ウィルソン警視が登場する作品で、このウィルソン警視シリーズだけでも長編で二十二編、短編も数多く存在します。今回訳出の作品で見る限り、主人公のウィルソン警視は決して派手な存在ではなく、どちらかと言えば地味な印象を与えます。しかし、コール夫妻のほかのシリーズ作品（エリザベス・ワレンダー夫人シリーズ及びエヴァラード・ブラッチントン卿シリーズ）にも登場するところを見ると、作者にとっては思い入れの深いキャラクターであったのかもしれません。ほかのシリーズ作品中で、この生真面目で堅実な警視がどのような顔を見せているのか、ちょっと覗いてみたい気もします。

さて、今回の「ウィルソン警視の休日」ですが、八編の短編が収められた作品集です。そのうちの二編はすでに訳出されています（第一話「電話室にて」は一九六一年に創元推理文庫『世界短編傑作集2』、第二話「ウィルソンの休日」は一九九二年に光文社文庫『クイーンの定員Ⅱ』で紹介されています）。主人公のヘンリー・ウィルソンはロンドン警視庁の警視でしたが、ある事件がきっかけでその職を退き、自ら私立探偵事務所を立ち上げました。この作品集には、その両方の時代の話が入り混じっています。また、作品ごとに背景や趣《おもむ》きが異なり、それぞれに違った雰囲気を楽しめるのではないかと思います。共通しているのは、ウィルソン警視が鋭い観察力と地道な調査で見つけ出していく事実の細かさといったところでしょうか。第一話の電話の位置にしても、第二話の足跡の種類や向きにしても、一つ一つを確かめながら、じっくりと文面を追っていかないと、たちまち警視の推理の流れについていけなくなってしまいます。訳者自身も、棚の絵を書いて電話の位置を動かしてみたり、出来事の経緯を日付順に書き出してみたりと、そんなことをしながらの作業となりました。恐らく、そうした筋書きのディテールが、この作品の魅力の一つなのだろうと思います。読者のみなさんも、あまり先を急がず、作者が組み立てたストーリーの細部を、警視とともにじっくりと追うことを楽しんでいただけたら幸いです。

ウィルソン警視は、奇抜なキャラクターで読者を引きつけるタイプの主人公ではありません。こつこつと地道な努力を重ねることで事件を解決し、警察の重要ポストまで上り詰めた人物です。国中の同業者から尊敬を集め、私立探偵としても名高い存在になっていますが、それを鼻にかけることのない気さくな態度が魅力の一つになっているようです。第二話「ウィルソンの休日」で、仕事こそが最大のリクリエーション、疲労回復の特効薬と語っている点は、どれほどの仕事大好き人間なのかと思わずにやりとしてしまいます。何もしていないとかえって不安、忙しい忙しいと走り回っているときのほうが精神的にも安定するという人は、いつの時代にも存在するということでしょうか。華やかさはありませんが、どこか親しみを感じさせる不思議な魅力の持ち主です。

最後に、本書の底本に使用したCollins社版の小型本には第八話が収録されておらず、森英俊氏より一九二八年出版の初版本をお借りして訳出いたしました。貴重な原書を貸してくださった森氏には、記して感謝をいたします。

クイーンの定員に選ばれた名短編集の初紹介

横井　司（ミステリ評論家）

ミステリの分野では、いわゆる純文学とは違い、複数の作者による合作の試みがしばしば見られる。本格ミステリ・ファンにはお馴染みのエラリー・クイーンは、フレデリック・ダネイとマンフレッド・リーという従兄弟による合作のペンネームであるし、〈刑事コロンボ〉シリーズはウイリアム・リンクとリチャード・レヴィンソンによって創造された。木こり探偵ノーヴェンバー・ジョーの作者として知られるヘスキス・プリチャードは母親との合作の際はE＆H・ヘロンというペンネームを使用し、ロジャー・スカーレットはドロシー・ブレアとイヴリン・ペイジという二人の女性によるペンネームで、またスパイ作家のマニング・コールズはシリル・ヘンリー・コールズとアデレイド・マニングによるペンネームだ。たまたま合作を試みた例となると、ドロシー・L・セイヤーズとロバート・ユースタス、E・C・ベントリーとウォーナー・アレン、ジョン・ディクスン・カーとジョン・ロード、同じくカーとコナン・ドイルの息子アドリアン・コナン・ドイルなどなど、枚挙にいとまがない。こうした合作の例の中で、夫婦による合作となると、夫婦ともに作家であるという場合に比べて、少ないように思われる。思いつくままにあげてみても、リチャードとフランシスのロックリッジ夫妻、〈ハニー・ウェスト〉シリーズで有名なG・G・フィックリング〈フォレスト・E・フィックリングと妻グロリアの合作ペンネーム）、そして本書『ウィルソン警視の休日』（一九二八）の作者であるコール夫妻くらいしか浮かばない。ビル・プロンジーニとマーシャ・ミュラーは一度だけ、お互いのシリーズ・キャラクターを共演させたことがあるし、短編では、ジャック・フットレルがメイ夫人との合作で思考機械シリーズを書いている。ディック・フランシスは晩年、息子であるフェリックスと合作名義で発表していたが、それ以前にも妻のメアリーが執筆の協力をしていたそうだから、ここに加えてもいいかもしれない。

閑話休題。

G・D・H&M・コールという略称で呼ばれることの多いコール夫妻だが、略さずに記せばジョージ・ダグラス・ハワード及びマーガレット・イザベル・コールとなる。夫のジョージは一八八九年九月二十五日、イギリスのケンブリッジに生まれた。オックスフォード大学のベイリオル・カレッジを卒業。一九一五年に修士号を取得し、ダーハム大学で哲学を、ロンドン大学とオックスフォード大学では経済学を教えた。そして一九四四年からはオックスフォード大学で社会学と経済学の教授を務めた。若い頃から社会主義運動に従事し、独立労働党員でもあった。十八歳のときに、知識階級による教化によって漸進的な社会改革をめざすフェビアン協会に参加したが、思想的には、ギルド社会主義（後述）を提唱した。経済学の著書以外に詩集や評伝なども著しており、著作は膨大な数に及ぶ。

マーガレット・イザベル・コール（旧姓ポストゲイト）は一八九三年五月六日、同じくケンブリッジに生まれた。ケンブリッジ大学のギルトン・カレッジで学んだ後、一九一八年にジョージと結婚した。マーガレットもまた長ずるに従い労働運動に興味を持ち、その方面での活動を通してジョージと知り合ったのだった。マーガレットは『十二人の評決』（一九四〇）というミステリを著した政治経済評論家レイモンド・ポストゲイトの姉にあたり、彼女もロンドン大学などで講義を持ち、経済学の著書を刊行している。その中には夫ジョージとの共著も含まれる。またジョージは妻の弟であるポストゲイトとの共著も刊行している。

ジョージが書いた最初の探偵小説は、病気で倒れた際に仕事が禁じられて、そのつれづれを紛らすために書かれたもので、F・W・クロフツやS・S・ヴァン・ダインと軌を一にしているのが面白い。そのときに書かれた『ブルックリン家の惨事』*The Brooklyn Murders*（一九二三）のみがジョージ単独の名義で、続いて書かれた第二作『百万長者の死』*The Death of a Millionaire*（一九二五）からは、マーガレットとの共著として発表されていく。以後、二十八冊の長編と五冊の短編集、これに単独で刊行された中編一冊を加えて、三十四冊の探偵小説を刊行した。一九三一年にはディテクションクラブの面々によるリレー長編『漂う提督』*The Floating Admiral* にも参加している。最後の長編 *Topers' End* は一九四二年に、最後の短編集 *Birthday Gifts and Other Stories* は一九四六年に刊行された。つまり第二次大戦後は探偵小説の著作はほぼ皆無だったことになる。ジョージは一九五九年一月一五日に没した。マーガレットは夫よりは長命だった。一九七〇年にデイムの称号を受け、その翌年には *The Life of G. D. H. Cole* という評伝も発表し、一九八〇年五月七日に没した。

日本においてコール夫妻の探偵小説が訳されたのは、『新青年』一九三二年二月増刊号に「犯罪学実地教授」A Lesson in Crime が訳されたのを嚆矢とする。続いて、同誌の一九三三年十月号に、短編の代表作と目されている「梟」In a Telephone Cabinet（別題 The Owl at the Window）が訳された。その後も同誌で短編の紹介が続き、一九三六年になって長編『文化村の殺人』*Poison in the Garden Suburb*（一九二九）が訳出された。戦後になって『女優の怪死事件』*Death of a Star*（一九三二）が雑誌『ロック』の一九四六年三月号から連載が始まったものの、翻訳権の取得が厳しくなり三回で中絶。一九五〇年になってようやく、代表作と目されている『百万長者の死』が翻訳された。その後は、一九六〇年にデビュー作の『ブルックリン家の惨事』が紹介されたのを除き、『百万長者の死』が新訳再刊されるばかりで、他の長編の紹介は途絶えてしまう。一九五七年に六興・出版部から上梓された『謎の兇器』は、中編二編を収録した日本オリジナル編集であった。本書『ウィルソン警視の休日』は、その『謎の兇器』以来、ほぼ五十年ぶりに刊行される単行本となる。

合作というと執筆のプロセスに興味が向かうものだが、それについてはハワード・ヘイクラフトの『娯楽としての殺人』（一九四二）に「一般にいままでは男性側から出されたアウトラインによって、実際に書くのはおもにコール夫人だと思われている」と記されている（引用は林峻一郎訳、国書刊行会、一九九二から。以下同じ）。近年では森英俊が「このふたりがどのように役割分担して合作していたかは明らかにされておらず、作品によって出来にかなりばらつきがあり、そのタッチやユーモアの度合いにも違いの見られることから、それぞれが単独で執筆していたともいわれている」と書いている（『世界ミステリ作家事典［本格派篇］』国書刊行会、一九九八）。

コール夫妻の作品については、たとえばヘイクラフトは前掲書で次のように評している。

コールの小説はひどく不揃いであり、型通りの最上の警察冒険もあれば、またひどく退屈なのもある。一般に、初期のもののほうがよいようである。つねにスローペースだが、立派な探偵事件もふくまれている。近年、小説の構成があらくなるという悲しむべき傾向がみられてきた。（略）好調のときは、本業にさらに名誉を加えるほどである。だが悪いときは、それはイギリスの探偵小説のもっともイギリス的な――つまりもっとも退屈な面を代表している。

『娯楽としての殺人』が刊行されたのは一九四一年で、まさか右のヘイクラフトの評が影響を与えたわけでもあるまいが、この翌年にコールが長編の筆を断っているのも奇妙な偶然といえよう。

また、A・E・マーチによる『推理小説の歴史』（一九五八）においても評価が高いとはいえない。

コール夫妻のそれのようにフレンチ警部型の探偵を主人公とした推理小説は、どうしても不利な条件を負いがちである。というのは、犯罪が発見された場合、警察官は被害者の家またはその家族の者と多少とも関係のある人間を片っぱしから取り調べ、しばしば何の役にも立たない（たいていはモミガラばかりで麦粒の入っていることなどめったにない）それらの「証言」を一つ一つふるいにかけて確かめてみなければならないからである。こうしたハンディキャップのために、コール夫妻の小説は、克明な叙述のわりに、具体的情報を読者に充分与えているとは言えない。（村上啓夫訳。『宝石』一九六三・七）

近年では、H・R・F・キーティングほかの「代表作採点簿」（一九八二）で「夫婦が合作した30作の探偵小説も複雑に入り組んだ30年代の典型的な作品で、デイム・マーガレット・コールが夫の評伝の中で触れている言葉によれば、『かなりの出来だが、それだけのこと』ということになる」とコメントされている（名和立行訳。『EQ』八四・三）。ちなみにあげられている代表作は一九四〇年の

Counterpoint Murder のみで、ヘイクラフトが評価しなかった後期作品であるのが面白い。

先にも記した通り、ジョージ・コールは若い頃から社会主義運動に参加しており、ギルド社会主義の提唱者であり、イギリス独立労働党の創立者の一人であり、「労働党左派の領袖としてイギリス社会主義の育ての親」とも目されている（名和統一「G・D・H・コール――その思想と著作」『出版ニュース』一九五二・一一）。ギルド社会主義というのは、国家や資本主義に反対し、中世のギルドを模した労働組合を基盤につくられる産業の民主主義的連合によって、自治的社会主義を目ざす運動で、フランス由来のサンディカリズム（労働組合主義）とイギリス伝来の反工業主義の思想を統合したものとされる。そこで、『百万長者の死』で資本主義に対する皮肉が描き込まれているのは、こうした立場とは無縁ではなかろうということが、しばしば指摘される。しかしながら、それもジュリアン・シモンズにいわせると「コール夫妻は労働党の政治活動に深い関わりを持ち、夫のG・D・H・コールはその代表的な一人だった。ところがその探偵小説たるや、夫妻ともども深く関わった社会的現実を、ほとんど真剣には扱っていないのである」（『ブラッディ・マーダー』［一九七二、八五、九二］。引用は宇野利泰訳、新潮社、二〇〇三から）と批判的な見方になってしまう。

こうした先行評価の中でもっとも好意的なのが、H・ダグラス・トムスンの『探偵作家論』（一九三一）における記述であろう。


コール夫妻の探偵小説は実際は家庭化されたものに属する。従つて若し我々が仕切孔的分類を目標としたのだつたら第六章にでも移した方が宜かつた訳だ。併し彼等は非常に多くの異つた派の素質を兼備してゐる為に、恐らく結局はこゝに置く方が宜い事になるだらう。彼等の小説に含まれてゐる愉快な社会諷刺は、社会主義者にはユーモアの意識は有てないと云ふ一般的な謬論を曝露するものだ。（略）読者は、諷刺が探偵小説では全然場違ひで、そして探索的要素の興味を害ひ易い位に、考へるかも知れない。所がそれが、コール夫妻の小説ではさうでない。彼等の書く人物は活々として居り、丁度コールが毎日、若しくは休日毎に、接触するその社会層に属してゐる。（広播州訳、春秋社、一九三七・一）

これは第十章「試験済の愛好作品」Tried Favourites のコール夫妻について述べた部分の一節で、「家庭化されたもの」というのは domesticated kind の、「仕切孔的分類」というのは pigeon-hole classification の訳である。同書の第六章は「家庭的探偵小説」The Domestic Detective Story というタイトルを掲げ、E・C・ベントリー、リン・ブロック、フィリップ・マクドナルド、A・A・ミルンらを紹介している。ミルンを除く三人は、探偵小説に恋愛を導入して成功したことで知られていることから、推理機械ではなく人間味溢れる探偵が事件の解決に当たる作風のものをまとめていることが察せられるだろう。コール夫妻の作品は、ドメスティックな要素にとどまらない、様々な要素を備えているから、ドメスティック・ミステリの分類枠から外れてしまうといいたいわけである。

ここでトムスンが述べている「愉快な社会諷刺」amusing social satire がコール夫妻の小説を活きとしたものにしているという評価は、コール夫妻の小説を今日的な視点から評価するにあたって重要な観点である。このトムスンの評価は、延原謙が『文化村の殺人』に寄せた序文「G・D・H・コールに就いて」で「彼の作を読んで、一番に気のつくことは、諷刺とユーモアでその作が明るい色に塗られ、如何にも英国人の書いた探偵小説らしさを持つてゐることである」と述べていることと通底しているのが興味深い。近年では森英俊が『本格ミステリ作家事典［本格派篇］』におけるコール夫妻の項目で、「出来の悪い作品に関しては、ユーモアの欠如が指摘され、冗長で退屈だとも評されているが、すべてがそうだと決めつけるのは大きなまちがいで、総じて結末が腰くだけになりがちという欠点はあるものの、ユーモアと風刺にあふれた長編も少なくない」と述べ、「かなりファース色の強い」作品、「古きよき時代のアメリカ喜劇を彷彿させるスラプスティック調の作品」などを紹介している。こうした評価とも併せて、「著名なイギリスの経済学者」（江戸川乱歩『海外探偵小説　作家と作品』（早川書房、一九五七・四）。引用は『江戸川乱歩全集』（第30巻、光文社文庫、二〇〇五）からが書いたという紹介に由来するイメージに変更を迫る必要がありそうだ。

『ウィルソン警視の休日』は、エドガー・アラン・ポオの『物語集』*Tales*（一八四五）以降、ミステリ史における最も重要な作品集をセレクトして紹介した、エラリー・クイーンの『クイーンの定員』*Queen's Quorum*（一九六九）において、七十七番目の書物として紹介されている。そこでクイーンは「生一本で大向こうをうならせるようなところはないが、ビールについては人間らしい愛着を示す、穏健かつ正統的なスコットランド・ヤードの警官が、（略）血肉を持った存在として登場した」と紹介している。もちろんコール夫妻の代表的なシリーズ・キャラクター、ヘンリー・ウィルソン警視のことである。

ウィルソンはG・D・H・コールが単独で書いたデビュー作『ブルックリン家の惨事』から、すでに登場している。次作『百万長者の死』では、本書収録の作品においてもふれられているように、事件の責任を取って警察を辞職した。不祥事を起こして退職したわけではないので、私立探偵となってからも同僚の警官と協力して事件に当たることが多く、それが独特の雰囲気を醸し出している。その後、何作かの長編で私立探偵として活躍したが、いつの間にか警視に返り咲いたようだ。本書収録の作品でも「電話室にて」と「ウィルソンの休日」は、過去の話を回想するという語り口が採用されているので違和感はないが、「キャムデン・タウンの火事」では何の説明もなく、いまだに現役であるかのように語り進められていく。長編でもこんな感じであたりまえのように警視として復帰していたのかも知れない。

ウィルソンはしばしばF・W・クロフツの創造したフレンチ警部と比較された。たとえばダグラス・トムスンは以下のように書いている。

> 探索に関しては、ウィルソン監督《ママ》もフレンチ警部位の器量だ。彼は決して立派なものではない。物事を何度も〳〵一心にひねくり廻して、而も時々失敗をする。又彼はフレンチ警部程の熱心家ではないが、之《これ》は主として、精緻な捜査技術に関する限り、コール氏がウィルズ・クロフツ氏に一籌《いっちゅう》を輸さなければならない為だ。私はいつも、フレンチとウィルソンが同じ街に住んでゐて、二人の尊敬すべき細君がお互いに訪問し合ひ、自分達の殿様であり旦那様である男の為に靴下でも編み乍《なが》ら（猫の様な競争心から）夫の事件を較べっこしてゐる所を、考へてゐる。（広播州訳。前掲書）

フレンチ警部が登場する初期の作品では、捜査に行き詰まると妻に事件のことを話して新しい視点を得る場面が描かれた。それと同様に、ウィルソン警視もまた、妻と事件について語り合うことがあり、それは私立探偵になっても変わらなかった（少なくとも『文化村の殺人』には、そうした場面が挿入されている）。本書収録の短編でウィルソン夫人の姿が見られないのは、長編と違って複雑なプロットが必要なかったからでもあろうが、ちょっと残念だ。

以下、収録作品の原題を掲げるとともに、作品について簡単なコメントを付しておく。初出誌紙はすべて不詳である。

「**電話室にて**」In a Telephone Cabinet（別題　The Owl at the Window）

警視時代のエピソード。戦前の『新青年』に延原謙訳が掲載された他、早川書房編集部編『名探偵登場3』（ハヤカワ・ミステリ、一九五六）に本書と同題で立川利雄訳が収録されているが、江戸川乱歩編『世界短編傑作集2』（創元推理文庫、一九六一）に「窓のふくろう」という邦題で井上一夫訳が収められてからは、同訳で長らく親しまれてきた作品。乱歩は前掲『海外探偵小説　作家と作品』のコール夫妻の項目で「一読したが、古風な本格もので、トリックが機械的にすぎるのが欠点である」と述べており、必ずしも評価は高くない。しかし、欧米のアンソロジーにはしばしば収められているということで、自らが編纂者として名を冠したアンソロジーにも採録したものだろうか。トリックは確かに機械的だが、冒頭でウィルスン警視が窓辺にふくろうを目撃するくだりが、詩的な伏線として印象に残る。G・D・H・コールが詩集を上梓していることが思い出されよう。

なお、『世界短編傑作集2』に収録されているテキストは、本書収録のものと異なっており、第一章のプロローグに当たる部分が省略されている。ちなみに戦前の延原訳は本書と同じである。

「**ウィルソンの休日**」Wilson's Holiday

警視時代のエピソード。『クイーンの定員』に基づくアンソロジー『クイーンの定員——傑作短編で読むミステリ史』第二巻（各務三郎編、光文社、一九八四。のちに光文社文庫）に「ウィルスン警視の休日」という邦題で深町眞理子訳が収録されたことがある。過労で体調を崩したウィルソン警視が休養中、ウォーキングの途上で奇妙な事件に遭遇する。犯人の行なう隠蔽工作が杜撰であったために、かえって奇妙な状況が現出するというあたりが読みどころといいえようか。

「国際的社会主義者」The International Socialist

私立探偵として登場。社会革命党年次会議の会場で壇上に立ったモルダビアの元内務大臣がテロに遭って射殺される。犯人は逃げも隠れもせず、明々白々な事件のように思われたのだが……。社会主義運動に関わった経験が活かされた作品。『ウィルソン警視の休日』と同年に第一作品集 *Lord Peter Views the Body* を上梓したドロシー・L・セイヤーズにも、ピーター卿の妹がソヴィエト・クラブに参加しているという設定の作品があったことが思い出される。

本編に登場するトニー・レッドフォードは、『文化村の殺人』にも登場。同書には「トニイは、或る事件でウイルソンの手助けをしたことがある。その得意の日を決して忘れなかつた。そして何時《いつ》も、この自分の知つてゐる唯一の私立探偵のことを称讃した」というくだりがあり、その「或る事件」とは、この「国際的社会主義者」であろう。

「フィリップ・マンスフィールドの失踪」The Disappearance of Philip Mansfield

私立探偵として登場。警察官という立場にいてはできないような捜査法をとるあたり、事件の性質は異なるが、シャーロック・ホームズものの一編「チャールズ・オーガスタス・ミルヴァートン」を彷彿させる。

「**ボーデンの強盗**」The Robbery at Bowden
私立探偵として登場。ウィルソンは姪に頼まれて、炭坑の事務員である彼女の夫にかけられた、坑夫の給金盗難事件の容疑を晴らそうとするのだが……。非情な上司に対するウィルソンの述懐が、コールの思想的立場をうかがわせて興味深い。

「**オックスフォードのミステリー**」The Oxford Mystery
私立探偵として登場。イギリス人とインド人のハーフである学生が親友殺しの容疑をかけられる。大学にはびこる差別的感情を剔抉したシリアスな作品。

「**キャムデン・タウンの火事**」The Camden Tower Fire
警視時代のエピソード。火事場に残された死体をめぐる事件ということでは、ドロシー・L・セイヤーズにも「証拠に歯向かって」という短編があったことが思い出される。

「**消えた准男爵**」The Missing Baronet
私立探偵として登場。本作品集の中でも随一の出来栄えといえそうな力作。

以上全八編、コール夫妻の探偵小説に特徴的なユーモアは全体的に影をひそめているように思われるのは、短編ということもあるのだろう。もっとも、ウィルソンものの傑作「犯罪学講義」（前掲「犯罪学実地教授」）や、エリザベス・ワレンダー夫人のシリーズ第一作「探偵の母」The Mother of the Detectiveでは、ユーモラスなタッチも見られるので、探偵役の資質にもよるのかもしれない。先にも述べた通り、コール夫妻の単行本としては、ほぼ五十年ぶりの新刊となる本書をきっかけとして、『百万長者の死』で固定化したコール夫妻のイメージを改めるような作品の紹介を期待したい。

〔訳者〕
板垣節子（いたがき・せつこ）
北海道札幌市生まれ。インターカレッジ札幌にて翻訳を学ぶ。訳書に『ローリング邸の殺人』、『ビーコン街の殺人』、『レイナムパーヴァの災厄』、『白魔』（いずれも論創社）、『薄灰色に汚れた罪』（長崎出版）、『ラブレスキューは迅速に』（ぶんか社）など。

ウィルソン警視《けいし》の休日《きゅうじつ》
——論創海外ミステリ 163

2016年1月20日　初版第1刷印刷
2016年1月30日　初版第1刷発行

著　者　G. D. H. & M・コール
訳　者　板垣節子
装　画　佐久間真人
装　丁　宗利淳一
発行所　論 創 社
〒101-0051 東京都千代田区神田神保町2-23 北井ビル
電話 03-3264-5254　振替口座 00160-1-155266

印刷・製本　中央精版印刷
組版　フレックスアート

ISBN978-4-8460-1470-4